ETERNITY

Du même auteur :

Au plus profond de nous-même (2018)
Le chemin de l'aube (2019)
Mutations (2020)

http://editions.tglm.eu

Thierry Gautret de La Moricière

ETERNITY

Image de couverture : Angel Glen - Pixabay
Éditions tglm
ISBN : 978-2-9566330-4-4

I

Il me semble que je retourne vers mon passé. L'avion qui me ramène vers ce pays où gisent ceux que j'ai aimés, me replonge dans une vie où je ne te connaissais pas, une vie où l'amour est absent. Je suis hanté par cet instant où le temps s'est suspendu, figeant ses aiguilles sur l'espace entre nous, comme si déjà une éternité nous séparait. Tu as plongé ton regard en moi et j'ai senti toute la bienveillance du monde dont tu m'enveloppais pour me protéger d'un péril imminent, de la déflagration qui allait suivre. J'ai compris à ce moment précis que j'allais te perdre pour toujours, que tu le savais, que tu l'avais toujours su. Cela se rejouait à nouveau, à nouveau j'allais tout perdre. Figé dans mon impuissance, je crois que je ne t'ai jamais autant aimée qu'à ce moment-là. Et puis tu as disparu, toi le grand amour de ma vie, l'unique, l'inéluctable. C'était hier, j'étais sous le choc, le monde s'agitait autour de moi mais je ne pouvais plus bouger, je me suis senti tomber.

Face au miroir, ignorant son reflet lumineux, Tom Major ouvrage mentalement son texte pendant que la maquilleuse ajuste son teint à la lumière sans concession des projecteurs qui l'attendent. Il n'a pas voulu qu'un rédacteur lui prépare un discours sur mesure, ajusté aux recommandations de la com. Il est de l'ancienne école, celle de la culture, des politiciens aux esprits brillants façonnés sous les ors d'illustres institutions. Rien à voir avec les hordes de jeunes loups dévalant des vallées siliceuses ou des quartiers d'affaires, éduqués au profit et à la rentabilité, indifférents à l'intérêt supérieur collectif. Derrière la porte de la loge, une soudaine agitation le tire de sa répétition silencieuse. La porte s'ouvre, deux agents de sécurité se placent de chaque côté. Lewis Peack entre.

- Mon cher Tom, j'ai souhaité venir vous saluer avant votre prestation.
- Merci Monsieur le Président, c'est un honneur, répond-il en se levant.
- Allons, allons, c'est la moindre des choses, restez assis voyons. Vous savez mon intérêt pour ce projet, je n'ai pu résister à l'envie de venir humer la fébrilité qui précède les premières. Soyez éloquent, nous avons besoin des meilleurs pour réussir.
- Je ferai de mon mieux Monsieur le Président.
- Je n'en doute pas, je vous laisse vous préparer dit-il en quittant la pièce.

Le calme est revenu. Le buste immobile, yeux fermés, insensible aux caresses poudrées des pinceaux de la maquilleuse, le ministre de l'éducation et président de l'université d'Eternity reprend sa récitation mentale. Il sait pouvoir compter sur son éloquence, des années de pratique sur le terrain, de meetings, de conseils et d'assemblées générales lui ont appris à s'adresser au public et à développer ses idées dans une forme à la fois compréhensible et séduisante. On frappe à la porte. Un homme coiffé d'un casque audio avec un micro collé sur les lèvres, tablette en main, annonce que le plateau est prêt pour l'enregistrement. Le maquillage cesse, Tom Major se lève et emboîte le pas du technicien. Il pénètre dans le studio dont le décor résulte d'un savant mélange entre une bibliothèque et un laboratoire, le tout étant censé illustrer le savoir, la science, la sagesse, le futur. Tel était le brief du service communication du gouvernement. Hors champ, quelques dignitaires sont venus pour l'occasion. Parmi eux se trouve notamment Nikolaï Nasimov, le directeur de la recherche de l'université, son plus proche collaborateur sur le projet. Le ministre prend sa place, la caméra fait un gros plan de lui, le technicien lui fait signe, la lumière rouge s'allume. *« Tels les navigateurs courageux qui quittèrent, incertains mais plein d'espoirs, le vieux continent à la recherche du nouveau monde par-delà un océan d'inconnu, nous nous lançons dans l'aventure temporelle. En effet, grâce au voyage dans le temps nous pourrons ramener du futur les technologies, les connaissances qui nous font encore cruellement défaut aujourd'hui : des remèdes aux maladies incurables, des énergies propres infinies, des aliments régénérants et biens d'autres trésors. Cela permettra à notre civilisation de faire un bond en avant et de répondre aux défis environnementaux auxquels nous avons aujourd'hui du mal à faire face. Nous avons d'ores et déjà identifié le domaine en physique fondamentale qui devrait nous permettre de faire les découvertes nécessaires au voyage temporel, raison pour laquelle nous lançons un vaste programme de recherche doté de moyens exceptionnels : le programme Time Gate. D'ici peu, les meilleurs scientifiques du monde nous rejoindront pour percer le mystère de l'espace-temps afin d'y ouvrir une porte pour voyager à travers le temps et l'espace instantanément. Voilà le Graal dont nous entamons la quête, ce n'est rien de moins que le plus vieux rêve de l'humanité* ». Le silence s'installe dans la densité du face-à-face solitaire avec la caméra. Un technicien fait un signe, puis un timide applaudissement qui devient contagieux, des « elle est bonne », « bravo Monsieur le ministre », « c'était parfait ». L'orateur se lève, essuie quelques félicitations tactiles, serre quelques mains et se plante devant celui dont il sait la franchise à toute épreuve, le vieux russe Nasimov. Un sourire discret et complice suffit, les deux hommes quittent les lieux. Pour la diffusion de ses communications dans les médias, le gouvernement compte sur de populaires et néanmoins complaisants influenceurs digitaux. Les reprises qu'ils font des messages officiels doivent en assurer la promotion et accessoirement susciter l'adhésion du plus grand nombre. Depuis le lancement officiel du programme « Time Gate », dans l'ombre les algorithmes des ordinateurs de l'université se sont mis à scruter le réseau mondial à l'écoute de tous les flux de données relatifs au sujet. Ils ont ainsi identifié toutes les personnes impliquées de près ou de loin dans les domaines de recherche associés et lancé une grande campagne de recrutement pour centraliser toutes les ressources disponibles au sein de l'université d'Eternity, question de praticité, de logistique mais pas uniquement. Le projet étant hautement stratégique, il s'agit surtout de ne pas laisser de ressources disponibles ailleurs et sans contrôle. Des propositions de recrutement partent donc dans de nombreux pays du monde, et notamment une vers la France, vers la banlieue de Paris.

Tony passe souvent devant la maison de Gaëlle, la femme qui l'a adopté et élevé, mais depuis que celle-ci est décédée, il ne vient plus guère visiter sa sœur qui lui survit seule dans cette grande bâtisse. Les murs en briques, la tour à l'angle ouest où il avait sa chambre, les hautes fenêtres blanches qui semblent porter les toits pentus, tout est gravé dans sa mémoire : c'est là qu'il a grandi. Quand ses parents sont morts dans un accident alors qu'il était tout petit, il avait été confié à cette femme qui s'est occupée de lui. Très douce, elle s'était attachée à lui donner une bonne éducation et à le soutenir dans ses projets. C'est ainsi qu'à l'adolescence, elle avait accompagné son intérêt pour les sciences qui représentaient un refuge au réel pour lui. Ce premier contact avec une forme d'abstraction incarnée par les mathématiques lui avait offert de façon contre-intuitive une prise sur son monde, un moyen de reprendre pied dans un univers maîtrisable, prévisible et juste. Bien que n'étant pas capable elle-même de l'aider dans ce domaine, elle l'avait encouragé à persévérer. Elle l'écoutait patiemment lui parler de théorème, d'hypothèse, de conjecture, de paradigme avec curiosité et admiration. Sa persévérance dans la répétition parfois rébarbative d'exercices était comme une résilience, une façon de repousser les barrières de sa compréhension du monde toujours plus loin, d'élargir le champ des possibles, de pacifier son rapport aux autres. Cependant, elle tentait en parallèle de lui faire apprivoiser sa peur de l'inconnu, de l'imprévu que ces exercices tendaient à renforcer. Elle avait souvent dû le tirer de ses révisions nocturnes, la veille d'un examen, en négociant l'acceptation d'une part irréfragable d'incertitude que toute forme d'acharnement ne pourrait éliminer. Il avait vécu avec elle jusqu'à sa majorité en compagnie de rares vestiges de sa famille perdue, puis il avait intégré les campus des grandes écoles où il avait poursuivi ses études supérieures. C'est pendant cette période que sa passion pour la physique fondamentale s'était révélée. Tony y trouvait sans doute, derrière la poésie de la création dans son essence fondamentale, la rationalité qui compensait l'injustifiable perte de ses parents. Ses déplacements quotidiens lui font souvent longer la façade qui pendant des années avait été le synonyme d'un havre de paix pour lui. Il ne prend cependant pas toujours le temps de lever les yeux vers les fenêtres à la recherche d'une présence, retenu par la peur coupable de croiser un regard en attente d'une visite. Un simple signe de la main lui paraît trop peu au regard de la dette qu'il pense avoir envers sa mère adoptive et dont sa sœur aurait hérité. Prendre un air pressé est probablement plus convenable, plus confortable au moins. Mais de nombreux souvenirs reviennent d'eux-mêmes à chaque fois. Diane, la sœur de Gaëlle, qui avait dû être d'une grande beauté étant jeune, l'avait toujours intrigué. Il l'avait souvent surprise en train de le regarder avec intensité. Aussitôt elle lui souriait puis détournait les yeux. S'il sentait beaucoup de bienveillance dans ces regards, cela suscitait en lui une gêne indescriptible, comme si elle avait su quelque chose sur lui, un secret qui les aurait liés différemment. C'est probablement pour cela qu'il avait réduit ses visites chez elle après la mort de sa sœur. Il se sent un peu coupable mais se raisonne en se disant qu'il ne lui doit rien, que c'était Gaëlle qui l'avait recueilli et à qui il devait sa loyauté. Il se rend d'ailleurs régulièrement au cimetière pour lui parler et, de temps en temps, il y croise Diane. Ils restent alors à discuter là quelque temps, à se remémorer les bons moments passés tous ensemble, les vacances, les fêtes. Tony, qui avait depuis longtemps cessé de questionner Gaëlle sur les circonstances de son arrivée chez elle, a tourné la page et n'a presque aucun souvenir d'avant ses quatre ans. Il n'en reparle jamais avec Diane. À la fin de ses études, il était revenu vivre à proximité de chez Gaëlle, le temps de trouver un travail et était finalement resté, même après sa mort. Était-ce par attachement ? Par loyauté ? Pour Diane ? Une fois son diplôme d'ingénieur en main, il a tout de suite rejoint le commissariat à l'énergie atomique, fer de lance de la recherche fondamentale en France, notamment pour ce qui concerne la physique quantique. Là, il mènera ses premières expérimentations autour du principe de non-localité. Cette théorie contre-intuitive, dont même Einstein avait douté mais qui fut plus tard validée par d'éminents physiciens, le fascinait. Imaginer que deux particules distantes puissent être liées sans contrainte d'espace ou de temps était merveilleux. S'il semblait que cela ouvrirait peut-être un jour la voie vers de fabuleuses découvertes, pour Tony en tout cas cela ouvrait grandes les portes de son imaginaire. Depuis plusieurs années, il venait donc tous les jours au laboratoire avec ce même rêve, percer le mystère de la non-localité.

Alors qu'il consulte sa messagerie, le chercheur découvre un message de la prestigieuse université d'Eternity. Celle-ci lui propose de rejoindre les équipes locales pour participer au programme Time Gate. C'est une magnifique opportunité professionnelle, son cœur fait un bond à la lecture du message. Comme tout le monde, il a entendu parler du lancement de ce programme de recherche doté de moyens exceptionnels, tant financiers, que logistiques ou humains. C'est l'occasion de rejoindre les meilleurs spécialistes mondiaux, de peut-être participer à des avancées majeures et pourquoi pas, lever le voile du voyage temporel. Mais cela signifie aussi quitter la France et sa ville où il a presque toujours vécu, où se trouvent la maison et la sépulture de Gaëlle, le lien avec ses parents défunts, ses racines bien qu'arrachées. Alors avant de répondre, il décide d'aller au cimetière après le travail pour réfléchir à tout cela, se recueillir sur les tombes de ses proches devenus lointains. Depuis trois ans qu'il travaille au CEA, il ne s'est pas fait de véritables amis. Bien sûr il a sympathisé avec quelques collègues, mais une certaine timidité, née d'un manque de confiance en lui, rend tout dévoilement de son intimité, de qui il est, difficile. Il vit toujours cette difficulté à trouver la bonne distance aux autres. Il est finalement plus facile de garder une courtoise distance que de se frotter à ce que les autres pourraient penser de lui. Il ne parle donc à personne du message reçu, qui génère en lui des sentiments ambivalents : l'excitation et la peur. Quand il arrive près de la tombe de Gaëlle, Diane est là en train d'arroser les fleurs qu'elle vient de rapporter. Il s'approche doucement.

- Tony, quelle bonne surprise. Tu viens rendre une petite visite à Gaëlle.

- En fait, je suis venu pour lui parler de quelque chose d'important.

- Je te laisse alors, je ne veux pas m'immiscer dans vos petits secrets, j'allais rentrer de toute façon.

- Il n'y a rien de secret, je vais te raccompagner et nous en parlerons à la maison, c'est aussi bien, ce sera comme si elle était là.

Tony prend le bras de vieille femme en se pliant un peu pour se mettre à sa hauteur, puis ils partent à petits pas vers la maison de son enfance.

- Alors dis-moi, je t'écoute.

- Je viens de recevoir une proposition professionnelle très intéressante pour rejoindre un programme de recherche exactement dans ma spécialité avec des conditions de travail vraiment avantageuses.

- Tu as dit oui j'espère.

- Pas encore. En fait, c'est à l'autre bout du monde, très exactement de l'autre côté de la planète, en Nouvelle-Zélande.

- C'est merveilleux, qu'attends-tu pour faire tes bagages ? Si je pouvais, je partirais moi !

- Mais ça veut dire quitter la France, cette ville, la maison et toi.

- Qu'as-tu à faire de tout ça à ton âge, fonce, je suis sûre que là-bas t'attendent de merveilleuses aventures, de grandes joies. Et pour moi ne t'en fais pas, je serai avec toi là-bas, dans ton cœur et toi dans le mien.

Tony se raidit un peu, voilà bien un des comportements de Diane qui éveillent de la gêne en lui. Cet élan d'affection lui semble un peu exagéré.

- Gaëlle te dirait la même chose que moi, elle t'inciterait à y aller. C'est ton avenir qui t'attend à Eternity.

- Mais comment sais-tu que c'est là que je suis censé aller ?

- Simple supposition, c'est la capitale mondiale quand même, qu'y a-t-il d'autre en Nouvelle-Zélande ?

- Si vous êtes toutes les deux d'accord, alors je crois que je vais accepter. Mais ne t'inquiète pas, je reviendrai te voir quand je serai de passage en France.

- C'est très gentil, pars vite maintenant, ton destin t'attend.

Le jeune chercheur rentre chez lui, amusé de l'enthousiasme de la vieille femme et particulièrement de son empressement à le voir partir pour l'autre bout du monde. Tony ne connaît pas bien Diane même s'il lui semble l'avoir toujours vue, depuis que Gaëlle l'avait recueilli. Elles s'étaient toujours présentées comme des sœurs, bien qu'elles ne se ressemblassent pas vraiment. Il se souvient surtout qu'elles s'appelaient parfois « ma sœur » ou « sœur ». Mais Diane n'avait pas habité avec eux, elle était souvent partie pour des voyages lointains, ce n'est qu'après le départ de la maison de Tony qu'elle était venue vivre avec Gaëlle. Cependant, il sentait un lien particulier avec elle, comme un souvenir lointain. Quand il y pensait, cela ressemblait à quelque chose d'intime, ce qui expliquait peut-être la gêne qu'il ressentait parfois en sa présence.

Aussitôt chez lui, il prend contact avec l'université d'Eternity pour donner suite à leur proposition. Rapidement, les échanges s'enchaînent autour de l'organisation de son voyage. Dans les semaines suivantes, toutes les autorisations pour sortir du territoire français, utiliser les moyens de transport aérien et entrer sur le sol néo-zélandais, lui sont données. Il fait temporairement partie des rares privilégiés à pouvoir voyager à travers le monde en avion, tant les restrictions pour lutter contre la pollution et les contaminations sont strictes. Il quitte son poste au CEA à la fin de son préavis et part dans les jours qui suivent pour l'autre bout du monde. Pour ne pas s'encombrer, il vend la majorité de ses affaires. Ce fut comme un deuil de sa vie de chercheur sédentaire. Il a rendu son appartement, pris ses bagages et est monté dans le taxi pour l'aéroport de Roissy. Le voyage se révèle éprouvant. Sans en connaître la raison, Tony s'est senti très angoissé durant les vols, des cauchemars l'ont assailli dès qu'il parvenait à s'endormir. C'est avec un profond soulagement qu'il arrive enfin à destination. Sous les effets combinés du déficit de sommeil et des douze heures de décalage horaire, il fait ses premiers pas, un peu hagard, dans l'hémisphère sud, sur le tarmac de l'aéroport de la mégalopole côtière de Christchurch. Eternity, l'indolente capitale du gouvernement mondial, n'a pas voulu des pollutions tant atmosphériques que sonores que suppose le fonctionnement d'une aérogare de stature internationale. Elle a donc investi dans une solution alternative de haute technologie. Une ligne dédiée de vactrain entre les deux cités permet de les relier en moins d'une dizaine de minutes, bien que celles-ci soient séparées de plus d'une centaine de kilomètres, la capitale se trouvant à l'intérieur des terres, près d'Ashburton Lakes aux pieds de Mount Taylor. Dès l'aéroport, il est accueilli par des affichages interactifs qui le conduisent jusqu'à la station du vactrain où de sublimes hôtesses l'accueillent comme un personnage de marque. Il embarque aussitôt dans la capsule prête à partir pour Eternity. Confortablement installé parmi la vingtaine de riches voyageurs, Tony sent une angoisse poindre quand l'habitacle se referme. Sans fenêtres, étroit et court, le module de transport qui se déplace dans un tube hermétique sous vide à plus de mille deux cents kilomètres heure vous laisse la certitude que vous ne maîtrisez rien et qu'en cas de problème, vous ne pourrez rien faire pour vous en sortir. Une lumière tamisée se répand, le compteur de vitesse ainsi que le chronomètre apparaissent projetés en bleu sur la paroi avant. Une voix suave annonce le départ. Une accélération régulière se fait sentir. Douce au début puis plus soutenue, le compteur s'affole, la vitesse grimpe en flèche ; cinquante, cent, trois cents, huit cents, mille, mille deux cents. Aucune vibration n'est perceptible, le chronomètre affiche trois minutes au moment où la vitesse maximum est atteinte, quand il arrive à sept minutes, la décélération commence. Quelques minutes après, les portes s'ouvrent sans qu'on ait pu l'anticiper en raison de l'absence de sensations, impossible de savoir si la capsule se déplace ou si elle est arrêtée. Cela lui rappelle les expériences de pensées d'Einstein sur la chute des corps. La voix souhaite la bienvenue à Eternity à ses précieux passagers. Depuis la station située en sous-sol sous la tour du gouvernement, Tony est conduit jusqu'aux ascenseurs VIP. Au-dessus de lui, l'édifice le plus haut du monde, le plus cher, avec sa végétation luxuriante constitue une sorte de synthèse technologique de la tour de Babel et des jardins suspendus de Babylone. Les centaines d'étages hébergent sur plus de mille mètres d'altitude tous les services de l'administration financière du monde et de son pouvoir régalien. L'hôtesse sélectionne l'étage de la direction de l'université au cent soixante-quatrième étage. Là encore une douce accélération puis un rapide trajet sans vibrations. Les portes s'ouvrent sur un luxueux hall traversé par les rayons de lumière obliques que les arbres sur les terrasses forment avec leurs ramures. Tony s'avance vers ce qui ressemble à un bar. Une hôtesse, semblable à toutes les autres, le salue par son nom en lui présentant un cocktail de bienvenue. Il a à peine le temps de tremper ses lèvres dans la boisson qu'une autre hôtesse s'approche de lui avec un large sourire.

- Le président de l'université, Monsieur Major, va vous recevoir. Veuillez me suivre.

Le chercheur avale rapidement son cocktail sans alcool et suit la divine silhouette à travers un dédale de larges couloirs ensoleillés et agrémentés de végétation. Ce qui le frappe, c'est le luxe des lieux, le souci du détail dans la décoration et le soin apporté au confort permanent. Ils arrivent au bureau où Tony est attendu.

- Cher Tony soyez le bienvenu dans les murs de notre université et surtout à bord du programme Time Gate.

- Merci Monsieur le Président, je suis ravi de rejoindre l'équipe et de pouvoir apporter ma pierre à l'édifice. En fait, je suis passionné par le sujet de mes recherches et donc très impatient de m'y remettre dans des conditions aussi propices que celles que votre université m'offre.

- Je suis heureux que nous puissions réunir dans notre programme autant de chercheurs talentueux comme vous. J'apprécie votre enthousiasme et votre impatience de vous mettre au travail. Vous travaillerez ici, au laboratoire, au cent cinquantième étage sous la direction du professeur Nasimov. Vous commencerez dans deux jours, le temps pour vous de vous installer et d'accuser les effets du jet-lag. Nous mettons à votre disposition un appartement dans une tour voisine de la nôtre. Elle n'est pas réservée aux chercheurs, des citoyens d'Eternity y vivent également. J'attire votre attention à ce sujet sur la confidentialité concernant vos recherches, mais cela vous sera expliqué en détail ultérieurement. Avez-vous des questions ?

- Je dois dire que j'en ai des centaines, notamment autour du projet Time Gate, mais je les poserai le temps venu.

- Nasimov est en effet le mieux placé pour vous répondre en détail sur le projet. Je dois vous laisser, une hôtesse va vous accompagner à votre logement.

Tony quitte la tour World Government accompagné d'une nouvelle hôtesse. Sortir du gigantesque édifice prend du temps tant la construction est étendue à sa base. Sept immenses halls en forme de tétraèdres, pouvant contenir chacun la cathédrale de Notre Dame de Paris, entourent de façon circulaire le pied évasé de la tour. Ils hébergent les infrastructures nécessaires à l'accueil du public : guichets de l'administration, musées, salles de spectacles, hôtellerie… Non loin, sur un deuxième périmètre se trouve la ceinture des tours dites de puissance qui hébergent les installations de production d'énergie, les équipements de sécurité et de défense. Le tout forme une double couronne épurée mais imposante. Au-delà, la capitale modèle a érigé les buildings ultra-modernes des quartiers d'affaires qui descendent jusqu'à la ville couchée aux pieds du symbole du pouvoir. Partout domine le bleu des façades vitrées, des panneaux solaires omniprésents, et le vert de la végétalisation de rigueur sur tous les bâtiments. Ses larges avenues propres et nettes sont parcourues jour et nuit de véhicules autonomes silencieux et non polluants entourés de nuées chamarrées de cyclistes. Tout cela sous les millions d'yeux des caméras de surveillance. Aucune saleté, aucun déchet, aucune trace de dégradation ou de pauvreté n'a sa place dans cet espace public sous haute surveillance. Cette capitale d'un nouveau genre concentre les richesses et dispense les conditions de vie les plus aisées, impossibles partout ailleurs en raison de son modèle économique d'accumulation centralisée et de privilèges réservés à son élite. Guidé par son hôtesse, Tony traverse le quartier contigu à la tour WG, formé lui aussi de hauts gratte-ciel réservés à l'élite. Il pénètre un immeuble entièrement végétalisé non loin du cœur de la partie commerçante. L'appartement au soixante-treizième étage, style contemporain, pensé pour être le plus fonctionnel possible, s'ouvre sur une large terrasse au milieu de la végétation. Bien que près du sommet, la ligne d'horizon n'est pour autant pas dégagée. La silhouette gigantesque de la tour WG qui s'impose dans le panorama, marque de façon indiscutable la domination sur le monde de la caste des gafarques. Après avoir pris possession de son appartement, Tony décide de sortir pour visiter les environs. En venant, il a repéré une place lumineuse arborée de magnifiques platanes, bordée de nombreuses boutiques, de bars et de restaurants. En s'approchant du lieu, il a un sentiment étrange de déjà-vu. Il lui semble connaître cet endroit, y être déjà venu. C'est comme un souvenir lointain presque effacé, quelque chose de troublant mais d'indicible. Il se raisonne, c'est bien la première fois qu'il vient ici, il n'y a aucun doute. Peut-être l'environnement, l'agencement de l'espace lui rappelle-t-il un autre endroit similaire ? Un peu troublé, il s'installe à une terrasse pour prendre un verre. Il hume l'air et laisse son regard butiner les sourires des passantes. Sa vision recule et embrasse tout l'espace ouvert devant lui et au-delà de la falaise de buildings, le ciel clair. Des images de son enfance lui reviennent, les moments passés avec Gaëlle, quelques voyages flous et puis la présence de Diane en creux, pas vraiment visible mais là. Il repense à la France, à sa ville, la maison de son enfance, le décor ici est bien différent de sa banlieue presque provinciale. Il a laissé là-bas son âge tendre, sa mère adoptive, ses parents biologiques dont il ne sait plus rien. Soudain Tony comprend qu'il ressent une forme de nostalgie. Est-ce la peur de l'inconnu qu'il sent dans ce nouvel environnement si éloigné de ce qu'il connaît ? Ayant fini son verre, il se décide à rentrer. Il traverse la place en prenant le temps de passer sous les arbres majestueux pour sentir leur fraîcheur. Il y a une légère odeur de sous-bois humide. Son regard accroche une silhouette au loin qui vient face à lui. Plus il s'approche, plus il apprécie la beauté parfaite de cette inconnue. Elle s'approche encore, il peut maintenant détailler son visage. Des yeux marron mutins portent sur son environnement un regard sûr, intense, plein de force. Les courbes gracieuses du visage sont soutenues par de fins sourcils et un sourire ravageur qui fait naître deux subtiles fossettes, le tout encadré par de folles mèches brunes et brillantes qui s'épanouissent jusqu'aux épaules nues. Elle est maintenant juste là, elle le croise sans le voir. Tony sent à nouveau cette impression d'avoir déjà vécu cette scène, ou plus exactement de connaître cette femme. Il se retourne et la regarde s'éloigner. Un prénom lui revient : Lola. Il hésite à la rattraper, mais que dire ? Cela lui semble ridicule. Le plan drague éculé : on ne s'est pas déjà rencontré mademoiselle ? Il reste néanmoins à la regarder s'éloigner. Où va-t-elle ? Pourrait-il la recroiser au hasard ? Mais il ne croit pas au hasard, il repense à cette histoire de grand tout où les âmes se trouveraient avant la naissance. Est-ce là qu'ils se sont connus ? Sont-ils destinés à se retrouver dans ce monde, dans cette vie ? Elle a disparu, il reprend sa marche, bercé par le souvenir de cette Lola et les rêves de destins croisés qu'il s'invente. Pendant les deux jours suivants, il revient traîner aux abords de la place pour tenter sa chance avec l'espoir de la voir à nouveau. Elle semble avoir disparu. Il regrette finalement que sa timidité l'ait empêché de l'aborder. Ses deux jours de récupération étant passés, Tony se rend au cent cinquantième étage de la tour WG pour prendre ses fonctions au sein de l'équipe de recherche du projet Time Gate. Il est accueilli par le professeur Nickolaï Nasimov qui dirige les recherches. Celui-ci est à l'image de l'architecture de son pays d'origine, pas celle des Tsars, mais celle des camarades :

anguleux, mal dégrossi, dépouillé, robuste, froid. Une grande intelligence se cache derrière son regard clair de solitude sibérienne, lourde de secrets, de complots déjoués. Tel un Kharkovtchanka l'homme avance dans l'inconnu sans peur, déterminé à franchir tous les obstacles et percer les secrets que la physique quantique recèle en ses lointaines contrées sauvages. Dernier arrivé, Tony a droit à un petit tour de présentation de l'équipe. Une trentaine d'éminents scientifiques tous très diplômés, dont certains mêmes ont été distingués par leurs pairs pour leurs découvertes, représentent ici un large éventail de nationalités. Une visible majorité d'hommes illustre l'attente toujours actuelle de parité. Derrière l'apparente conformité vestimentaire de ces cerveaux bien remplis, la diversité culturelle se dévoile dans les accents et intonations dont chacun revêt son anglais professionnel, plus rocailleux ou plus râpeux suivant les origines de chacun. Nasimov termine le tour des présentations par Chen, jeune chercheur chinois spécialiste lui aussi de la non-localité et de l'intrication quantique, avec qui Tony sera en binôme. Les deux chercheurs engagent la conversation. Ils se jaugent. Chacun présente son parcours universitaire, ses recherches, ses résultats et surtout ses publications. Il y a une silencieuse compétition bien connue dans le milieu de la recherche. Nasimov sourit, espérant qu'une saine émulation va naître, propice à de l'implication et de l'engagement. Pendant les jours qui suivent, Tony prend ses marques, dans ce duo de compétiteurs, il doit faire la preuve de sa valeur, tout en attirant la sympathie de ses collègues. Chen, d'un naturel plus sûr de lui, ne s'encombre pas de manœuvres de séduction, il avance méthodiquement, sans atermoiements, focalisé sur son but. Le matin suivant, le chercheur français découvre un message de Nasimov qui le convoque dans son bureau.

- Alors Tony, comment allez-vous ? Comment se passe votre intégration ?

- Très bien, merci, je suis impatient d'avancer dans mes recherches.

- À ce stade, je dois vous dire que pour valider votre prise de fonction, vous devez obtenir une accréditation « Time Gate Niveau

Secret ». Ne vous inquiétez pas, vous n'avez rien à faire, il ne s'agit pas d'un examen. Nos services de renseignement mènent une enquête sur vous, vos proches, vos relations, consultent vos publications, vos données administratives et judiciaires s'il y en a. Je vous rassure, l'avis pour votre accréditation est favorable. Il ne reste qu'une formalité. Vous devez faire l'objet d'une évaluation psychologique.

- Bien et en quoi cela consiste ?

- Un entretien avec une psychologue spécialisée qui travaille sur un sujet connexe au projet Time Gate.

- Quand dois-je la rencontrer ?

- Mais tout de suite mon cher, elle vous attend justement au niveau cent cinquante-quatre. Allez-y, c'est une formalité et vous pourrez reprendre votre travail après.

Tony se rend quatre étages plus haut et se présente à l'hôtesse qui aussitôt l'accompagne dans un bureau aménagé en cabinet : lumière douce, plante verte, deux fauteuils confortables face à face et un divan contre le mur. Il n'aime pas cet imprévu, ni la perspective d'être analysé, validé par quelqu'un qu'il ne connaît pas. D'un autre côté, il souhaite absolument s'intégrer et faire ses preuves, alors autant se débarrasser de cela tout de suite. Une jeune femme entre. Tony est stupéfait en la reconnaissant, c'est la femme qu'il avait croisée quelques jours plus tôt sur la place où il s'était installé en terrasse. Un large sourire se dessine sur ses lèvres, la chance lui sourit.

- Bonjour, vous êtes Tony, c'est bien cela ?

- Bonjour, oui et vous… Lola ?

La jeune femme le regarde surprise, puis elle s'assied et lui fait signe d'en faire autant.

- Je suis Luna Agapet, je suis la psychologue qui réalise les évaluations psychologiques des personnels impliqués dans le programme Time Gate.

- Luna, pardon, je n'étais pas si loin, dit-il mi-gêné mi-amusé. En fait, nous nous sommes croisés il y a quelques jours en ville, quatre jours je crois, sur la place avec les grands arbres. Sur le moment il m'a semblé vous connaître, enfin vous avoir déjà rencontrée, vous savez cette sensation que l'on a déjà vécu ce moment... Et spontanément le prénom Lola m'est venu comme ça, comme un souvenir.

- Je ne me souviens pas.
- Ce n'est pas très flatteur.
- Pour qui ?
- Pour moi... Est-ce que l'évaluation a commencé ?
- À votre avis ?

Tony a chaud et il se sent mal à l'aise. Il donnerait tout revenir en arrière et effacer cette introduction calamiteuse.

- Je travaille à l'université sur les implications psychologiques et psychiques du voyage temporel. À ce titre, je suis chargée d'établir le profil psychologique de tous les chercheurs travaillant sur le programme Time Gate.

Le chercheur se redresse et prend un air concentré, intéressé, il veut absolument rattraper le coup et obtenir son accréditation.

- Imaginons que vous remontiez le temps et que vous soyez face à vous-même enfant. Qu'est-ce que cela vous inspire ?
- En fait il m'est difficile de l'envisager car techniquement ce n'est pas possible. S'il est vrai que les théories actuelles autorisent mathématiquement le voyage temporel, notamment à travers les trous de ver de Wheeler, cela ne peut se faire que depuis le présent, vers le futur. Ceci dit pour un homme du futur, il serait alors peut-être possible de revenir dans le passé, c'est-à-dire notre présent. Mais en fait, en imaginant que dans le cadre du projet Time Gate nous réussissions à mettre au point le voyage temporel, nous ne pourrions voyager que vers le futur depuis le présent. Donc impossible que je retourne vers le passé, vers mon enfance. Cela dit, l'idée de rencontrer mes parents est séduisante, bien qu'un peu effrayante. Ils sont morts lorsque j'étais tout petit. En fait je n'ai plus aucun souvenir d'eux. Mais ce n'est pas pour cela que je suis passionné par la physique fondamentale, l'intrication quantique, ou que j'ai accepté de venir à l'université d'Eternity pour travailler sur le voyage dans le

temps. En fait c'est une coïncidence, un hasard si l'on peut dire. Savez-vous que la notion de hasard est une interprétation de la complexité des causalités ? Car si un évènement imprévu advient mais que l'on est en mesure d'envisager des causes simples ou non complexes, alors on ne croit plus au hasard. Bien qu'en termes de probabilité ce soit indépendant… Je parle trop, non ?
- Je suis là pour vous écouter.
- Bien sûr, évidemment… Je crois que maintenant j'ai envie de me taire.

Le soir, dans sa grande maison silencieuse, Diane sourit en lisant le dernier message que Tony lui a envoyé. Il lui raconte son installation et sa prise de fonction. Il lui confie qu'il ne regrette pas son choix d'être allé à Eternity même s'il ressent parfois un sentiment d'insécurité. Alors qu'elle pense à Luna que Tony vient de rencontrer, d'anciens souvenirs joyeux refont surface. Deux temporalités coexistent, la nouvelle page qui s'écrit pour Tony, et celle qui va bientôt se tourner pour elle. Deux boucles de temps intriquées par deux présents reliés par-delà l'écoulement, apparemment linéaire, du temps.

II

C'était hier, plus exactement il y a un an. Tu es entrée dans ma vie simplement, comme une évidence, comme si mon destin avait rendez-vous avec toi. Était-ce le hasard ou la providence ? Quoi qu'il en soit il m'a été impossible de ne pas croire aux promesses d'amour que je lisais dans tes yeux noirs capables de tant de nuances. C'était hier, il y a un an, c'était plus ancien que cela mais je ne le savais pas. Je ne me souvenais pas de mon enfance. À cause du traumatisme avaient dit les psychologues. Je ne m'en souvenais pas.

Tony est assis à l'arrière du véhicule, il somnole dans l'obscurité, bercé par le ronronnement du moteur et les bruits de roulement. La pluie tambourine sur la taule et sur les vitres. Au loin, les bruits étouffés du monde s'effacent. Bien calé dans son siège, au chaud, il se sent en sécurité. Mais petit à petit, comme semblant venir d'outre-tombe, un bruit d'abord très faible semble se rapprocher tout en devenant plus fort. C'est comme un grincement aigu, le chant éraillé d'une sirène. Cela dure longtemps, c'est interminable et ça se rapproche encore. Le bruit devenu strident le tire de sa torpeur, il regarde par la fenêtre mais tout est noir, il ne voit rien. Dans la voiture, personne ne semble entendre le bruit. Lui seul anticipe ce qu'il va se passer, il redoute le choc qui va fracasser l'habitacle, la mort qui va prendre son tribut. Alors il se redresse et essaye de crier mais rien ne sort de sa bouche, personne ne l'entend, le temps est suspendu, tout est figé, il tend les bras vers ses parents, quand un halo de lumière froide envahi soudain le véhicule… Tony se réveille en sursaut. Encore ce même cauchemar. Un souvenir lointain presque effacé de l'accident dans lequel il a perdu ses parents. Leurs visages, leurs voix, leur tendresse, tout s'est évanoui. Il ne reste que la peur, la tristesse, le sentiment d'impuissance. Transpirant et essoufflé, il quitte le lit chaud pour aller boire dans la cuisine. Ce rêve revient dès qu'il ne se sent pas en sécurité, qu'il soit loin de chez lui ou séparé de quelque chose ou de quelqu'un d'important pour lui. Rien d'étonnant qu'il revienne donc. Le jour se lève sur les montagnes qui ceinturent Eternity, leurs crêtes découpent les rayons du soleil émergeant de l'horizon en un éventail doré. Le chercheur fait un tour sur la large terrasse arborée. L'air est encore frais et humide en raison de l'arrosage automatique qui se déclenche la nuit. Il ferme les yeux et respire profondément. Immobile, il savoure la caresse chaleureuse des rayons du soleil roulant sur l'horizon. Malgré la végétation luxuriante omniprésente dans la capitale du gouvernement mondial, la nature reste muette : aucun chant d'oiseau, aucun vrombissement d'insecte. On entend juste la rumeur montante de l'activité humaine. Ce matin, Tony a rendez-vous avec le professeur Nasimov au sujet de son accréditation. Il est un peu angoissé en se dirigeant vers le bureau où celui-ci l'attend. Une formalité avait-il dit, et si son évaluation psychologique ne s'était pas bien passée ? La jeune femme était restée totalement impassible, neutre lors de leurs échanges. Impossible de savoir ce qu'elle pensait. Cela avait été très difficile à vivre pour lui qui essaie toujours d'agir en fonction de l'autre pour être apprécié. Comment se positionner, comment savoir que dire si on ne sait pas ce qu'attend l'autre. Sur la partie de ses compétences professionnelles, Tony était sûr de lui, il avait d'ailleurs été recruté sans l'ombre d'une hésitation, mais concernant sa personnalité, qui il est, il se sentait beaucoup moins à l'aise. Lui qui habituellement reste discret, en retrait pour ne pas trop se dévoiler, il a cette fois le sentiment d'en avoir peut-être trop dit tant il avait été désireux de plaire à cette femme. À bien y réfléchir, cela n'a rien de professionnel. Devoir se vendre, comme on dit, était difficile, angoissant pour lui. Il sait que la disparition de ses parents, même s'il n'a plus de souvenirs de cette époque, a laissé de profondes blessures. La psy les a-t-elle perçues ? Cela peut-il être un problème pour son accréditation ? Et puis ses tentatives de séduction, toujours ce besoin de plaire dès qu'il voit une belle femme, n'ont-elles pas agacé cette Luna, va-t-elle en tenir compte dans son évaluation ? Il est arrivé devant le bureau. Il fait une pause avant de frapper à la porte. Son esprit est parti, il sait que derrière cette porte se trouvent les réponses à ses questions, que dans quelques minutes il saura si l'aventure continue ou s'il doit rentrer en France, sans travail. Dans son imagination, il se prend à considérer cet instant comme une scène de film. Il passe en avance rapide jusqu'après le rendez-vous pour essayer de lire son expression en sortant du bureau : est-il souriant ou abattu ? L'image n'est pas nette. Puis il revient en arrière, jusqu'au jour de son entretien avec la psy pour essayer de décrypter image par image ses expressions. Le sujet de voyage dans le temps revient, il se dit que celui qui le maîtrise possède un pouvoir immense sur les autres. La porte s'ouvre et il se retrouve face à Nasimov. Le professeur, un peu surpris de le voir planter devant sa porte, le bouscule un peu et l'invite à s'asseoir en prenant son dossier. Nasimov ouvre la chemise, saisi des feuilles qu'il consulte l'air grave en s'adossant dans son grand fauteuil. Il émet des bruits, des « hmm », des « ouais » traînants.

- Bien mon cher, je crois que tu as tapé dans l'œil de la psy ! Son avis est dithyrambique. Que d'éloges ! Il y a quand même une petite zone de sensibilité, il est fait mention d'un rapport émotionnel au passé. Peux-tu m'en dire plus ?

- Je ne sais pas si c'est ce à quoi elle fait allusion mais j'ai perdu mes parents à l'âge de quatre ans, alors…

- Je vois.

Après un long silence où le vieux russe toise le jeune chercheur pour tester sa résistance au stress, il s'esclaffe : félicitations ! Ton accréditation est validée, tu peux te remettre au travail à fond.

- Merci, je suis content, c'est génial.

Puis le professeur ouvre un tiroir de son bureau et en sort une boîte qu'il tend à son nouveau collaborateur.

- Petit cadeau de bienvenue dans l'équipe.

À l'intérieur, le jeune homme découvre la toute dernière montre connectée sérigraphiée à son nom avec la mention « Time Team Member ».

- Merci beaucoup, elle est magnifique.

- C'est aussi un outil de productivité formidable et quel meilleur symbole qu'une montre pour un chercheur qui travaille sur le voyage dans le temps ?

Tony se lève le cœur léger, toutes ses angoisses se sont envolées. Il fait maintenant partie de l'équipe à part entière. Dans un coin de sa tête, les mots de Nasimov lui reviennent : « tu as tapé dans l'œil de la psy ». Il n'en demandait pas tant, mais quelle sensation délicieuse. Lui qui s'était senti immédiatement sous le charme de cette femme, de sa beauté, de son charisme. Il commence à échafauder des plans pour la revoir et tenter sa chance. Cette aventure néo-zélandaise est décidément pleine de promesses. C'est Diane qui avait raison, elle lui avait dit « je suis sûre que là-bas t'attendent de merveilleuses aventures, de grandes joies ». Cette prise de risque se révèle fructueuse. Comme cela s'était souvent produit pour lui, à chaque étape majeure de sa vie, il y avait eu une période de doute et d'appréhension au moment de prendre une décision importante. Mais à chaque fois, il avait été comblé par sa prise de risque. Au moment où il s'apprête à quitter le bureau du professeur, celui-ci se lève à son tour.

-Tony, dernière petite formalité, tu vas rencontrer notre officière de sécurité. Elle t'expliquera toutes les consignes et procédures, notamment tout ce qui concerne la confidentialité des recherches pour le projet Time Gate.

À peine le Professeur Nasimov a-t-il prononcé ces mots, qu'une personne se présente devant la porte du bureau qu'il vient d'ouvrir. Plutôt grande et d'allure sportive, la peau couleur d'ébène, satinée et subtilement ambrée par la lumière, deux grands yeux noirs rehaussés par de fins sourcils, des cheveux courts lissés et tirés en arrière, la jeune femme moulée dans une tenue ocre rouge du dernier chic arbore un sourire discret qui lui donne un air énigmatique.

- Agent Madiba, je vous confie Tony Leblanc, nouveau chercheur qui intègre le projet Time Gate suite à son accréditation.

- Bien Professeur, je m'en occupe.

Après de rapides présentations, l'officière de sécurité Beryl Madiba conduit le chercheur dans une salle de briefing au niveau sécurité. Tony est intégré à une réunion de sensibilisation à la sécurité et à la non-divulgation d'informations sensibles. Il y a là une dizaine de nouvelles recrues de l'administration dans de nombreux domaines d'activité : analyse de données, sécurité informatique, ressources humaines, maintenance, etc. Beryl rejoint deux de ses collègues sur l'estrade. L'homme le plus âgé prend la parole.

- Chacun de vous a obtenu une accréditation dont le niveau dépend du poste qu'il occupe au sein de notre administration. Vous serez donc amenés dans le cadre de votre activité à avoir en votre possession ou à prendre connaissance d'informations qui ont un caractère stratégique voire plus spécifiquement confidentiel. Je ne vous ferai pas ici la liste des moyens qui sont déployés pour protéger ces informations, ni des dispositifs de ceux qui tentent de les acquérir, cela est du ressort de nos équipes. Je souhaite surtout attirer votre attention sur le point de fragilité qui subsiste malgré tous les trésors d'imagination que nous déployons pour protéger nos données, pour vous protéger : je veux parler du facteur humain. Si une puissance hostile tentait de s'approprier des informations confidentielles, elle le ferait en entrant en contact avec vous de la façon la plus séduisante possible. Je ne choisis pas le terme « séduisante » par hasard. Nos archives débordent d'histoires de secrétaires tombées éperdument amoureuses de leur charmant voisin, d'ingénieurs conquis par une sublime étudiante, et j'en passe, et qui se sont vus extorquer des informations au nom de l'amour, de la liberté, de leur conviction, ou parfois de leur sentiment de haine ou d'un besoin de vengeance. Messieurs dames donc, si une sublime créature s'intéresse soudainement à vous, restez sur vos gardes et en cas de doute, signalez votre situation à votre officier de sécurité qui fera, en toute discrétion, les vérifications nécessaires. S'il ne s'agit pas de vous empêcher de trouver le grand amour, sachez néanmoins que nous gardons un œil sur vous, vos activités et vos relations, notamment pour ceux d'entre vous qui manipulent les informations les plus sensibles.

Après la fin de la présentation, une séance de questions réponses est organisée. Chacun y va de ses commentaires. Tony ne dit rien, trop préoccupé de ne pas attirer sur lui l'attention. Il s'agace un peu des questions qu'il trouve inutiles ou trop centrées sur des préoccupations personnelles. Enfin la réunion se termine, Beryl s'approche de lui et le raccompagne vers les ascenseurs.

– Mon cher Tony, vous êtes le participant ayant accès aux informations de loin les plus sensibles. Vous n'avez pas posé de question, tout est clair pour vous ? Je suis disposée à vous accorder du temps pour aborder en détail un point que vous souhaiteriez approfondir. Je veux être sûre que nous mettons toutes les chances de notre côté.

- C'était très clair, je ne crois pas qu'il soit nécessaire de vous faire perdre votre temps.

- Ce n'est pas me faire perdre mon temps, c'est ma mission. Me faire perdre mon temps consisterait à prendre ce sujet à la légère et à commettre des erreurs qui nécessiteraient ensuite un déploiement de moyens important pour être corrigées. J'ai lu dans votre dossier que vous êtes célibataire.

- En effet, mais je ne vois pas le rapport. Je ne suis pas venu de France jusqu'ici pour trouver l'amour. Toute mon attention est mobilisée sur mes recherches et sur la découverte du moyen de rendre le voyage temporel possible.

- Je n'en doute pas et c'est heureux, toutefois votre profil psychologique montre, outre une tendance à rechercher la reconnaissance, un goût prononcé pour le beau. Un beau paysage, un bel objet, une belle femme peut-être ? Soyez sûr que si quelqu'un décide d'essayer de vous soutirer des informations, alors il procédera indirectement, en envoyant une délicieuse créature capable de vous faire baisser la garde. Je peux imaginer qu'a priori cette perspective puisse vous paraître agréable, mais je vous demande d'être vigilant, de me solliciter au moindre doute. De mon côté je serai attentive. Nous nous verrons régulièrement.

Sur ces mots l'officière de sécurité salue le chercheur et le laisse face à l'ascenseur dont les portes s'ouvrent. Seul dans la cabine, un peu sous le choc de cet échange très direct qui sonne comme un avertissement, Tony sent un inconfort, il ne peut s'empêcher de penser que cette femme ne semble pas l'apprécier. A-t-il échoué à se faire aimer ? Cela pourrait-il avoir des conséquences sur sa carrière qui commence à peine ? Quand il arrive au laboratoire, Chen est en discussion avec Nasimov. Ce dernier lui fait de loin un signe de tête pour le saluer. Face à lui, sans rompre sa discussion avec le professeur, le chercheur chinois lève un pouce en guise de félicitation, un sourire légèrement forcé, probablement pour sa confirmation au sein des équipes de recherche. Tony sent un certain agacement que ni l'un ni l'autre n'aient choisi de s'interrompre pour l'accueillir, il ressent même un peu de condescendance de la part de son collègue chercheur. Que peuvent-ils avoir de si important à se raconter. Il s'installe à son poste de travail et se replonge dans ses recherches, bien décidé à faire le maximum pour obtenir des résultats tangibles et prouver à tous qu'il est capable de grandes choses. Chen revient à son bureau, à côté de lui.

- Alors Tony ça y est, tu es avec nous à cent pour cent maintenant. Tu t'es inscrit sur le groupe All-One des chercheurs Time Gate, la Time Team comme on l'appelle ?

- Non pas encore.

- Ne traîne pas, si tu veux être au courant de tout ce qui se passe ici, c'est absolument vital. Même Nickolaï est connecté.

- Je verrai ça ce soir à tête reposée, pour le moment je me replonge dans mes notes de labo du CEA, des pages d'équations m'appellent. Tony avait lancé cela pour tenter d'épater son collègue et surtout mettre fin à la discussion sur le groupe du réseau All-One. Le fait que Chen mentionne la présence du professeur Nasimov était pour lui révélateur d'une obsession de celui-ci à se faire mousser qu'il imaginait alimentée par une ambition dévorante. Qu'il ait utilisé le prénom de leur chef, Nickolaï, tendait à faire croire à une pseudo-intimité avec le patron de la recherche. Son collègue lui signifiait-il qu'il ne devait pas franchir la frontière d'un territoire virtuel, terre de ses aspirations professionnelles ? En fin de journée, une fois rentré chez lui, Tony ingurgite rapidement un plat préparé et se cale dans son canapé pour se connecter à son compte sur le réseau All-One. Une fois le groupe « Time Team » identifié, il commence par en survoler les publications, jeter un œil à la liste des membres, puis il fait sa demande pour intégrer ce groupe privé. En quelques secondes sa requête est validée et il reçoit un message de bienvenue du professeur Nasimov. Étonnamment, ce n'est pas un message type. Celui-ci le félicite d'avoir rejoint le groupe et se réjouit que Chen lui ait transmis son conseil. Aussitôt un questionnaire apparaît. Les informations demandées font essentiellement référence à son lieu de résidence, ses habitudes alimentaires, ses hobbies, ses activités sportives, puis vient toute une partie sur ses objets connectés : bracelet de suivi de ses paramètres biologiques, montre connectée, implants éventuels. Il est rappelé sur la page que le techno-civisme est une valeur fondamentale de l'université d'Eternity et que tous les collaborateurs sont « invités » à fournir le maximum de données personnelles et à jouer le jeu de la communauté connectée. Tony découvre qu'en fonction du nombre d'objets connectés de chacun et de la quantité de données qu'ils fournissent, une sorte de grade est attribué à chacun matérialisé par un badge. Il est au niveau « ruisseau ». Il consulte le profil de Nasimov, niveau « océan », et Chen niveau « torrent ». Soudain, un bip lui signale qu'il vient de recevoir un message. C'est Beryl Madiba, son officière de sécurité. « Bonsoir Tony, bienvenue dans le groupe. N'oubliez pas d'autoriser votre compte All-One à se connecter à votre smartphone et à la montre que le professeur Nasimov vous a remise ainsi qu'à tous vos équipements de quantified self, c'est important pour la sécurité que nous puissions vous suivre partout ». Il hésite, sentant une angoisse se faire jour au niveau de son estomac. Livrer ainsi son intimité est contre nature pour lui. Il veut garder le contrôle sur les informations transmises le concernant. Mais la peur de s'exclure du groupe est plus forte. Il met finalement à jour les autorisations de son smartphone et sa montre connectée pour libérer le flux de données de ceux-ci vers le réseau All-One. Aussitôt un nouveau bip, message de Beryl : Merci de jouer le jeu ! Tony se met à surfer. Il parcourt l'historique des publications du groupe et découvre qu'une amicale compétition est orchestrée pour motiver les équipes à générer le plus de données possibles. Chaque département défend ses chances, mais certaines équipes sont, pour le moins, constituées autour de motifs des plus personnels. Il y a des groupes de classe d'âge, des groupes d'anciens élèves, des groupes par origines géographiques. Il découvre à cette occasion que Chen fait partie du groupe des chercheurs venus d'Asie, et qu'ils ne pourront donc pas être dans la même équipe. Toutes ces nouveautés auxquelles Tony n'est pas habitué le stressent. Surtout, cela va très vite, il n'a pas le temps de digérer une information que déjà il doit prendre une décision en relation, ou faire une action. Afin de retrouver un peu de sérénité en prenant de la distance avec ce monde virtuel, il décide de sortir en ville pour marcher et tenter de se détendre. L'air est doux, le ciel encore clair bien que le soleil ait plongé derrière les toits de la ville. Il y a une douce odeur d'humidité provoquée par les arrosages automatiques qui se mettent en marche dès le crépuscule. Des millions de goutte-à-goutte répandus sur des milliers d'hectares de façades, balcons, terrasses, jardins suspendus. Des milliers de mètres cubes d'eau à chaque seconde, le débit d'un fleuve continuellement puisé dans le lac Heron. Tony s'installe à la petite terrasse d'un bar au bord d'un square. Il commande un Martini blanc. Son smartphone ne cesse de vibrer depuis qu'il l'a connecté au réseau All-One. Ce sont les notifications pour chaque nouveau message dans le groupe. Il remarque que Chen est en bonne place, il ne cesse de relancer les fils de discussions, surtout quand le professeur Nasimov s'y trouve mêlé. Dans un premier temps il trouve cette attitude puérile, tellement complaisante ! Puis après réflexion, il se rend compte que c'est exactement ce que le système attend de chacun : générer des flux de données. Les discussions peuvent paraître badines ou anodines, mais les analyses qui sont pratiquées sont bien plus profondes. Tony ne se sent pas capable pour le moment de prendre sa place, de se jeter dans ce flux. Par dépit, il désactive les notifications afin de ne plus être rappelé incessamment à cet univers dont il reste à l'écart pour le moment. Une fois le calme revenu, il sirote son alcool tranquillement. Une brise légère semble lui apporter un parfum de nostalgie. Il repense à sa vie d'il y a quelques semaines, en France. Il a soudain une pensée pour Diane qui est restée là-bas. Elle qui aurait aimé venir avec lui, il ne pense pas qu'elle se serait accoutumée à ce monde artificiel. Il s'apprête à lui envoyer un message pour garder le lien et lui raconter son aventure. Son regard se pose sur son smartphone au moment où un nouveau message apparaît. Cette fois ce n'est pas un message du groupe mais de Luna, la belle psychologue. « Alors on traîne seul en terrasse au lieu de réseauter ! » Son sang se glace. Suis-je surveillé à ce point, se dit-il. Tout le monde a-t-il accès à ma géolocalisation ? Alors qu'il scrute son smartphone avec anxiété, il ne remarque pas que quelqu'un se tient debout près de lui.

- Bonsoir Tony, je peux me joindre à vous ?

Il lève les yeux et découvre que la charmante créature qui lui adresse la parole n'est autre que Luna.

- Bonsoir, dit-il avec soulagement. Oui installez-vous.

- Merci, vous avez découvert un de mes endroits favoris.

- Pur hasard !

- Par hasard vous voulez parler de causalités cachées qui vous échappent mais qui vous ont néanmoins conduit à apprécier cet endroit tout particulièrement ?

- Moi qui croyais que mon évaluation psychologique était terminée, répond Tony avec un petit sourire.

- En effet. J'ai découvert cet endroit il y a quelques semaines. J'aime particulièrement la sobriété du lieu, sa dimension humaine. Au milieu de ces immeubles démesurés, c'est presque intime ce petit square avec cette terrasse. On pourrait se croire à Paris.

- Vous connaissez Paris ?

- Oui, comme vous, je viens de la région parisienne.

Tony et Luna font connaissance, ils découvrent qu'ils viennent de la même ville. Incroyable de se rencontrer ici à dix-neuf mille kilomètres de chez eux. Luna raconte qu'elle est arrivée il y a deux ans pour enseigner et encadrer les doctorants en psychologie. Très vite elle a été recrutée sur le projet Time Gate. Au milieu de la trentaine et sans enfants, elle s'est sentie attirée par ce nouveau monde, celui d'Eternity dont elle avait beaucoup entendu parler dans le milieu de la psychologie, tant son univers représente une nouvelle forme de société. Surtout ce qui l'avait attiré c'était de pouvoir être au cœur du réseau All-One, cette société virtuelle dans la société. Elle lui raconte comment elle s'est plongée dans ce monde à part entière, le réseau social mais aussi tout ce qui tourne autour. All-One est devenu, en un demi-siècle, la référence mondiale, puis l'unique communauté virtuelle officielle, l'endroit où les choses se passent. Personne aujourd'hui ne peut s'en priver, particuliers, entreprises, gouvernements. Il est tellement entré dans la vie des terriens que chaque enfant qui est conçu se voit ouvrir un compte que ses parents commencent à alimenter dès la grossesse. Ces données sont parmi les plus précieuses. Elles renseignent les dataïstes sur l'environnement de l'enfant, sur ce qui préexiste à sa naissance, ce qui persistera dans son inconscient toute sa vie durant. Puis, dès que l'enfant fête ses huit ans, âge légal pour posséder un compte personnel, il suit la cérémonie que l'on appelle la « All-One communion », durant laquelle le préadolescent rejoint la communauté mondiale en son nom propre. Douze milliards de comptes personnels recensés pour dix milliards d'humains. Même dans les pays les plus pauvres, les lobbyistes d'All-One ont réussi à faire voter des lois sur le droit à l'accès à un compte personnel avec obligation pour les États de mettre en place les infrastructures nécessaires. Il y a donc des pays où les gens meurent de faim ou de soif mais disposent d'une connexion haut débit. Tout ce lobbying, cette puissance digitalisatrice ont été rendus possibles grâce à la cryptomonnaie créée par la firme All-One. Le CAO pour « Coin All-One », homophone délétère annonçant la propagation d'une nouvelle forme de colonisation : la virtualisation sociale. Comme ses ancêtres dans l'histoire, cette colonisation s'appuie bien sûr sur une monnaie forte, mais aussi sur une nouvelle religion, celle inventée par les nouveaux dirigeants du monde. Ses fidèles adorent les saints que sont les brillants entrepreneurs digitaux qui se sont enrichis en donnant du travail au plus grand nombre et beaucoup d'argent à quelques-uns. Au-dessus d'eux, les prophètes sont les gafarques eux-mêmes, sortes de demi-dieux immortels et inaccessibles. Le dieu lui-même est un concept abstrait, quoi de plus normal pour une religion virtuelle, sorte de combinaison du progrès scientifique illimité, de l'intelligence humaine augmentée et de la vie numérique engendrée dans l'infini écosystème du réseau All-One. Ce dieu est incarné par le supercalculateur quantique du data center de l'ordre dataïste. SQ1 est l'outil de calcul le plus puissant du monde et de l'histoire. Il est hébergé au centre d'une salle de super-serveurs, sorte de naos du temple dataïste. Cette nouvelle religion fonctionne avec un clergé dont les pontifes gouvernent la société depuis la tour WG. Enfin, la mère patrie, ou la terre promise, pour tous ces croyants est Ground-One, État virtuel dont l'ambassade se confond avec Eternity, et dont le minuscule territoire est l'île de Chatham Island. C'est au milieu du vingt et unième siècle, ici au sud de la Nouvelle-Zélande, que les nouveaux dirigeants du monde sont venus s'installer, au moment où la crise climatique a produit ses premiers effets délétères sur ce qu'il convient maintenant d'appeler l'ancien monde. Ceux qui menaient celui-ci dans une course folle vers le déclin de la civilisation se sont clandestinement offerts des refuges sur un territoire préservé et isolé comme un avant-poste de leur nouveau monde. Obtenir un passeport Groundonien est un privilège rare qui ouvre presque toutes les portes d'Eternity. Pour espérer en obtenir un ou une charge dans le clergé, l'étape indispensable, sorte de rite initiatique d'allégeance, consiste à faire son coming out transhumaniste en se faisant augmenter grâce à un implant technologique. Toute une gamme d'implants existe : l'implant oculaire pour recevoir des informations en temps réel en surimpression de la vision, l'implant cérébral et notamment le plus courant qui permet la connexion directe au réseau All-One, enfin les implants plus invasifs qui analysent des données biométriques et interagissent avec l'organisme. Tout cela bien sûr coûte très cher et n'est accessible qu'à une élite déjà occupée à gravir les échelons de la pyramide All-One. Tony questionne Luna sur le moyen pour obtenir un passeport Groundonien.

- Il n'y a pas de règle officielle mais mes observations m'ont amené à la conclusion que, outre de faire partie de l'élite, une attitude exemplaire de techno-civisme caractérisée par la génération dans l'écosystème de flux de données supérieurs à dix téraoctets par jour peut attirer l'attention et aboutir à intégrer le processus d'attribution du passeport Groundonien. Autant dire que ce n'est pas pour tout de suite. Je crois savoir que même le professeur Nasimov n'en est pas encore là.

- Cela paraît impossible de générer autant de données.

- Directement c'est a priori presque impossible, mais il faut considérer la théorie de la gravitation algorithmique.

- On parle cosmologie là ?

- Non, c'est simple, à partir du moment où votre force d'attraction, votre gravité numérique, est suffisante, c'est-à-dire que vous générez un flux de donnée touchant un nombre important de personnes, les flux viennent naturellement vers vous et grossissent d'eux-mêmes en alimentant, tout en la subissant, votre gravité croissante. Tout cela en raison des algorithmes qui favorisent les profils générateurs de données. Il faut juste arriver à la masse critique. Vous commencez par générer quelques flux de données qui en attirent d'autres, qui eux-mêmes en attirent d'autres et ainsi de suite.

- Comment ce gouvernement mondial est-il né, demande Tony.

- Pendant les décennies précédentes à son instauration, tous les pays avaient dû faire face à des crises économiques majeures et répétées en raison de conditions climatiques et sanitaires de moins en moins favorables à l'économie traditionnelle. Tous s'étaient excessivement endettés pour maintenir un niveau de vie conforme aux attentes des citoyens éduqués au néolibéralisme et très attachés à son sacro-saint confort. De l'argent privé était venu abondamment alimenter, depuis quelques fortunes planétaires plus indécentes que jamais, les lignes de crédit des États jusqu'au jour où leurs représentants étaient venus demander le recouvrement de leurs créances. Dans l'incapacité de payer, les pays avaient été contraints d'accepter, contre l'allègement de leur dette, de se soumettre à une instance supranationale de gouvernance qui veillait à la bonne gestion de ses intérêts privés en conformité avec le droit international que ceux-ci avaient aménagé à leur profit depuis des décennies à force de lobbying et de corruption. À la tête de ce gouvernement du monde, aucun élu, juste un petit groupe de multimilliardaires, propriétaires de quatre-vingt-dix pour cent de la richesse produite sur terre.

- C'est fou de penser que le monde majoritairement démocratique est dirigé par des gens qui n'ont pas été élus. On sait qui sont-ils ?

- La classe dirigeante, sorte de noblesse techno-industrielle, que l'on appelle la caste des gafarques tire son nom de ses origines socio-économiques. Ce sont les dirigeants des anciennes et si populaires GAFA qui se sont hissés au pouvoir grâce à la corruption et à la désinformation rendue possible grâce à leur mainmise sur le big data, sorte de cheval de Troie numérique pour qui veut contrôler les masses. Ils ont profité d'une avancée technologique sur les dirigeants issus des orgueilleuses filières classiques intellectuelles et ont rapidement pris le contrôle d'un système à bout de souffle. Ils ont agi avec la bénédiction de la première puissance économique mondiale, dont ils étaient originaires, qui voyaient là une merveilleuse opportunité d'utiliser l'excellence de ses très médiatiques et brillants entrepreneurs milliardaires pour lutter contre le pouvoir économique et politique grandissant de sa rivale asiatique. Leur grande force a été de renouveler la promesse de la croissance, de la consommation de masse décomplexée, des supposés bienfaits de l'innovation en lieu et place du progrès. Les nouvelles technologies allaient permettre à tous, particulièrement aux plus riches, que les plus pauvres aspirent naïvement à devenir, de continuer à vivre dans la même opulence chimérique. N'étaient-ils pas les mieux placés pour être pris au sérieux sur ce thème ? Mais sous l'apparente révolution de velours, les hommes de main des nouveaux régnants ont muselé avec violence toute forme d'opposition. Bien que cette caste issue de la société civile fût accueillie positivement en raison de la défiance croissante envers le politique, elle n'a cessé de s'éloigner avec mépris du citoyen lambda, par la quête d'une éternité médicalement assistée quoi qu'il en coûte. Des milliards d'investissements ont été redirigés vers la recherche sur l'allongement de la durée de vie faisant des gafarques d'excentriques vieillards, certes mégalomanes mais presque sympathiques. Ils ont réussi à se créer un mythe, un rêve à atteindre pour chaque mortel, celui de la santé éternelle. Ceci bien que la distribution très stricte et limitée des privilèges rende infime la probabilité d'en jouir un jour pour le citoyen moyen. Les rêves d'éternité des dirigeants de l'ancien monde, qu'ils s'évertuaient à inscrire dans l'histoire à coups de conquêtes, de constructions architecturales, se sont mués en une quête toute personnelle et corporelle. Pour diffuser leur « Eternity Dream », les nouveaux propriétaires du monde se sont appuyés sur la consommation et la culture média digitale. Les canaux d'information, chaînes de télévision et réseaux sociaux, ne cessent de relayer des reportages sur les demi-dieux centenaires, concoctés par leurs services communication, qui promettent à tous une longévité hors norme d'ici à ce que les progrès de la science se mutent en une technologie médicale abordable grâce à l'économie de marché. Dans la capitale prospère, sûre et propre, tout le monde porte un jour ou l'autre un tee-shirt ou une casquette « Eternity ». Mais seuls quelques rares élus peuvent prétendre profiter de la vie éternelle. Et cela à un coût phénoménal, non seulement financier, mais humain. Cette éternité est conquise par les gafarques en contrepartie de séjours réguliers à l'hôpital, de traitements lourds, d'interventions chirurgicales régulières. C'est ce que les experts appellent les effets non désirables de l'immortalité. Les principaux intéressés ayant bien compris que ces désagréments sont principalement liés à l'état actuel des connaissances scientifiques et médicales, ils se sont lancés dans une nouvelle quête afin de s'en libérer. Les doyens d'Eternity, les plus impactés par les séjours réguliers à l'hôpital, investissent désormais lourdement dans le développement de la technologie pour le voyage dans le temps. Ils espèrent grâce à cela pouvoir aller chercher dans le futur les solutions à leurs problèmes d'aujourd'hui et plus largement faire avancer la science et la médecine. C'est en tout cas le discours officiel.

- D'où le projet Time Gate.

- Exactement, mais comme vous l'avez compris, la collecte de donnée est au cœur du système. De façon quotidienne, dans la droite ligne des succès du passé, la caste dirigeante entretient sa position dominante grâce à une quête incessante de flux de données, toujours plus privées, plus intimes, venant des citoyens. Pour cela, ils peuvent compter sur le relais des médias qu'ils possèdent pour promouvoir une culture du « quantified self », une mode de l'internet-des-objets et de la course à l'équipement comme signe extérieur de richesse, de réussite, de techno civisme même, comme le disent maintenant les influenceurs. En contrepartie de cette collaboration, le gouvernement développe des algorithmes ultra-puissants capables d'analyser des téraoctets de données à chaque seconde permettant, en retour, à chacun de mieux se regarder le nombril et d'accéder au bonheur. D'un point de vue macroscopique, ces analyses sont censées faire avancer la connaissance, la science et la médecine. Ainsi, la quête du voyage temporelle apparaît-elle au plus grand nombre comme la suite logique des préoccupations de santé du gouvernement à l'égard des citoyens.

Le temps passe vite, et quand le barman leur annonce la fermeture de l'établissement, c'est avec étonnement qu'ils réalisent qu'il est deux heures du matin passées. Les deux compatriotes se séparent en se souhaitant une bonne nuit. Si Luna paraît amusée de cette rencontre imprévue, Tony sent naître un espoir, le désir que ce type de soirée puisse se reproduire, quitte à provoquer le hasard. Dans les jours qui suivent pourtant, aucune opportunité ne se présente et le chercheur français semble renoncer à ce rêve encore flou, en se concentrant sur son travail. La collaboration avec Chen reste timide compte tenu de la compétition larvée qui existe entre eux et que de surcroît chacun joue pour une équipe différente. Il avance dans ses recherches et arrive bientôt l'étape des expérimentations pour lesquelles il doit planifier des expériences dans différents laboratoires au sein de l'université. Tony a notamment besoin d'utiliser l'accélérateur de particules implanté sous la ville d'Eternity. L'anneau de cent kilomètres de circonférence, le plus grand et le plus puissant du monde, formé d'aimants supraconducteurs et de détecteurs extrêmement complexes augmentent l'énergie des particules qui y circulent permettant de réaliser des mesures impossibles ailleurs. Une fois son protocole établi, il sollicite le professeur Nasimov pour lui présenter son projet et faire la demande de programmation de ses expérimentations sur l'accélérateur d'Eternity.

- Tony, je suis étonné de te voir seul. Y a-t-il un problème avec Chen ? Il ne m'a rien dit à propos de ta demande.

- Non pas de problème, c'est juste que nous ne travaillons pas sur ce sujet ensemble. Je suis en train de construire mon hypothèse, alors pour le moment je préfère ne pas lui faire perdre son temps.

- Et puis-je savoir qu'elle est cette hypothèse ?

- En fait nous savons que dans le modèle standard, grâce à Einstein notamment, il existe deux paramètres qui modifient l'écoulement du temps : la vitesse de déplacement dans l'espace et la gravitation. Manipuler le paramètre de la vitesse ne me semble pas une voie possible dans la mesure où les technologies actuelles ne le permettent pas. J'ai donc choisi de suivre la piste de la gravitation. Comme cela a déjà été imaginé, en générant un champ gravitationnel suffisamment puissant, on doit pouvoir courber l'espace-temps de manière à créer un passage pour voyager dans le temps, à la manière des trous de vers de Wheeler. Une des façons que j'ai imaginées est d'utiliser les particules super massives de la matière noire pour générer un puissant champ de gravité. Ma première étape est donc d'arriver à observer les particules supposées constituer la mystérieuse matière noire, les hexaquarks, et de mesurer les interactions temporelles qu'elle génère.

- Très intéressant Tony, très créatif aussi. Qu'en pensent tes pairs, Chen par exemple ?

- Je n'en ai parlé à personne pour le moment.

- Tu aurais dû. Tu n'es pas le seul à travailler sur la matière noire. Sache que Chen a notamment réservé l'accélérateur de l'université pour des expérimentations sur les six prochains mois. Il cherche aussi les « Weakly Interacting Massive Particles » ! Il me semble donc opportun que tu puisses voir avec lui s'il est possible d'inclure tes expériences avec les siennes ?

C'est la douche froide pour Tony qui pensait impressionner le directeur de la recherche en faisant preuve d'originalité au sujet de la matière noire. D'un autre côté, il sait que c'est quand même le grand sujet du moment. Pour autant, aller voir Chen pour partager l'accès à l'accélérateur de particules reviendrait à lui laisser la possibilité de s'approprier toute découverte. Ou a minima de vivre dans un climat perpétuel de concurrence et de suspicion. À cette pensée, Tony sent instantanément une angoisse se matérialiser par une boule au ventre. Impossible pour lui d'imaginer abandonner l'éventuelle reconnaissance de son travail à un autre. C'est pour lui une question de justice. Il cherche une autre solution. Il existe bien un autre accélérateur plus petit et plus ancien, le grand collisionneur d'hadrons, le LHC, qui se trouve en Suisse et qui est gérée par le CERN. Tony connaît cette infrastructure qui collabore régulièrement avec le CEA, son ancien employeur. Mais son utilisation induirait de nombreuses complications. Le moindre déplacement ayant lieu hors d'Eternity, en particulier dans le cadre du projet Time Gate, fait surgir le service de sécurité avec tout un protocole pour assurer la confidentialité des recherches. Aucune des données utilisées, analysées ou issues des expérimentations ne doit être partagée avec les équipes locales qui hébergent les expériences dans leurs infrastructures. Si un chercheur doit se rendre sur un site extérieur à l'université, cela ressemble plus à une descente de police qu'autre chose. Les équipes de sécurité investissent les lieux, escortant les laborantins et les scientifiques de l'université qui prennent aussitôt possession des équipements. Les personnels locaux sont alors éconduits pendant la durée des expériences, puis à l'issue de la mission, une équipe spécialisée vient faire un nettoyage des données pour ne laisser aucune trace. Tout ce cérémonial pour le moins intrusif n'est possible que grâce aux copieuses indemnités que l'université verse en dédommagement, en utilisant sa propre cryptomonnaie, le CAO, ce qui a fait dire en coulisse qu'elle sème le chaos partout où elle passe. Mais dans le cadre de cet accélérateur de particules, la technicité des installations nécessite la présence des équipes locales et rend impossible sa privatisation, complexité supplémentaire qui s'ajoute à celle de l'éloignement géographique. Tony comprend que ce choix sera largement commenté, qu'il alimentera les discussions et la compétition entre son collègue et lui. C'est loin d'être anodin et cela constitue un risque supplémentaire. Il prend alors le temps d'y réfléchir. Pourquoi ne pas aller voir Chen et s'arranger avec lui ? A-t-il vraiment peur que ce dernier lui vole une découverte ? Il s'interroge le plus honnêtement possible en laissant la réponse venir d'elle-même. Au fond, il sent surtout la peur de faire fausse route dans ses recherches et de passer pour un incompétent, d'être ridiculisé. N'étant pas suffisamment sûr de lui ni de la piste qu'il a choisie, il ne se sent pas capable de travailler dans un climat de compétition permanent. Alors il se met à l'écart, comme il l'a si souvent fait dans son enfance, bien que dans les circonstances actuelles cela ne soit pas rationnel. Lancer ses expérimentations sur l'accélérateur de particules européen va encore plus attirer l'attention sur lui. Il tente de se raisonner mais cette peur, cette croyance à sa possible imposture est trop forte. Il choisit d'envoyer sa demande au professeur Nasimov pour que celui-ci prenne contact avec le CERN pour obtenir un créneau d'utilisation. Le LHC est partagé entre une centaine de laboratoires de toutes nationalités qui viennent y faire leurs essais. Le planning d'utilisation de l'accélérateur, comme les questions liées à l'infrastructure elle-même, est géré par un parlement interne. C'est encore une complexité supplémentaire par rapport à ce qui se passe à Eternity où la priorité est donnée au programme Time Gate. Il faudra tout le poids et les moyens financiers de l'université pour arriver à obtenir un créneau rapidement. Le professeur accepte tout en regrettant que Tony n'ait pas sollicité son binôme. Il insiste un peu en lui suggérant de quand même y réfléchir encore. Pour ne pas indisposer son supérieur, Tony acquiesce tout en sachant que sa décision est prise et qu'il n'y changera rien.

Tom Major est arrivé de bonne heure à son bureau. Le lancement du projet Time Gate a généré une masse de travail supplémentaire qui nécessite qu'il passe plus de temps au ministère. Son épouse, Jackie, passe alors son temps à lui rappeler leurs engagements mondains qu'il semble découvrir à chaque fois qu'elle y fait allusion et trop tard pour annuler dans un délai qui puisse être compatible avec les bonnes manières. À chaque fois, il abandonne son air étonné pour se lamenter sur le manque de temps, sa charge de travail et confie à sa femme, tout à la fois comme une supplique et un mandat, le soin de faire l'impossible pour qu'il soit excusé. Ce matin, il est libre de se plonger dans ses dossiers brûlants en prenant un rapide petit-déjeuner sur un coin de son bureau. Cette fois, il réalise que le surmenage distille ses effets sur son agenda professionnel quand il est prévenu par son secrétaire de l'arrivée du professeur Nasimov.
- Nikolaï, qu'est-ce qui vous amène.
- Nous avons rendez-vous pour le projet Time Gate.

- Diable, j'avais oublié, j'ai trop peu de temps pour tout faire et trop peu de mémoire pour tout garder en tête. Je vous écoute Professeur.

- Je sais votre temps précieux, je vous propose de traiter en priorité le point le plus urgent.

- Allez-y !

- Tony Leblanc souhaite mener ses expérimentations au CERN en Europe.

- Pourquoi cela ? Nous avons le meilleur accélérateur de particules au monde ici à Eternity.

- Il est réservé pour d'autres expérimentations réalisées par un autre chercheur.

- Il n'y a pas moyen de combiner les deux ?

- Le sujet est sensible. En théorie ils travaillent ensemble, sur des sujets connexes, mais la compétition fait rage.

- Qui est l'autre chercheur ?

- C'est Chen Ping, un jeune chinois très doué et surtout très ambitieux.

- Ils ne s'entendent pas ?

- C'est plus subtil, chacun espère faire LA découverte.

- Leblanc n'est-il pas un peu trop chauvin ? Je veux dire, vous savez comment sont les Français, prétentieux, donneurs de leçons, ils ne se sont toujours pas remis de l'effondrement de leur gloire perdue : le Roi Soleil, Napoléon, les lumières, Marie Curie.

- Peut-être mais très doués aussi. Je dois dire que pour le coup, Chen n'a pas facilité les choses.

- Comment cela ?

- Il a rejoint le groupe des chercheurs asiatiques, se mettant de fait à l'écart de son collègue.

- Hmm je vois, ne pouvez-vous pas les contraindre à travailler ensemble ?

- Ce serait contre-productif, j'en suis persuadé.

- Quelle est la solution alors ?

- Autoriser la mission suisse, sachant qu'il va falloir faire pression sur le CERN pour qu'il nous accorde un créneau rapidement.

- Vous m'annoncez que je vais devoir ajouter ça à ma liste d'urgence ?
- C'est vous le ministre !
- Préparez-moi le dossier et contactez les dirigeants du CERN pour entamer les négociations.

Quelques jours plus tard, suite à la confirmation de la demande de Tony, la machine diplomatique se met en route. En interne, l'administration se mobilise pour monter la mission. Côté logistique et sécurité, c'est Beryl Madiba qui est chargée du dossier. Elle convie le chercheur français à un rendez-vous pour préparer le voyage en Europe. L'officière de sécurité le reçoit dans son bureau. Elle commence par évoquer la complexité d'un tel voyage avec un air réjoui, presque reconnaissante d'avoir enfin une opportunité de sortir de sa routine. Puis, tout en douceur, elle en vient à questionner Tony sur son choix. Pourquoi ne pas collaborer avec son collègue chinois ? Il fait d'abord allusion au fait que, contrairement à ce que les apparences pourraient laisser croire, il ne travaille pas sur les mêmes hypothèses que Chen, puis il évoque la compétition entre chercheur et le fait que son collègue ait choisi de rallier le groupe des chercheurs d'origine asiatique, plutôt que de créer un groupe avec lui de « recherche quantique ».

- Oui, ces groupes d'affinités, derrière une démarche apparemment bon enfant, posent quelques questions. Le communautarisme a toujours représenté un risque de sécurité. L'Asie, et la Chine en particulier, se montre pour le moins distante, si ce n'est critique envers le gouvernement mondial. Sans aller jusqu'à parler d'insoumission ou de résistance, l'origine californienne de l'élite dirigeante ravive le sentiment de compétition contre l'Amérique. De plus, ce nouvel ordre mondial sous contrôle a contrarié les velléités de colonialisme de la Chine sur le continent africain, dans le but de sécuriser leurs approvisionnements en matières premières. Ces sujets de géopolitiques apparemment lointains sont en réalité sous-jacents. La constitution de cette équipe de chercheurs originaires d'Asie traduit aussi, d'une certaine manière, cette compétition. Peut-être même une volonté de revanche, je comprends donc vos réticences.

Tony est surpris par la réponse de Beryl. Il pensait que le sujet « des équipes » était une anecdote et il n'y avait fait allusion que pour détourner l'attention de la question de fond : ses recherches sont-elles si différentes de celles de Chen ? Il sent aussitôt que cela va lui permettre de faire de son officière de sécurité une alliée, cela le rassure. Ils échangent longuement sur l'organisation du voyage et les implications logistiques du projet. Dans les jours qui suivent, la nouvelle du voyage de Tony en Europe se répand. Son choix d'entreprendre un projet d'expérimentation ayant de lourdes implications logistiques et donc financières met en exergue la non-coopération entre les deux chercheurs sur le sujet de la matière noire et fait l'objet de nombreux commentaires. Certains prennent parti pour Chen, qui a été le premier à s'attaquer au sujet et d'autres pour Tony en raison du choix de son collègue de rejoindre l'équipe des chercheurs venus d'Asie, ce qui exclut de fait le chercheur français. Entre eux, la relation reste cordiale mais distante, voire froide. Seul le professeur Nasimov ne semble pas s'émouvoir de la situation, peut-être même s'en amuse-t-il. Les réunions avec Beryl Madiba se multiplient, et à l'occasion de l'une d'elles, au sujet de la revue des équipes qui vont participer au voyage, le chercheur laisse échapper le nom de Luna. Dans un premier temps, l'officière de sécurité semble surprise de cette proposition. Mais assez rapidement elle envisage la psychologue comme une alliée, une autre ressource à l'affût des comportements à risque. Elle donne donc son accord et propose au chercheur de l'en informer. Il jubile, voilà une excellente occasion de reprendre contact. En fin de journée, Tony envoie un message à Luna pour lui proposer de se retrouver pour dîner à la brasserie du petit square où ils s'étaient rencontrés un soir. Elle accepte sans poser de question. Il se réjouit de la perspective de la retrouver dans un contexte décontracté pour pouvoir lui annoncer sa participation au voyage à Genève. Le soir venu, arrivé le premier, il s'installe à une table pour deux. Le ciel est encore clair bien que le soleil se couche sur l'horizon, loin derrière la ligne des buildings. L'air est doux et la clameur de l'activité urbaine se calme, on commence à entendre les grillons électroniques diffuser leurs stimulations numériques. Il sent en lui l'excitation et la peur. Que va-t-elle répondre ? Il espère qu'elle ne devinera pas de façon trop évidente son intérêt pour elle et en même temps il espère qu'elle appréciera cette invitation. Ce serait pour lui le signal que son intérêt est peut-être partagé. Elle arrive face à lui, souriante et sensuelle.

Diane sent ses forces diminuer petit à petit. Pourtant, les nouvelles reçues de Tony lui redonnent de l'énergie. Cela rallume la flamme de ses souvenirs heureux, et l'espoir d'accomplir enfin son destin inachevé. Mais il y a l'irrémédiable usure du temps et aussi le sentiment que tout va bientôt s'arrêter. La fatigue lui fait de plus en plus souvent renoncer aux visites régulières qu'elle aime pourtant faire à sa défunte sœur Gaëlle, au cimetière de la ville. Elle sent qu'elle va bientôt devoir demander de l'aide à la sororité des gardiennes. Elle sait que cette fois, en raison des circonstances, cela déclenchera le protocole du dernier retour.

III

Tout cela s'est passé si vite. Mon bonheur est passé si vite. Ces mois, ces jours, ces heures à t'aimer comme jamais je n'avais aimé auparavant, tout cela semble si loin maintenant. À l'échelle de l'éternité de mon amour pour toi, mon bonheur n'a duré qu'une seconde. Pourtant je ne crois pas que je t'ai suffisamment montré la grandeur de mes sentiments. Aujourd'hui il y a en moi cette insondable tristesse de t'avoir perdue et aussi cette immense joie de t'avoir connue, d'avoir pu t'aimer, d'avoir eu la chance de te serrer dans mes bras. Te l'ai-je seulement dit ? Ce souvenir silencieux de notre amour partagé est une souffrance et un secours. Je t'ai aimé de toute mon âme. Maintenant je le sais, grâce à toi j'ai vraiment aimé. Merci pour ce cadeau. Je sais que je n'aimerais plus jamais comme cela, mais cela n'a aucune importance. Cet amour vivra en moi pour toujours.

Au sommet de la tour WG, le palais de la présidence occupe les derniers étages. Sur le toit, une large plateforme accueille la réplique pompeuse d'un château du dix-huitième siècle agrémenté d'un jardin à la française avec ses bassins. Une jolie caricature digne de Las Vegas. Il a été érigé à l'abri d'une coupole de verre pour offrir les meilleures conditions possibles de résidence, température et hygrométrie régulées, brise légère, et surtout pour rendre impossible toute intrusion par voie des airs. Ce matin, le Président Lewis Peack a choisi de prendre son petit-déjeuner dans le jardin. Se considérant lui-même comme un sage, en tant que doyen de l'humanité, il pratique, quand la fantaisie l'en prend, des petits rituels inspirés de vagues traditions spirituelles et aime notamment commencer sa journée en contact avec la nature, tout du moins avec l'échantillon de verdure sous cloche qui agrémente son palais. Après s'être confortablement installé dans son luxueux salon de jardin, il se prépare à la discrète visite d'une de ses plus proches collaboratrices. Il porte un costume sur mesure beige avec une chemise blanche mais sans cravate. Âgé de cent dix-sept ans, il remercie les progrès de la médecine, qu'il soutient par généreux budget, qui lui font paraître trente ans de moins. Héritier du fondateur du gouvernement mondial et propriétaire du consortium All-One, il en est à plus de deux cents heures de chirurgie réparatrice pour se maintenir en vie. Chauve, la peau fine et toujours bronzée, mouchetée de macules brunes d'oxydation due au soleil, inexorablement ridée bien que lissée et tirée, il porte sur le monde son regard gris clair, perçant, toujours vif, avec une expression étrange, dérangeante pour ses interlocuteurs, un air de prédateur en chasse, prêt à bondir mais qui prend son temps, tant il est sûr de sa puissance, de l'issue toujours favorable de ses assauts. Il attend sans impatience d'être mis au courant des derniers développements du programme ultrasecret dont il est l'instigateur et l'unique destinataire. Il a choisi de n'impliquer qu'une seule personne, tenue au secret le plus strict et ayant tout pouvoir pour le mener à bien. Une jeune femme, de quatre-vingt-dix ans sa cadette. Quand Dina Salawa entre dans le palais, le Président est aussitôt averti par son implant cérébral. Il peut même visualiser les images des caméras de surveillance tout au long du trajet de son invitée dans les couloirs de service. La dataïste, au plus haut grade, celui de Maître, un exploit à tout juste vingt-huit ans, arrive furtivement jusqu'au jardin où elle est attendue. Le teint diaphane, les yeux bleus, les cheveux blonds couleur platine, coupés ras laissant voir les exo-connexions de son implant intracrânien, elle porte une combinaison moulante argentée. Elle s'incline respectueusement en silence devant celui qu'elle considère comme un demi-dieu. Elle s'estime chanceuse d'avoir été promue si jeune sur ce projet extrêmement important et qui lui permet de collaborer directement avec l'homme le plus puissant du monde. Selon ses calculs, la probabilité d'être là où elle est à son âge était très faible. Ce qu'elle ignore, c'est que c'est son caractère neuro-atypique, comme disent les psychologues, qui a attiré l'attention sur elle. Une intelligence fulgurante associée à une apparente déconnexion de ses émotions, le tout circonscrit par une grande docilité. Une ressource très utile, performante et peu dangereuse, sa rareté explique sa proximité avec le sommet de la hiérarchie. Très peu sont ceux qui approchent le Président physiquement. La fragile homéostasie du corps plus que centenaire du président implique de limiter les contacts physiques au strict minimum pour réduire les risques d'interactions négatives. Elle s'assoit à l'invitation de son hôte. Aussitôt les deux implants cérébraux se connectent via une liaison hautement sécurisée de très courte portée pour éviter tout piratage. Ils peuvent maintenant échanger sans prononcer un mot. Le vieillard prend alors le temps d'observer longuement et sans détour la jeune femme, comme un artiste contemple son œuvre, ou plutôt comme un proxénète toise sa meilleure gagneuse. Il sait qu'elle devine ses pensées. Cette soumission mentale exercée sur elle l'excite au plus haut point. Sa tenue moulante éveille en lui le souvenir de désirs qu'il ne s'autoriserait pas à assouvir, non en raison de l'orientation sexuelle incompatible de la jeune femme, mais par peur de mettre en danger le fragile équilibre physiologique que la science et les interventions chirurgicales lui permettent de maintenir à grands frais. Cette angoisse a pris corps dans une discipline de vie le tenant à l'écart de tout contact physique avec les autres de peur de souiller son œuvre charnelle. Tout ce qui l'approche ; aliments, produits d'hygiène, vêtements, objets, collaborateurs, invités, tout fait l'objet de la plus grande attention, d'investigations profondes, d'analyses en tout genre et de désinfection la plupart du temps. Dans ces conditions, un rapport sexuel est tout à fait inenvisageable et superflu. Après cette longue et silencieuse observation, il lâche le sujet de l'entrevue : D-Destiny. La dataïste informe le doyen de l'humanité qu'elle supervise en temps réel l'analyse et la synthèse de tous les flux de données qui font l'objet de surveillance. Le moindre signal faible sera perçu assure-t-elle. La politique d'incitation au « techno-civisme », au quantified-self et la croissance des flux données engendrée par le désir de chacun de monter en popularité,

d'obtenir un nouveau grade dans la hiérarchie des influenceurs, portent leurs fruits. Les algorithmes travaillent à plein régime pour alimenter les dataïstes qui affinent les prévisions dans tous les domaines demandés par le pouvoir. Dina évoque à titre d'exemple l'identification d'un jeune chercheur fraîchement arrivé, membre de la Time Team. Celui-ci ne respecte pas complètement les usages et fait des choix audacieux. Un profil intéressant et assurément disruptif, qui ne sera peut-être qu'un feu de paille, mais à surveiller. Disruptif, le mot est lâché. C'est comme une incantation au dieu du progrès scientifique. Véritable phénomène de mode, toute nouveauté pour être digne d'intérêt doit être disruptive, tout projet pour trouver des financements doit être disruptif. Mais derrière ce mot, il est davantage question de déflorer un nouveau moyen de faire du profit que de rompre avec le modèle capitaliste dominant. Une innovation ne garantissant pas des revenus financiers confortables serait plus volontiers qualifiée de hasardeuse que de disruptive. Le président consulte immédiatement les données analysées ainsi que les raisonnements ayant abouti à cette alerte dans la mémoire même de Dina. Laissant son supérieur faire intrusion dans ses pensées, la jeune femme se sert délicatement du thé, prend une tranche de saumon, en découpe un morceau et le porte à ses lèvres fraîches. Le regard perçant de Lewis Peack se fixe sur cette bouche entrouverte et instantanément il se connecte aux sensations de la jeune femme ; goût iodé sur la langue, la chair tendre et fondante dans la bouche. Pris d'une pulsion sexuelle, il s'insinue plus profondément en elle, active son désir, modifie son équilibre biochimique, excite les terminaisons nerveuses génératrices de plaisir. Dina sursaute en réalisant que cette bouffée de plaisir n'est pas naturelle, que c'est le vieillard en face d'elle qui a pris le contrôle de son corps.
- Non, Monsieur le Président, s'il vous plaît !
Le regard du prédateur est maintenant planté dans les yeux stupéfaits de sa proie. Sans le moindre geste, le moindre bruit, confortablement calé dans son fauteuil, il continue les stimulations virtuelles par-delà les frontières intimes de la dataïste.

- Non, arrêtez, je ne veux pas, vous voyez bien que je ne vous désire pas, laissez-moi.

Toujours en silence, sans bouger, le centenaire continue son assaut en y superposant son propre plaisir. Dina renverse sa tasse de thé, elle tente de s'écarter pour couper la liaison entre les implants neuronaux, mais ses jambes se dérobent sous elle et elle s'écroule aux pieds du président. Elle suffoque entre gémissement de plaisir et sanglots. L'homme le plus puissant du monde la regarde avec une expression sadique de contrôle, il sent son plaisir se mélanger aux tourments émotionnels de sa victime jusqu'à ressentir les effets d'un orgasme. Aussitôt après, il laisse sa tête tomber en arrière contre le dossier de son fauteuil et coupe la connexion avec la jeune femme. Pendant quelques minutes il savoure autant son plaisir que son pouvoir. Sa victime se relève titubante, secouée par des sanglots.

- Vous... vous m'avez violée !
- Allons ma chère, je ne vous ai même pas touchée, reprenez-vous, dit-il calmement en redressant la tête.
- Vous êtes...
- Croyez-vous que je n'aie pas ressenti votre plaisir ?
- Je ne voulais pas !
- Considérez plutôt le privilège que je vous ai accordé, dit-il sèchement. Peu sont celles qui peuvent s'enorgueillir d'avoir eu du plaisir avec l'homme le plus puissant du monde !
- Un viol, c'est un viol !

Le Président la regarde maintenant avec dureté, un petit sourire aux lèvres, presque une expression de mépris. Son ton est devenu cassant.

- J'ai ressenti tout comme vous votre plaisir physique, alors retirez immédiatement ce mot de votre esprit avant que je ne l'efface moi-même de votre vocabulaire, comme je pourrais en effacer le souvenir de votre résistance au consentement. Vous n'êtes rien sans moi, ce monde n'est rien sans moi. Reprenez votre travail, j'attends de vous de l'excellence, inutile d'essayer de trouver des prétextes pour ne pas vous donner entièrement à votre mission.

La jeune femme reste silencieuse, choquée. Elle se retire en silence.

- Nous nous reverrons très bientôt, venez avec des éléments plus probants la prochaine fois, lui lance le Président sans se retourner, portant à ses lèvres sa tasse de café.

Arrivée dans l'ascenseur, Dina sent une violente envie de vomir quand elle croise son reflet dans le miroir. Elle tente de calmer son angoisse, sa détresse. La fragilité incontrôlable qui fait trembler ses jambes la révolte. Elle tente de mettre de côté ce qui vient de se produire afin de reprendre son activité, de redevenir la machine froide qui traite des milliards de données tous les jours. Elle se reconnecte aux flux d'informations, c'est pour elle comme une musique douce et réconfortante. Rien à craindre dans ce monde virtuel. Rien si ce n'est l'intrusion de Lewis Peack. Elle sait que de sa position, il peut accéder à tous les implants, entrer dans l'esprit de n'importe quel citoyen connecté. Quant à elle, elle a parfaitement conscience que sa position de collaboratrice de premier plan sur le dossier le plus secret et le plus important pour le président du monde, en fait une cible privilégiée. Être promue à la tête de ce projet semblait une chance et une promotion exceptionnelle pour une jeune femme ambitieuse. Cela ressemble aujourd'hui à une malédiction. Elle sent le besoin de se confier à quelqu'un mais sait cela impossible. Alors encore une fois, elle tente d'enfouir le viol qu'elle vient de subir dans la partie inconsciente de son cerveau et de se concentrer sur sa mission de surveillance des signaux faibles. Pourtant son travail vient de perdre tout son attrait. Désormais, s'y atteler va lui demander un effort incommensurable, surtout à l'idée de se retrouver de nouveau en présence de Lewis Peack. Elle sent un frisson remonter le long de sa colonne à l'évocation de ce nom. Jusqu'à ce matin, il représentait pourtant le pouvoir, la sagesse, une certaine réponse à ses aspirations, notamment du fait de la distance qui existait entre eux, tant en termes d'âge que de statut. Tout cela s'est effondré laissant place à une grande confusion, à de l'incompréhension. Elle ressent le besoin de se poser pour clarifier ses pensées, laisser sortir le trop-plein d'émotions. Dina se prenait elle-même pour une machine, une super-calculatrice dénuée de sentiments, stable, d'humeur égale, toujours disponible pour analyser des quantités astronomiques de données sans aucune interférence. C'est probablement ce qui a excité le désir invasif du président. Faire des vagues à la surface lisse et calme de sa psyché, quitte à en troubler l'eau claire. Il faut qu'elle parle à quelqu'un. À qui peut-elle se confier ? Le secret auquel sa mission la tient lui interdit d'en parler à son entourage, sans oublier qu'elle fait l'objet d'une surveillance étroite et continue. Dina part se réfugier un moment au temple All-One de l'ordre dataïste. Celui-ci, au cœur de la tour du gouvernement mondial, se compose d'une salle immense, haute de trois étages, qui accueille le cœur du système : c'est le data center principal de l'ordre. Une tour en forme de tube cylindrique constituée de puissants ordinateurs reliés par une forêt de câbles. Au centre, trône l'énorme supercalculateur quantique All-One SQ1. Placé comme un autel dans le chœur d'une église, SQ1 est le naos du temple All-One, à la fois le lieu où le dieu de la science et du progrès se trouve et son incarnation. Autour des dataïstes de l'ordre, des ingénieurs et techniciens, membres du clergé All-One, assurent la maintenance des installations. C'est ici que toute la connaissance et toutes les données collectées convergent. C'est d'ici que la caste dirigeante tire son pouvoir. S'il est vrai que les gafarques souhaitent ramener du futur les progrès en médecine qui renforceront et faciliteront leur éternité, il y a une autre vérité, dissimulée celle-là. Derrière le projet Time Gate, s'en cache un autre au nom de code D-Destiny. Ce programme, ultrasecret, est la vraie raison d'être de la débauche de moyens que le premier des gafarques met en œuvre pour se doter du voyage dans le temps. C'est à cette fin que l'ordre des dataïstes regroupant une poignée des meilleurs statisticiens, probabilistes et data scientistes du monde a été créé. Leur mission : réaliser le rêve de tout dictateur de prédire l'avenir, de modéliser le cours de l'Histoire pour pouvoir l'orienter en fonction de ses besoins. Tous font partie de l'élite, issus du clergé All-One, titulaires d'un passeport Groundonien, augmentés par des implants intracrâniens pour avoir accès à des capacités de calcul infinies instantanément. Ils passent leur temps dans de confortables fauteuils, les yeux fermés à analyser des milliards de données chaque jour. Les modélisations ont avancé brillamment sur les données empiriques du passé. La prochaine étape consisterait donc à valider ces modèles en modifiant un évènement d'une époque pour en mesurer les effets postérieurement. Cela permettrait au maître du monde actuel, d'empêcher l'apparition de toute forme de contestation dans le futur et de garantir éternellement sa position dominante. Il n'est plus simplement question de voyager dans le temps, mais de maîtriser le futur avant qu'il ne se manifeste. Dina, jeune femme d'origine libanaise dotée d'un quotient intellectuel très élevé et titulaire d'un doctorat en économétrie, a gravi les échelons de la hiérarchie All-One très tôt. Fille de diplomate, elle faisait partie de l'élite et elle a obtenu facilement son passeport Groundonien après la soutenance de son doctorat. L'année suivante, elle s'est fait implanter la toute dernière génération d'interface cérébrale lui permettant de décupler ses capacités de calcul. Après la période d'accoutumance et de test, elle est accueillie comme novice au sein de l'ordre des dataïstes. En quelques années, elle devient compagnon, puis maître, pour se voir finalement proposer la tête de l'ordre et la responsabilité du programme D-Destiny par le Président lui-même. Dire que cette femme est une machine n'est plus une métaphore. D'un naturel froid, toujours en train d'analyser, de calculer des probabilités, elle souffre d'une forme docile de psychopathie. C'est ce dernier trait de caractère qui a attiré sur elle l'intérêt de l'ordre. En effet, sa psychopathologie maîtrisée, ou plus exactement contrôlée par la présence de l'implant intracrânien, assure un traitement des données sans influence émotionnelle, comme une véritable machine, avec des capacités intuitives et créatives bien supérieures.

Luna marche dans le parc California à proximité de la tour WG. Elle a besoin de se reconnecter à la nature, de prendre un temps pour elle. Depuis que Tony lui a demandé de faire partie du voyage en Europe, elle sait que les choses vont se précipiter. Elle pense à sa mission, à la raison profonde de sa présence à Eternity. Elle sait que désormais les choses sérieuses commencent, que des lignes de vie vont se rejoindre sur la trame du temps pour tenter de tisser un autre futur. Elle s'assoit au bord de l'eau à l'endroit où le parc accueille l'extrémité du canal qui traverse la ville jusqu'au lac Heron. Elle laisse aller son esprit, elle ressent la beauté fragile de la vie, tout autant que l'immuabilité des cycles écosystémiques. Cela va arriver, se dit-elle. Depuis longtemps, elle a été préparée à cela. Elle se souvient de son apprentissage sur le fonctionnement des secrets rouages du temps. Elle sait que c'est son tour maintenant. Elle se sent prête à aller plus loin, elle sait ce à quoi elle consent, quel est son rôle dans le destin qui doit s'écrire. Mettant son esprit au repos, elle fixe son attention sur ce qu'elle ressent. C'est comme une rampe d'accès pour descendre en elle, vers ce que certains appellent l'être profond. Là, elle ressent avec intensité son appartenance au tout, sa place singulière. Un grand calme réconfortant l'enveloppe. Elle goûte avec humilité et gratitude cette sensation. Ressourcée, elle prend la direction de la tour. Dès qu'elle a donné son accord pour participer à la mission d'expérimentation à Genève, elle a été approchée par Beryl Madiba pour évoquer les questions de sûreté du voyage. L'officière de sécurité souhaite profiter de cette ressource imprévue pour mettre en place avec elle un protocole d'évaluation psychologique pour tous les participants, mais également pour les personnels locaux qui seront impliqués. Cela pourrait prendre la forme d'entretiens réguliers pour évaluer la météo intérieure des personnes. De cette façon, il serait possible de déceler les manifestations de stress mais aussi les personnalités à surveiller. Les deux femmes se rencontrent plusieurs fois pour établir le cadre de l'étude. Autant Beryl est habituée à adopter une attitude presque martiale, très structurée, droite, carrée comme on dit, avec le souci d'être claire, précise, parfois rigide pour ne laisser aucune place à l'incertitude, autant son corps semble tout en souplesse, agile et tonique. Mince, élancée même, une sensualité douce recouvre avec grâce sa force et ses aptitudes physiques. Ses traits purs, peau noire et lisse, cheveux courts, n'en dégagent pas moins un charme sophistiqué. Face à elle, la beauté simple de Luna fait contraste. Beryl est émue par le charme naturel de son interlocutrice qui éveille en elle une envie de protection. Celle-là même qui l'a motivée à choisir la carrière d'officière de sécurité. Comme un écho à ses convictions profondes, mais aussi à des besoins d'exister dans un rôle protecteur, pas tout à fait conscients, elle sent une envie de faire plus ample connaissance avec la psychologue. Au fil des rencontres, le courant passe entre les deux femmes. Une vision commune de la façon dont la nature humaine peut prendre des détours pour s'exprimer, le même sens de l'humour a créé un début d'intimité entre elles. Luna a accepté de mettre au point un suivi psychologique des personnels pour les missions scientifiques extérieures à l'université. Cela ne se limitera pas à la mission à Genève, mais sera désormais appliqué à toute expédition hors de l'enceinte de l'université. Luna se voit mise en avant pendant quelque temps, lors du déploiement de ce nouveau protocole de suivi psychologique des personnels intervenant hors les murs d'Eternity. C'est ainsi que Dina découvre son existence. Aussitôt sa curiosité la pousse à consulter toutes les données la concernant. Ce qu'elle remarque en premier, c'est une certaine similitude entre elles, bien que la psychologue soit plus âgée. Mais cette femme, qui était une universitaire plutôt brillante, a été repérée elle aussi par le gouvernement et promue sur le projet de recherche sur le voyage dans le temps. Elle découvre dans ses flux de données quelques relations qui semblent privilégiées par la récurrence des contacts. Deux personnes en particulier. Un jeune chercheur et une officière de sécurité. Elle consulte le dossier de Tony, qu'elle avait déjà identifié, sans s'y attarder, n'y découvrant rien de particulier, puis elle se penche sur celui de Beryl. Dès que sa fiche apparaît à l'écran, elle est touchée sans comprendre pourquoi. Elle découvre une femme qui est autant Yang qu'elle est Yin, aussi noire qu'elle est blanche, aussi forte qu'elle est fragile, aussi dynamique qu'elle est statique. Troublée, elle s'accorde un moment pour clarifier ce qu'elle ressent. Elle comprend que cette femme représente la sécurité dont elle a besoin et qu'elle a du mal à trouver en elle-même, surtout après l'agression de Lewis Peack. C'est sans doute la raison pour laquelle elle avait choisi une carrière plutôt solitaire, en retrait de la société, en train de surveiller l'activité de la cité en permanence, perchée en haut d'une tour, exerçant un contrôle absolu sur la vie d'Eternity. Son émotion est au comble quand lui vient la pensée que Beryl ne se serait sûrement jamais laissé violer par le Président. Probablement que celui-ci n'aurait même pas essayé compte tenu de la force qu'elle dégage. Elle représente à cet instant tout ce dont Dina a besoin, tout ce qui lui fait défaut. C'est comme un coup de foudre, Dina est en pâmoison devant la photo de l'officière de sécurité qui semble détenir tout ce qui lui manque. Elle ne peut s'empêcher de calculer les probabilités d'une rencontre, puis d'une complicité et enfin d'une histoire d'amour. Les résultats sont assez décevants, sauf si on donne un coup de pouce au hasard. Il lui faut absolument la rencontrer. Alors elle invente un prétexte. Elle va se joindre au voyage en Europe pour superviser la gestion des données qui seront générées en dehors de l'université d'Eternity.

Quand Tony arrive au laboratoire ce matin, il y a de l'effervescence. Nicolaï Nasimov reçoit Tom Major, le président de l'université et Ministre de la recherche, pour un petit cocktail afin de célébrer la publication de membres du laboratoire. Tous les chercheurs sont conviés. Il se rapproche du buffet où nombre de ses collègues, regroupés autour du vieux russe, échangent déjà sur la nouvelle du jour. L'équipe américaine, humblement nommée « Quantum valley », a réussi à modéliser par le calcul l'apparition du champ scalaire de Higgs et à lui donner une date de naissance qui serait concomitante avec la création de l'univers, c'est-à-dire quelques fractions de seconde après le big bang théorique. La publication met l'accent sur le lien qu'elle suppose entre l'apparition du champ scalaire et le début du temps de la matière. Tout est parti de l'hypothèse selon laquelle l'interaction du champ de Higgs, via ses bosons du même nom, a déclenché l'écoulement du temps. Les chercheurs ont opté pour une solution ontologique pour pouvoir rapprocher le modèle standard de la relativité générale par de complexes modèles mathématiques. Tout cela semble confirmer l'hypothèse d'Einstein : le temps est lié à l'espace. L'espace dont il subsiste une inconnue majeure appelée matière noire. Désormais, tous les regards se tournent vers les recherches de Chen et de Tony. Tout le monde les sollicite. Chen profite de l'occasion, et notamment de la présence de Nasimov et Major, pour annoncer avec fierté qu'il débutera d'ici quelques jours ses expérimentations sur le fameux accélérateur de particules de l'université d'Eternity, le Loop 100TK. Il est confiant et espère des résultats rapides. Ces annonces renforcent le sentiment de compétition entre les chercheurs. Tony ne se sent pas à l'aise, il a l'impression que le choix d'utiliser une installation moins performante et à l'autre bout du monde le met un peu en difficulté, à l'écart, tout en lui ajoutant une pression sur les résultats pour justifier cette coquetterie européenne impliquant de lourdes contraintes logistiques. Il repère Chen qui discute avec le professeur et le président en faisant preuve d'une aisance qui frôle la familiarité. Le chercheur français se fait violence pour les rejoindre et tenter de se faire valoir lui aussi.

- Tony, dit Nasimov, quand débutes-tu tes expérimentations ?
- Très bientôt Professeur, je finalise les aspects logistiques en ce moment.
- Tu sais Tony, dit Chen avec un sourire narquois, ce n'est pas en restant dans mon ombre que tu auras plus de chance de voir de la matière noire.

Les rires éclatent. Le chercheur français émet lui aussi un petit rire tout en cherchant sa répartie. Rien ne vient, son collègue chinois renchérit sur un ton condescendant.

- Tu sais que le Loop 100TK tire son nom de sa boucle de cent kilomètres et de sa puissance de cent tera-électronvolt, c'est-à-dire qu'il est quatre fois plus grand que celui du CERN à Genève et six fois plus puissant. Tu pars avec un sacré handicap.

Tony hausse les sourcils en silence, les regards se détournent, les discussions reprennent sur les recherches de Chen. Mal à l'aise, il se détourne vers le buffet pour cacher sa gêne en adoptant un air occupé à sélectionner les petits fours qu'il va déguster.

- Je crois en vous Tony, dit Tom Major qui est venu le rejoindre. Ne vous formalisez pas des péroraisons d'un jeune paon. Ce ne sont pas les infrastructures qui font les découvertes. Quand Einstein a rédigé sa géniale théorie de la relativité générale, aucun des deux accélérateurs de particules n'existait. Pourtant, vos recherches qui nécessitent ces mêmes installations ne sont possibles que grâce à lui.

- Je vous remercie Monsieur le Président.

- Vous ne laisserez pas l'Europe se faire distancer dans la course au voyage dans le temps, n'est-ce pas ? Après l'annonce américaine, je compte sur vous pour couper l'herbe sous le pied de ce chinois prétentieux !

Tony affiche un sourire surpris. Le Ministre lui pose amicalement la main sur l'épaule et ajoute avec un air espiègle, « je reste un sujet britannique » avant de retourner vers le groupe aggluiné autour du professeur Nasimov. Le jeune homme se sent regonflé, cette marque de reconnaissance le flatte. Le soir venu, il se rend avec impatience au restaurant où il doit retrouver Luna. Il imagine en chemin comment il va lui raconter ce que Tom Major lui a confié. Quand il arrive, elle est là, assise à une table, l'air tranquille mais elle est accompagnée d'un enfant, assez jeune, quatre ans tout au plus. La curiosité prend le dessus sur la déception de ne pas être seul avec elle.

- Bonsoir Luna… Tony hésite, cherchant un trait d'humour pour faire son entrée : ne me dit pas que l'université recrute les chercheurs dès la maternelle.

- Non, c'est juste une expérience qui a mal tourné, au lieu d'aller dans le passé celui-ci est retourné en enfance ! Tu saisis les implications psychanalytiques…

- Y a-t-il un message ?

- Aucun de ma part. Sinon une femme avec un enfant à ta table, ce n'est pas trop la panique ? Ça va aller ?

- Qui te dit que je n'en ai pas un moi aussi, même si je l'ignore moi-même !

- Tu ne crois pas si bien dire !

- Et qui est donc ce jeune garçon ?

- C'est l'enfant d'une amie. Je te présente Antoine.

- Enchanté jeune homme. Je ne savais pas que tu faisais aussi la baby-sitter.

- C'est assez exceptionnel.

Tony, en s'asseyant, sent une étrange sensation, quelque chose remue au tréfonds de lui. Il reste silencieux devant l'enfant qui semble indifférent, le regard ailleurs. C'est un sentiment indescriptible, comme si cela faisait appel à quelque chose de son passé qui serait coincé au bord de sa conscience, comme la sensation d'avoir un mot sur le bout de la langue sans pouvoir s'en rappeler. C'est troublant d'autant qu'il a aussi la sensation d'avoir déjà vécu cette scène. Il regarde le petit garçon. Quelque chose le touche, une sorte d'absence au monde qui l'entoure, comme une mise à distance, peut-être une protection. Pendant ces quelques secondes suspendues dans le silence, Luna l'observe. Il lève les yeux vers elle, rien ne lui vient à l'esprit, il garde le silence. Il sent de l'intensité dans le regard de cette femme, un contact nouveau, plus intime, plus profond. Son cœur accélère. Elle lui sourit et cette fois son sourire est plus large, comme s'il y avait moins de retenue. Cela semble plus sincère, plus entier, comme le signe d'un abandon, une façon d'accueillir ce qui doit advenir. Il est troublé. Il jette un coup d'œil à l'enfant qui est très occupé à jouer avec sa serviette, loin de ce qui se passe entre eux.

- Tu le gardes jusqu'à quelle heure ?

- Ne t'inquiète pas, mon amie viendra le chercher bien avant la fin de la soirée.

Elle a dit cela avec un petit sourire et les yeux pétillants. Tony commence à croire à l'intérêt qu'elle semble lui porter. Il se dit qu'il peut la séduire, la conquérir. Une vague d'assurance le galvanise. Il se sent prêt à relever tous les défis et en premier lieu celui de concrétiser cette conquête : l'embrasser, peut-être passer la nuit avec elle, lui faire l'amour, un acte, un fait tangible pour marquer le début officiel de leur relation. Tony ne peut s'empêcher de relancer la conversation. L'empressement et la soudaine assurance du chercheur n'échappent pas à Luna. Tout en finesse, elle l'amène à se dévoiler. Pour elle, cela éclaire le chemin que leurs destins s'apprêtent à emprunter. Tony en vient à parler de son enfance, il revient sur ce dont il a le souvenir. Tout commence après l'accident et la disparition de ses parents. C'est assez flou au début puis il se souvient de quelques images après son adoption par Gaëlle – il avait à peu près cinq ans – puis les visites de Diane plus tard. Luna l'écoute et, comme il est assez prolixe, elle ne dévoile que peu de son histoire. Une intimité se crée. Cela n'a rien à voir avec une amitié entre collègues ou compatriotes. Petit à petit, il y a cette douce ivresse qui les grise, celle des sens à fleur de peau, d'un isolement du reste du monde, de la fluidité des échanges. Chacun se met à percevoir d'infimes détails qui sont pourtant les marqueurs du désir : une odeur, une mèche de cheveux rebelle, un grain de beauté dans le cou, une ridule au coin de l'œil, un reflet satin sur les lèvres, les variations de couleur d'une pupille. Les consciences se rapprochent, c'est comme un effet loupe, plus rien n'existe autour, ils sont seuls au monde, même le petit Antoine à leur table semble avoir disparu. Depuis le fond de l'univers et les arcanes du temps, deux lignes d'univers se rejoignent pour tracer un destin commun. À la fin du dîner, Luna s'éclipse quelques instants pour confier Antoine à son amie qui doit le ramener chez lui. Tony la regarde de loin, il observe ses moindres mouvements, l'amplitude, la souplesse, la précision de ses gestes, comme il jugerait une chorégraphie. Il remarque qu'elle et son amie portent au poignet gauche le même bracelet. C'est typiquement le genre de petit détail qu'il ne rate jamais. Mais son regard est attiré par autre chose, il s'arrête sur les courbes du corps de celle qu'il désire désormais. Elle revient tout sourire.

- Honnêtement, tu as cru que c'était mon fils ?

- Non, pas du tout.

- Pourtant tu avais l'air désespéré de le voir avec moi !

- Pour ne rien te cacher, j'étais un peu déçu de ne pas être seul avec toi.

- Mais peut-être ne sommes-nous pas seuls ?

- Comment ça ?

- N'y a-t-il pas le petit Tony ici, jaloux qu'Antoine fût là ?

- Ah j'ai droit à une séance psy maintenant !

- Que veux-tu, déformation professionnelle ! Toujours est-il que j'ai envie d'en savoir un peu plus sur toi avant de succomber… Car c'est bien ce que tu attends, que je succombe, n'est-ce pas ?

- C'est possible… Que veux-tu savoir ?

- Est-ce qu'il est là ?

- Qui ?

- Le petit Tony.

- Lui… non je ne crois pas, il est tard, il est couché ! C'est l'heure où les adultes ont besoin d'être seuls sans enfants.

- Pourtant il est bien là, sois-en sûr.

- Ah !

- Il est toujours là, c'est juste que tu ne le vois pas ou que tu ne veux pas le voir.

- Et c'est grave ?

- Non, je souhaite juste que tu prennes conscience qu'il est là, que tu ne sois pas surpris s'il tente d'affirmer sa présence au mauvais moment.

- Ce serait quoi le mauvais moment ?

- Que dirais-tu d'en discuter chez moi ?

Tony ne peut réprimer le sourire qui s'étale largement sur tout son visage. La vague de joie que ces derniers mots viennent de susciter ne peut être contenue. Ils se lèvent et quittent le restaurant. Luna habite le même quartier que lui, ce qui n'est pas très surprenant compte tenu de la politique de logement de l'université d'Eternity. Sur le chemin, il se rapproche doucement d'elle et prend délicatement son bras. Elle se laisse faire et lui jette un regard complice en coin. Ils arrivent à son adresse, entrent dans l'immeuble, puis dans l'ascenseur. Encouragé par la promiscuité du lieu, il s'approche d'elle, passe ses bras autour de sa taille. Elle ne bouge pas et soutient son regard. Ils s'embrassent. La cabine s'immobilise, elle l'entraîne par la main à l'intérieur de son appartement. Ils rejoignent la terrasse arborée. Dans la pénombre du couvert végétal, ils s'enlacent. Tony laisse ses mains courir sur le corps de Luna. Quand il sent qu'elle se redresse, il s'arrête hésitant, il prend un peu de recul pour la regarder, analyser ses traits.

- Oui ? Dit-elle.
- Non rien, je ne sais pas si je vais trop vite…
- Tu as besoin d'être rassuré ?
- Hmm, c'est possible.
- N'est-ce pas le petit Tony s'invite pile au mauvais moment ?

Il a un mouvement de recul, ses épaules s'affaissent, il relâche son étreinte. Aussitôt, c'est Luna qui resserre ses bras autour de lui.

- Moi c'est le grand Tony que j'ai envie de rencontrer là, dit-elle.

Leurs visages se sont rapprochés et s'éclairent de sourires radieux. Ils s'embrassent à nouveau. Les bras se serrent, les corps fusionnent.

Beryl entre dans la tour WG. Elle sent une excitation, comme de l'impatience de retrouver Luna pour la réunion de coordination de la mission TGC, acronyme pour Time Gate CERN. Elle passe par le point de contrôle sécurité où, malgré son badge d'officière indiquant son niveau d'accréditation, elle doit se soumettre à des relevés biométriques afin de certifier son identité. Des agents lourdement armés encadrent les personnels de contrôle. Les sas s'ouvrent et se referment les uns derrière les autres. Une fois libre à l'intérieur de la tour, elle emprunte un gyropode autonome pour se rendre aux ascenseurs réservés au personnel. Elle entre. Aussitôt, la détection de son badge paramètre les commandes de la cabine en fonction de ses prérogatives et accréditations. Seuls les étages qui lui sont autorisés apparaissent avec en priorité ceux où elle se rend le plus souvent. Elle sélectionne le niveau cent cinquante-trois, celui des salles de réunion de la direction de l'université. Pendant la montée silencieuse, elle pense à Luna, elle ressent de l'attirance. Comment aller plus loin se demande-t-elle sans mettre en danger sa mission. Tony sera là aussi. Elle le sent comme un rival. Elle doit faire attention de ne pas laisser ses sentiments altérer ses aptitudes. C'est pour lui que toute cette mission est montée, pour la réussite du projet prioritaire Time Gate. Beaucoup d'espoirs reposent sur lui. Elle ne doit pas nuire à sa réussite. Elle arrive en avance et entre la première dans la salle. Elle dépose ses affaires à la troisième place à droite de l'entrée, comme toujours, histoire de faire face aux arrivants et de se trouver dans une position centrale. Par la baie vitrée striée d'un store en bois exotique, elle contemple la plaine sur laquelle la ville a poussé, et au fond les reflets du lac Heron. Dans le silence de sa contemplation, elle entend un léger raclement de gorge émis pour signaler sa présence. Elle se retourne et découvre à l'entrée une jeune femme qu'elle ne connaît pas. Très blanche, d'allure fragile, elle esquisse un timide sourire.

- Bonjour, vous cherchez quelqu'un ?

- Bonjour Beryl, c'est vous que je viens voir.

- Vous êtes ?

- Dina Salawa, Maître Dataïste.

- Je vois. Ma prochaine question était « Comment saviez-vous où me trouver », mais elle est superflue.

- En effet, je sollicite de me joindre à votre réunion afin d'évaluer la question des données liées à la mission.

- Je suis très étonnée qu'un Maître dataïste se préoccupe de questions aussi terre à terre, indépendamment du fait que cela pourrait laisser supposer que ma capacité à mettre en œuvre tous les protocoles en vigueur est en doute.

- Oh non Beryl n'ayez crainte, j'ai la plus haute estime pour vous et toute confiance en vos compétences.

À cet instant, Luna entre dans la salle. Dina l'observe, elle remarque immédiatement le changement d'attitude de Beryl. Cette dernière semble se focaliser sur la nouvelle venue. Pour en avoir le cœur net, la dataïste se connecte, via son implant intracrânien, aux flux de données des capteurs biométriques de l'officière. Elle voit son pouls accélérer, son équilibre hormonal se modifier… Tout ceci n'est autre que la manifestation biologique du désir. Un rapide calcul de probabilités avec cette nouvelle donnée lui montre que ses chances de la conquérir sont infimes. Elle se retourne vers le mur, mâchoires serrées. Agacée, elle décide d'observer Luna. Celle-ci ne semble pas se soucier particulièrement de Beryl. Puis soudain, son intérêt s'éveille, elle découvre que Tony Leblanc vient d'entrer à son tour. C'est lui qui émeut la psychologue et non Beryl. Ainsi se dessine l'intrigue amoureuse de cette mission : Dina désire Beryl, qui désire Luna, qui s'intéresse à Tony. La dataïste se réjouit de constater que l'intérêt de la psychologue se porte sur le chercheur. Nouveau calcul de probabilités, ses chances progressent, mais pour impacter plus fortement le résultat, cette nouvelle donnée doit être connue de Béryl. Lui dévoiler les inclinations de Tony et Luna constituera une excellente raison pour que l'officière renonce à l'objet de son désir et soit à sa portée. Cette dernière l'invite à prendre place. Durant la réunion, Dina passe à l'action, elle tente de mettre en lumière la relation particulière qu'elle suppose entre la psychologue et le chercheur. Par ses questions, ou des petits commentaires, elle veut les pousser à dévoiler le lien intime qui les lie. C'est un regard de l'un quand l'autre parle, un sourire, un trait d'humour complice. Cela fonctionne. Plus le temps passe, plus les interventions de Tony font monter la tension de l'officière de sécurité. C'est parfaitement observable à travers l'analyse de ses données biométriques. Les probabilités remontent ! En parallèle, elle consulte les informations disponibles sur la psychologue, elle tente de fouiller son passé numérique. Il faut qu'elle trouve quelque chose qui puisse l'éloigner de Beryl. Ce que la jeune femme ignore, c'est que Lewis Peack lui-même a affecté une entité d'intelligence artificielle de dernière génération à sa surveillance. Il sait tout ce qu'elle fait, tout ce qu'elle observe, tout ce que ses flux de données révèlent. Au moment où chacun quitte la salle de réunion pour retourner à ses occupations, Dina se rapproche de Beryl pour lui demander une entrevue seule à seule. Elle sait que celle-ci se méfie, qu'elle doit la rassurer sur ses intentions. Sa participation à la mission en Suisse ne doit pas apparaître comme une intrusion, une remise en question de ses compétences, un contrôle de ce qu'elle fait. Elle décide alors de lui présenter sa participation comme l'opportunité d'approfondir sa connaissance de la gestion de la sécurité des données, en quelque sorte comme un service que l'officière de sécurité pourrait lui rendre. Elle fait mouche, cela a éveillé l'intérêt de Beryl. Dina peut le lire immédiatement dans les flux de données biométriques. Le support de la technologie est une chance car sa capacité à identifier les émotions de ses interlocuteurs à travers leurs expressions est limitée. Pour augmenter ses chances et faire basculer la décision en sa faveur, Dina propose de superviser l'affectation du terminal quantique mobile TQm appartenant à l'ordre dataïste pour la mission. Celui-ci permettra de sécuriser les données en évitant le recours au centre de calcul du CERN. Les données collectées seront traitées à la volée par le TQm puis directement envoyées vers le data center d'Eternity. Les deux femmes quittent la salle de réunion, Dina attend patiemment que Beryl donne la réponse que ses derniers calculs de probabilités lui ont déjà révélée.

- C'est d'accord, bienvenue dans la mission TGC. Je vous envoie une proposition de rendez-vous. Il faut faire vite maintenant, le départ approche.

David Wall, guide suprême du culte All-One, sort du bureau du ministre Tom Major. Les deux hommes se sont mis d'accord sur la nécessité d'organiser une cérémonie pour le lancement de la mission en Suisse. Si la bénédiction des expéditions lointaines est bien ancrée dans la tradition religieuse et reprise par le clergé All-One, c'est plus l'incitation des citoyens au partage de leurs données personnelles qui est visée que d'attirer de bons augures sur le projet TGC. Les informations privées sont en effet devenues la matière première la plus recherchée et la plus précieuse pour le gouvernement mondial.

Dans sa quête d'éternité, la caste des gafarques a érigé le contrôle des données et la prédiction des comportements comme une préoccupation majeure, raison pour laquelle l'ordre dataïste est au cœur du pouvoir. Le monde est scruté en permanence, analysé, contrôlé, avec l'obsession de traquer les zones d'incertitude pour les réduire à coups de prédictions. Cette fascination du contrôle, les gafarques la vivent jusque dans leur chair, par le recours permanent à une médecine de pointe, assise sur le recours à la technologie invasive, censée leur garantir l'éternité. C'est cette forme de démence qui les a poussés à vouloir contrôler le temps et le futur. La démarche scientifique et les technologies de l'information se sont ainsi hissées au rang du sacré. C'est à Dina qu'est confiée l'organisation de cette cérémonie devant officiellement susciter le soutien de tous les citoyens au projet. La veille du départ des équipes pour Genève, la cérémonie est diffusée sur le réseau All-One en direct pour permettre au plus grand nombre d'y prendre part. Tous les citoyens du monde sont invités à connecter leurs appareils intelligents, smartphones, assistants personnels, montres connectées, interfaces de quantified self, implants, etc. Toutes les personnes reliées reçoivent des retours neurosensoriels pour synchroniser et faciliter la communion. Ce qui est recherché à ce moment c'est l'appartenance à un tout, la conscience All-One, sorte de trans spirituelle assistée par la technologie. Dina annonce que l'ordre dataïste contribue lui aussi au projet avec la mise à disposition du terminal quantique mobile pour le voyage en Suisse. Cela vient renforcer, si cela était nécessaire, la légitimité de sa participation au voyage. Pour la communauté des croyants, c'est comme si une figure sacrée, une incarnation du dieu All-One participait directement à la mission. Elle appelle tous les citoyens à accompagner en prière le voyage de l'objet sacré. Après cette séquence pleine de ferveur, c'est le grand siphonnage de données personnelles au nom du saint techno-civisme. Luna et Tony assistent à la cérémonie, ils n'ont en leur possession que leurs smartphones et la montre connectée du chercheur qui puisse transmettre des données personnelles. C'est

assez limité par rapport à ce qu'un bon pratiquant All-One peut
offrir. Mais pour Tony c'est déjà beaucoup, trop presque pour lui
qui a peur de se dévoiler. Il s'interroge sur ce culte de la donnée.
Luna ayant étudié en détail le système, elle lui explique que ce qui
intéresse le plus l'ordre dataïste, c'est la corrélation des données
biométriques, révélant les réactions physiologiques inconscientes
liées aux émotions, à l'expérientiel, avec des informations
d'environnement, de contenu, de sens. Le but étant là aussi la
compréhension scientifique des stimuli auxquels les individus sont
exposés et réceptifs dans le maximum de contextes possibles. Toutes
ces données seront analysées pour en extraire des modèles qui
serviront à construire des algorithmes prédictifs à usage commercial
bien sûr, mais aussi politique et sécuritaire. Tony est un scientifique,
quelqu'un qui croit en la méthode scientifique, basée sur des résultats
tangibles, des preuves irréfutables mais soumises à une remise en
question permanente de ce que l'on sait, ou croit savoir. Il lui paraît
donc totalement incohérent qu'une religion puisse se construire sur
la science. La religion, c'est le domaine de la foi, de la croyance
indiscutable, non rationnelle, du dogme, de la rigidité, de l'immuable.
Luna lui répond que ce paradoxe est aussi vieux que les religions
elles-mêmes. Les grands courants monothéistes qui officiellement
prônent l'amour du prochain n'ont cessé de tuer, persécuter, violer,
torturer, conquérir, asservir tout au long de l'histoire. Les lieux de
cultes sont avant tout des lieux de pouvoir, les clergés des systèmes
politiques. Si pour nombre de croyants, le mystère de la foi est une
expérience spirituelle intime et authentique, l'effet de groupe mène
très souvent au prosélytisme. La croyance des uns semble démontrer
les errements des autres. Il faut les convaincre qu'ils se trompent, les
convertir, par la force s'il le faut. La force pouvant être la contrainte
physique mais aussi la pression psychologique ou sociale. Le culte
All-One ne déroge pas à la règle. Il a évincé au sein d'Eternity toute
autre forme de spiritualité. Il n'est que la reconnaissance
décomplexée d'un capitalisme absolu élevé au rang de religion. Ce
qu'il était déjà mais personne n'osait l'assumer. Le dieu argent s'est

mué en dieu progrès, prospérité. Ses racines sont profondes. Ne dit-on pas dans l'Ancien Testament que Dieu s'est adressé aux hommes en leur commandant « croissez et multipliez ». Ce fut la grande promesse du capitalisme et maintenant celle du culte All-One : la croissance. La règle est de combattre et diaboliser ceux qui pensent autrement. La faiblesse du domaine laïc, c'est l'absence de sacré, l'absence d'interdit moral. On pourrait dire que la politique est une religion sans dieu, faite de croyances, d'aspirations à une certaine idée du monde. Le coup de génie des gafarques a été de faire de leur modèle économique une religion avec un dieu, qui peut certes paraître grotesque pour un scientifique mais qui, pour la majorité des gens, porte une part suffisante de mystère pour être adopté. C'est toute l'histoire de la quête spirituelle de l'homme. Le besoin grégaire de l'humain de maîtriser son environnement, de le comprendre, de le contrôler par instinct de survie, le livre à une grande angoisse existentielle face aux mystères de la création, face à l'insondable. La seule façon de résoudre cette tension est de s'accrocher à une croyance qui n'est en fait qu'une explication acceptable bien que non démontrable. Élever cela au statut de religion, lui donner un caractère sacré, c'est refuser de questionner cette réponse à nos angoisses existentielles. Loin d'être un lâcher-prise, une preuve d'humilité, c'est une résistance à l'acceptation de notre ignorance et des peurs qui en découlent. C'est ne pas faire face à l'être que nous sommes dans sa vulnérabilité, à son humble place au cœur du vivant.

À l'autre bout du monde, Diane range de vieux témoins de sa vie dans cette maison en prévision de son départ prochain. Elle sait que le dénouement approche. Elle veut tout préparer, tout ranger avant que ses sœurs ne viennent la chercher. Elle sait que Tony viendra lui aussi, juste à la fin, pour que tout s'accomplisse, pour qu'il s'engage sur le chemin de la paix intérieure libératrice. Toute sa vie elle a œuvré elle-même pour remonter à la source de toute chose, pour clarifier son cœur, trouver la paix et chevaucher son élan de vie. Ce travail touche à sa fin. Elle est connectée à la part d'elle-même qui ne connaît pas la peur ni le manque. Cette part éternelle qui s'est manifestée dans ce monde et qui continuera d'exister après son départ. Elle est parfaitement alignée avec sa vie, avec ce qu'elle a accompli, avec ce qui va arriver. Elle se répète ses vieux mantras : la vie nous veut du bien, la peur est une prison qui ruine l'esprit.

IV

Il y a tant de mystère qui demeure autour de toi, tant de choses que je n'ai pas comprises. Je voulais tellement te plaire, j'étais tellement focalisé sur mon désir d'être aimé que je n'ai pas pris le temps de t'écouter. Une part de moi criait derrière la peur mais je n'ai pas fait l'effort de l'écouter non plus. Tu étais là, il n'y avait que cela qui comptait. Quel réconfort pour moi qui résistais à tout, de peur de perdre le contrôle de ma vie. Petit à petit, tu m'as fait découvrir le bonheur de lâcher le contrôle, jusqu'à ce jour funeste où c'est toi que j'ai perdu. Moi qui avais tout, je me retrouve sans rien.

Le jet privé affrété par l'université d'Eternity sort des nuages accrochés sur les contreforts des Alpes et poursuit sa descente vers l'aéroport de Genève. Tony observe le visage de Luna qui se découpe en contre-jour du hublot derrière lequel un ciel gris tendu de rideaux de pluie couchés par le vent recouvre la capitale suisse. Dans une dernière phase, l'avion survole le lac Léman à basse altitude. Les flots, la terre puis la piste défilent sous l'appareil, derniers instants suspendus avant le retour sur terre. Hors des flux ordinaires, le jet de la compagnie Feel Air, filiale de l'empire technologique créé par John Clay, rejoint la zone d'affaires. Il s'immobilise, les portes s'ouvrent, enfin les VIP débarquent. De luxueux vans noirs aux vitres teintées attendent au pied de la passerelle. Sans plus de formalités chronophages, les membres de l'expédition sont conduits à l'hôtel Azamon Atrium, dernier établissement prestigieux à avoir été construit sur le site du CERN, côté Suisse, par la filiale hôtelière du géant mondial de la distribution dont a hérité Douglas Kost Lee, troisième gafarque, et par ailleurs président de la Banque mondiale. Les suites au dernier étage ont été réservées pour Dina et Beryl, à l'étage du dessous les chambres premium pour Luna et Tony. Chacun s'installe et vide sa valise. La dataïste sort du compartiment renforcé de son bagage un terminal sécurisé. Ce dispositif se connecte au réseau local et établit une connexion totalement cryptée avec les infrastructures de la tour WG, comme si elle se trouvait sur place. Elle branche son implant et reprend le traitement des milliards de données qui occupe ses journées. Elle retrouve ainsi une routine familière, un espace rassurant sous contrôle. En marge de ses analyses classiques, elle reprend sans plus attendre ses investigations sur le passé de la psychologue. Rien de suspect sur les deux dernières années, depuis son arrivée à Eternity, une parfaite citoyenne. Dina décide d'investiguer sa vie d'avant, en France. À sa grande surprise il n'y a presque rien, très peu d'informations. Il est vrai que ce pays résiste à la surveillance des données et au tout numérique, mais cela semble très peu quand même. Elle décide de fouiller en profondeur les méandres du système et finit par accéder à des enregistrements de métadonnées. Quelque chose retient soudain son attention, une incohérence presque invisible au commun des mortels mais qui ne lui a pas échappé. Elle tient quelque chose. Un étage plus bas, Tony et Luna ont eux aussi pris possession de leurs chambres, bien qu'ils n'aient pas l'intention de rester chacun de leur côté. Pour le moment, ils ne souhaitent pas que leur situation soit connue de tous et font donc semblant de résider dans leurs chambres respectives. Dans les derniers jours qui ont précédé le départ pour la Suisse, Tony et Luna ont passé de plus en plus de temps ensemble. Toutes les opportunités de se voir, d'échanger ont été saisies : déjeuners, dîners, sorties, appels téléphoniques, cela ressemble à un début de relation des plus classiques. Bien que ce soit encore très récent, Tony ne peut s'empêcher de penser que cette histoire est promise à un bel avenir. Il en tire de cette projection de ses propres désirs un vrai réconfort. Il se répète qu'il n'a jamais vécu une relation ayant une dimension aussi profonde et spirituelle. Depuis le départ, il ressent beaucoup de pression autour de la mission en Suisse. Il a souvent besoin d'être rassuré, particulièrement par Luna et elle ne manque jamais de le faire mais en mettant en lumière des besoins peut-être non conscientisés. Elle fait régulièrement allusion à ce qu'elle appelle l'enfant intérieur, cette rémanence de l'enfant que tout un chacun a été. Elle explique à Tony que lorsque l'enfant intérieur a vécu un traumatisme, un souvenir vivant resté bloqué, avec les sensations, la compréhension de l'enfant à l'âge de l'évènement, qui peut freiner la poursuite de son développement et générer une forte demande d'attention. Elle lui explique comment des besoins profonds peuvent prendre le dessus, souvent en toute inconscience, parfois même avec violence. Il l'écoute avec intérêt, toujours avide de comprendre ce qui se passe en lui. Il imagine aussi que cela pourrait le rendre plus désirable à ses yeux. Mais parfois, quand cela devient trop pressant pour lui, il a tendance à fuir la discussion arguant une prétendue déformation professionnelle de la psychologue. Il lui est arrivé de se sentir très mal à l'aise, comme s'il prenait soudain la mesure de sa fragilité. Alors elle évoque Antoine, l'enfant qu'elle a gardé un soir où ils s'étaient retrouvés pour dîner. Elle parle de sa construction psychique, comme pour mettre en perspective ce qu'a vécu Tony. Elle a d'ailleurs fait allusion au fait que la maman du petit garçon vit en France, pas très loin à l'échelle de la planète, et qu'elle aimerait profiter de son séjour en Suisse pour aller la voir. Tony a aussitôt eu envie de l'accompagner, mais cela semble difficile voire impossible alors qu'il est au cœur des recherches et des expériences sur le détecteur Atlas. Il sent ce petit pincement au cœur à l'idée qu'elle pourrait s'éloigner de lui.

Le premier jour, le directeur du site a convié les équipes venues de Nouvelle-Zélande à la réunion Atlas Weekly qui se tient au bâtiment quarante, non loin des hôtels. Elle se tient au sous-sol, dans l'amphi Dirac qui est l'un des deux réservés au projet Atlas et où les membres du projet CMS, considérés comme le camp d'en face ne mettent pas les pieds. Le Spokesperson, porte-parole pour le détecteur Atlas, évoque pendant quelques minutes l'actualité de l'accélérateur et termine en annonçant la venue de l'équipe de l'université d'Eternity. Il invite Tony à intervenir pour une présentation générale de la mission. Le chercheur monte sur la petite estrade, branche son ordinateur portable et commence son exposé. Au bout de vingt minutes, quelques questions venant des membres de l'équipe d'Atlas le poussent à préciser ses hypothèses et notamment ses spéculations en physique fondamentale. Ensuite la parole est donnée à une jeune femme en charge du Run Coordination Report, le rapport sur les sessions d'expérimentations passées. À la fin de sa prise de parole, elle annonce qu'un nouveau Run commence pour les expérimentations de Tony. Elle suggère de délaisser l'incrémentation classique, run 1, run 2, run 3 et ainsi de suite pour le baptiser run Eternity. Cette proposition est accueillie avec des applaudissements, chose rare aux réunions Atlas. Le directeur reprend la parole et propose à Tony et son équipe d'aller voir les entrailles de l'accélérateur. Le groupe quitte le bâtiment quarante et embarque dans un bus autonome électrique qui les conduit jusqu'au site d'Atlas à près d'un kilomètre. Le directeur commence par la salle de contrôle du détecteur Atlas qui va être au cœur des expérimentations programmées. C'est un immense plateau où les opérateurs scrutent des centaines d'écrans dans une ambiance semblable à celle des lancements de fusées spatiales. Ensuite l'équipe se regroupe à l'entrée du bâtiment SDX 13178. Le directeur s'approche du capteur biométrique pour un scan de rétine. Il ouvre le sas qui mène aux larges ascenseurs qui descendent au détecteur lui-même. Ce titan de sept mille tonnes gisant quatre-vingt-douze mètres sous terre est un monstre de technologie. Son corps est un enchevêtrement compact d'appareils, de plaques, de poutrelles, de tuyaux, de câbles, le tout baigné de chauds et profonds vrombissements produits par son alimentation électrique. Au cœur de ce géant, dans un creuset minuscule à son échelle, d'infimes particules lancées à une vitesse proche de celle de la lumière vont se heurter, produisant des réactions similaires à celles qui se produisirent dans les gigantesques forges cosmiques que furent les étoiles primordiales de l'univers. À cet instant précis, durant quelques milliardièmes de secondes, des particules découvertes mathématiquement se laisseront peut-être observer furtivement. Ce sont les hexaquarks d-star que Tony cherche à débusquer. Il est surprenant de penser que ces particules, encore invisibles et dont la durée de vie en laboratoire est infime, sont considérées comme composant principal de la très stable et omniprésente matière noire. De son côté, l'équipe de sécurité emmenée par Beryl Madiba supervise la mise en place du terminal quantique mobile et du rooter All-One par les équipes techniques. Toutes les données collectées lors des expériences seront renvoyées cryptées vers les serveurs de l'université d'Eternity sans que celles-ci ne passent par le centre de calcul et le data center du CERN. Dans la semaine qui suit, le chercheur français se consacre avec ses techniciens et les laborantins locaux à la mise en œuvre de son protocole d'expérimentation et au paramétrage des appareils de détection. Il se sent à l'aise dans cet environnement technologique qui n'est pas sans lui rappeler son ancien travail au CEA. Une certaine connivence s'installe même avec les équipes du CERN. À quinze mille kilomètres de distance, la compétition entre chercheurs reprend. Entre Chen et lui, c'est à celui qui trouvera le premier la trace de la matière noire. Le chinois cherche autre chose que son collègue français. Il croit pouvoir découvrir une autre particule théorique : le neutralino. Tony se considère comme le champion du vieux continent, le représentant malgré lui du monde d'avant. D'avant la mainmise des gafarques sur la recherche fondamentale, d'avant All-One, d'avant le CAO, d'avant Eternity et son rêve d'immortalité mégalomane. Ce petit jeu n'échappe pas à Beryl. D'un côté c'est une bonne nouvelle, cette compétition va renforcer la productivité des équipes et permettre de rentabiliser au mieux l'expédition suisse. D'un autre côté, il ne faut pas laisser un sentiment anti-Eternity se développer au risque de prêter le flanc à de possibles tentatives d'espionnage technologique. Elle demande donc à Luna de réaliser des entretiens individuels réguliers avec chacun des membres de l'équipe afin de détecter tout signe de radicalisation. La mission prend sa vitesse de croisière, tous les jours, les tirs de protons s'enchaînent, les mesures des capteurs sont analysées, les paramètres ajustés. Les premiers résultats se font attendre, les jours passent et rien, aucune trace d'hexaquarks. Tony doute, il se dit aussi que le vieux collisionneur européen n'est peut-être pas à la hauteur malgré les développements réguliers qui l'améliorent. Chen lui, dispose du plus puissant accélérateur de particules au monde, un sacré avantage, car dans ce type d'expérience aux frontières de la matière, les puissances nécessaires pour reproduire en laboratoire les conditions cosmiques sont gigantesques. De plus, dans les phases initiales, on n'observe pas les particules, elles sont encore invisibles puisque l'on ignore leur nature et leurs interactions avec la matière. Impossible de deviner quel détecteur pourra les observer. Il faut donc déduire leur présence. Cela se fait par le calcul. Un calcul d'une extrême précision, qui demande que tous les détecteurs connus soient extrêmement sensibles et qu'il n'y ait aucune interférence. Cela est évidemment plus facile avec un matériel de dernière génération. Le vieux collisionneur européen pourrait manquer une mesure d'un milliardième de seconde. Et cela peut suffire à faire la différence, ou pas. Un certain défaitisme naît dans l'esprit du chercheur français. Il se sent l'éternel second, celui qui n'a pas eu de chance, lui qui a perdu ses parents quand il était encore un tout jeune enfant, celui que l'injustice frappe toujours. Les bonnes relations du début avec les techniciens suisses se fissurent. Il est en colère. La peur de ne pas y arriver obscurcit son discernement. Que va-t-on penser de lui s'il échoue ? Tout ce travail pour rien, toutes ces énergies, cette mobilisation autour de lui. Et Luna, que va-t-elle penser de lui ? Beryl sent la fébrilité de Tony. Plusieurs fois, elle surprend des commentaires de techniciens qui critiquent son comportement en raillant le secret de polichinelle qu'il tente d'entretenir autour de sa relation. Elle finit par comprendre ce qu'il se passe entre lui et Luna. Luna qu'elle désire secrètement. Plus d'une fois, elle est tentée de se servir du manque de résultat de Tony pour lui nuire et l'éloigner de la femme qui occupe son esprit. Mais elle ne fait rien, elle s'en tient à sa mission, à sa foi dans le système All-One. Dina, de son côté, capte toutes ces tensions. Elle actualise ses calculs de probabilité sur la réussite du projet, mais aussi sur ses chances de séduire Beryl. La situation peut-elle l'aider à se rapprocher de la femme qu'elle aime ? Peut-être, elle doit tenter quelque chose pour que ses chances augmentent. En tant que maître dataïste, membre éminent du clergé All-One, elle se décide à organiser des veillées de prière pour la réussite de la mission. C'est l'occasion d'approcher Beryl, de se montrer sous un autre jour, celui de la représentante du système, dévouée aux autres, bien que jouissant d'une position élevée dans la hiérarchie. À chaque pratique quotidienne du culte, tout le monde se retrouve dans un des salons de l'hôtel. Cela commence par la communion All-One dont le but est de n'être plus qu'un tous ensemble. Pour cela, les pratiquants essayent de synchroniser leurs rythmes biologiques, respiration et fréquence cardiaque. Les implants et interfaces de quantified self se connectent les unes aux autres pour aider chacun à y parvenir. Quand une harmonie suffisante a été atteinte, vient le moment de partager sa foi en exprimant sa gratitude envers le progrès, la science, toutes les technologies dont l'humanité profite et in fine de remercier ceux qui prodiguent ces bontés aux hommes, ceux par qui tout cela s'accomplit : les gafarques. Chacun y va de ses petites phrases marmonnées pour lui-même. S'ensuit un chant, dansé pour certains, inspiré de la tradition du gospel, qui rappelle à chacun que tous ne sont qu'un, All-One. Pour terminer, Dina a introduit un temps de prière pour renforcer la foi de tous dans l'issue favorable de la mission. Cependant, les jours passent sans plus de résultat. Devant toute la dépense d'énergie autour de lui, Tony se sent de plus en plus fragile, il a de plus en plus besoin de Luna et il est de moins en moins discret. Elle commence à être mal à l'aise, elle ne veut en aucun cas être la petite amie cachée du chercheur que l'on a fait venir par complaisance pour celui-ci. Dina voit ce qu'il se joue et comment elle pourrait en tirer profit pour se rapprocher de Beryl. Depuis des semaines, elle a enquêté sur le passé numérique de la psychologue.

Ce qu'elle a découvert est au-delà de ses espérances. Un soir, après une journée particulièrement éprouvante, marquée par de fortes tensions, la dataïste invite l'officière de sécurité pour un entretien dans sa suite. Les deux femmes se retrouvent sur la terrasse avec vue sur le lac Leman. Dina dévore des yeux Beryl. Celle-ci ne se laisse pas intimider.

- Beryl, je dois vous révéler certaines choses qui concernent la sécurité de la mission TGC.

- Vraiment ?

- Oui. C'est assez embarrassant. Cela concerne une personne pour qui vous avez de l'estime je crois.

- Si c'est pour me dire que Luna et Tony sont ensemble, je crois que maintenant tout le monde le sait.

- Ce que personne ne sait par contre, c'est qu'elle n'est pas qui elle prétend être.

- Que voulez-vous dire ?

- Et bien, j'ai enquêté de mon côté, j'ai remonté l'historique de son passé numérique.

- Et qu'avez-vous trouvé ?

- Qu'il est falsifié.

Beryl fixe la jeune femme diaphane sans mot dire. Son regard perçant est indéchiffrable. Colère ? Incrédulité ? Peur ?

- C'est une affirmation très grave. Cela pourrait avoir des conséquences dramatiques.

- Oui je le crains. Mais c'est irréfutable.

- Expliquez-vous.

- Tous les enregistrements la concernant remontent à deux ans, quand elle est arrivée de France à Eternity. Avant cela presque rien. Des enregistrements épars : un diplôme d'université, une conférence ici, un article là.

- Rien d'étonnant, la France est plutôt en retard en termes de traçage des données.

- Oui, mais le problème est que ces enregistrements sont faux. J'ai consulté les métadonnées d'enregistrement et elles sont toutes postérieures à la date déclarée de l'enregistrement.

- Qu'est-ce que cela veut dire ?

- Cela veut dire que ce passé a été créé de toutes pièces et enregistré en une fois il y a deux ans, juste avant son arrivée à Eternity. À vrai dire, je ne crois pas qu'elle soit capable de faire cela seule, ce qui suppose l'appui d'une organisation, d'une puissance étrangère hostile peut-être.

L'officière de sécurité s'appuie sur la rambarde, elle a besoin d'un moment pour intégrer l'information, même si elle doit la vérifier. Est-ce qu'une affaire d'espionnage est en train de se dérouler sous son nez sans qu'elle ne s'en rende compte ? Que peut bien cacher la femme qu'elle désire secrètement ?

- Ce sujet est secret-défense, je vous ordonne de n'en parler à personne tant que je ne suis pas revenue vers vous.

- Malheureusement je dois vous avouer que je reporte directement au Président Peack.

Beryl sent bien que cela pourrait lui échapper, elle devine les attentes de la dataïste qui la couve des yeux. Elle pose sa main noire sur son bras blanc. Elle s'avance, approche ses lèvres de l'oreille de Dina.

- Laissez-moi un peu de temps, faites-le pour moi.

Puis elle s'empresse de retourner dans sa suite. Elle s'empare de son terminal sécurisé et lance une collecte de données sur Luna. Elle veut vérifier elle-même les allégations de la dataïste. Elle vérifie chacun des points avancés par Dina. Malheureusement elle semble avoir raison. Les données ont été falsifiées. Pour quelle raison ? Qui est vraiment cette psychologue ? Pourquoi est-elle présente dans cette mission ? Elle se rappelle que c'est Tony qui a proposé de l'inclure dans l'équipe. Maintenant que leur relation amoureuse n'est plus un secret, elle en comprend la raison. Aussitôt elle se souvient de sa mise en garde, elle-même avait dit au chercheur « soyez sûr que si quelqu'un décide d'essayer de vous soutirer des informations, il procédera en jetant une sublime créature dans vos bras. Je vous demande d'être vigilant, de me solliciter au moindre doute. De mon côté je serai attentive ».

- Bon sang, comment ai-je pu être aussi aveugle !

Beryl se rend compte qu'elle aussi s'est laissée emporter par son attirance pour Luna. La si belle et si douce Luna. L'officière de sécurité est tiraillée. Doit-elle intervenir immédiatement ? Doit-elle enquêter plus en profondeur ? Doit-elle demander des explications à la psychologue ? Cette perspective est attirante, elle pourrait s'immiscer dans l'intimité de la psychologue à bon droit, être en position de force, la tenir en son pouvoir, exiger sa sincérité. Elle sent un élan de désir pour elle. Pourquoi Dina est-elle venue se mêler de cela ? Elle le sait bien au fond. Elle sent l'attirance de la dataïste à son égard. Cela l'agace, elle en vient à la soupçonner de vouloir éloigner Luna. Après tout, elle a toutes les capacités pour falsifier elle-même les données. Et puis qui est-elle vraiment ? Elle qui prétend reporter directement au président du monde. Que fait-elle ici ? Qui espionne qui ? Beryl hésite, elle pourrait tout aussi bien enquêter sur Dina. Mais s'il est vrai qu'elle reporte directement au plus haut niveau du gouvernement mondial, cela ne passera pas inaperçu. Elle décide de contacter sa hiérarchie au ministère de l'action régalienne, pour prendre conseil sur l'opportunité d'enquêter sur Dina Salawa. La réponse est nette. Soupçonner une proche collaboratrice du président est dangereux. Par ailleurs, le sujet de préoccupation du moment concerne les tensions avec la Chine. Dans ce contexte, la recherche menée sur l'accélérateur de particules d'Eternity par le jeune chercheur chinois Chen est sous haute surveillance et en coulisse, on souhaite la réussite de la mission suisse. C'est une nouvelle fois les enjeux d'intelligence économique qui s'invitent sur fond de compétition industrielle. Aucun équipement électronique de manufacture mandarine n'a été installé dans toute l'infrastructure All-One pour des raisons de sécurité. L'antique peur américaine de l'espionnage prévaut et maintenant plus que jamais, la volonté de gagner la conquête du voyage temporel renforce les craintes et la défiance. Le mot d'ordre : soutenir Leblanc à tout prix dans ses recherches et se méfier des personnes ayant un lien de près ou de loin avec la Chine. Beryl décide de rencontrer Tony et de jouer carte sur table.

Luna est dans sa chambre, elle attend Tony. Elle sait ce qu'il va se passer, que tout commence vraiment maintenant. Elle sait que le destin de chacun va se précipiter et que celui du chercheur va déterminer le futur de ce monde. Elle doit absolument l'aider à avancer en conscience. L'urgence est là. Quand il arrive, le chercheur est surexcité. Les dernières collisions de particules effectuées en fin de journée trahissent l'existence de la matière noire. Elle n'a pas encore été observée directement, mais les calculs de bilan énergétique montrent un déficit de masse équivalent à des particules deux fois plus lourdes que les baryons, ce qui tend à suspecter la présence des hexaquarks d-star. Tony raconte tous les détails à Luna, il parle vite et est tellement enthousiasmé par ces résultats qu'il ne se rend pas compte qu'il monopolise la parole avec un discours excessivement technique. Elle le regarde avec admiration et calme. Elle comprend qu'il touche au but.

- Cela semble infime comme résultat, mais c'est gigantesque. J'ai entrouvert la porte du temps !

- Bravo c'est formidable, et c'est une immense responsabilité.

- Une immense fierté tu veux dire ! Attends que je publie mes résultats, je ferai la une de tous les médias.

- C'est important pour toi ?

- Oui bien sûr, tu sais nous les chercheurs, nous ne sommes reconnus que grâce à nos publications.

- Tu as un grand besoin de reconnaissance ?

- Ça recommence, tu es encore en mode psy… Tu veux me parler du petit Tony ?

- Tu veux m'en parler toi ?

- Non, ne fais pas ça s'il te plaît. On ne peut pas juste profiter de cette excellente nouvelle. C'est l'aboutissement de toute ma carrière, je rêve depuis toujours d'arriver à faire cette découverte. Et ce n'est que le début de l'aventure. Imagine-toi, c'est le voyage dans le temps qui s'offre à moi ! Tu te rends compte de ce que ça veut dire ? Je donnerais tout ce que j'ai pour faire cette découverte, être le premier à voyager dans le temps. Tu te rends compte de quoi on parle là ?

- Oui, je m'en rends parfaitement compte. Et toi ? As-tu conscience de ce que ça peut changer pour le monde, pour l'humanité ?

- Oh oui ! Découvrir tous les secrets de l'histoire, aller voir les Égyptiens de l'ancien empire construire leur pyramide, surprendre les premiers hominidés entamer la conquête du monde, et aussi aller chercher dans le futur les technologies qui nous permettront d'aller encore bien plus loin, de soigner les maladies incurables aujourd'hui et encore plein de choses merveilleuses que l'on n'imagine même pas.

- Connais-tu le paradoxe de non-prolifération temporelle ?

- Non.

- Et as-tu entendu parler du projet D-Destiny ?

- Non plus. De quoi parles-tu ? Tu as l'air bien mystérieuse.

- Je me dois de te révéler que le projet de l'université d'Eternity de mettre au point le voyage dans le temps n'a pas du tout, comme c'est largement communiqué, pour but le bien de l'humanité. Laisse-moi t'expliquer le paradoxe temporel qui démontre que le gouvernement mondial n'a pas l'intention de faire profiter des découvertes ramenées du futur à tous. Imaginons que j'aille dans le futur et que je ramène une découverte majeure, comme le vaccin contre le cancer par exemple. Si j'en fais profiter tout le monde, alors, les recherches qui ont été menées dans le futur pour la réalisation de ce vaccin ne seront pas entamées puisque le vaccin existe déjà. Cette découverte n'aura donc pas lieu dans le futur et le vaccin disparaîtra du futur empêchant quiconque de le ramener. Concrètement, il disparaîtra lors du voyage temporel retour vers le présent. C'est ce que l'on appelle le paradoxe de non-prolifération temporelle. Mais ce n'est pas perdu pour l'humanité dans l'éternité, car ayant disparu du futur et donc du présent, il donne de nouveau des raisons d'entamer des recherches à son sujet et donc de finir par être découvert dans le futur. Tu comprends ?

- Oui je crois.

- Bien, maintenant écoute. La seule façon de ramener du futur une découverte sans impacter le cours de l'histoire, c'est de la garder secrète, à l'usage de quelques élus. Et c'est là le vrai projet du Président Peack. Il veut ramener du futur toutes les technologies et connaissances disponibles pour son usage personnel et celui de quelques proches. Il n'a absolument pas l'intention d'en faire profiter le reste de l'humanité, ce qui serait de toute façon impossible en raison du paradoxe de non-prolifération temporelle. Ce projet très secret à même un nom : D-Destiny. Une femme, enfin une femme augmentée comme on dit, dirige ce projet dans un secret absolu, directement sous les ordres de Lewis Peack. Cette femme s'appelle Dina Salawa, c'est le grand maître de l'ordre des Dataïstes. Et elle est ici avec nous. Outre d'utiliser secrètement les technologies du futur pour son usage personnel, le vrai projet du Président est de pouvoir mettre au point des algorithmes de prédiction de l'avenir basé sur les comportements des gens. Cela consiste à déterminer le futur de la société humaine par l'extrapolation des données personnelles traitées en masse. Au niveau individuel ce n'est pas suffisamment précis pour être pertinent mais au niveau global c'est extrêmement fiable. C'est en quelque sorte rendre réelle la psychohistoire de Harry Seldon imaginée par Isaac Asimov, cette science issue des probabilités qui permet de prédire l'évolution du monde. L'objectif est de garantir pour l'éternité l'hégémonie sur le monde de la caste des gafarques. Ce n'est pas pour rien qu'ils ont baptisé leur capitale Eternity.

- Ça fait un peu complotiste ton histoire.

- Laisse-moi te parler de notre Président du monde. Lewis Peack n'est pas un élu. Son statut, il l'a hérité de son père. C'est lui, Georges Peack, lui-même héritier de son père Théodore, le fondateur d'All-One, qui prit le contrôle de l'économie mondiale et par lien de conséquence de la gouvernance des États. Cela se passa de façon

assez simple et officiellement pacifiste. Quand le monde capitaliste, dans son entêtement à ne viser que le profit à court terme au détriment de l'environnement, se fut tellement endetté pour maintenir un semblant de progrès surnageant d'une infime croissance que la banqueroute générale menaçait, Georges et ses amis gafarques garantirent les dettes de tous les États en contrepartie du contrôle de leur gestion. C'est ainsi qu'ils devinrent les vrais dirigeants du monde et que le gouvernement mondial fut créé. À noter que ce gouvernement n'est pas un établissement public mais une société privée qui tient à la gorge tous les pays et régule leurs budgets en fonction de leurs dettes. Aujourd'hui, la société World Government Inc. est toujours détenue exclusivement par les quatre héritiers des fondateurs : Lewis Peack, Président du monde et propriétaire de la nébuleuse All-One, Douglas Kost Lee, CEO de World Government Inc. qui contrôle la Banque mondiale et propriétaire du leader de la distribution et des transports Azamon, David Wall, Guide spirituel suprême d'All-One et propriétaire du leader de l'édition de logiciel bien connu pour son moteur de recherche Get, et John Clay, Président de l'État virtuel de Ground-One et fondateur de Feel, leader mondial de l'électronique qui produit notamment tous les implants et interfaces de quantified self. Ces quatre hommes, tous centenaires et vivant reclus dans des paradis sécurisés et aseptisés, détiennent quatre-vingt-dix pour cent de la richesse mondiale. Les dix pour cent restants représentent la valeur théorique de ce que détiennent les plus pauvres, tellement pauvres qu'ils sont hors du système, non quantifiables, inaliénables.
- Comment sais-tu tout cela ? Ce n'est pas trop en lien avec ton quotidien de psychologue ?
- Souviens-toi, je suis venue il y a deux ans à Eternity pour étudier le système All-One.
- Pourquoi tu me révèles tout ça maintenant.
- Parce que tu es sur le point de découvrir le moyen de voyager dans le temps.
- Tu le crois vraiment ?

- Oui et tu le sais au fond de toi. Et je comprends ce que cela représente pour toi, toute la reconnaissance dont tu as besoin. Tous ces besoins du petit Tony qui n'ont pas été nourris : le besoin d'amour, le besoin d'être rassuré, le besoin d'être accueilli, le besoin d'être reconnu. Tout ce qui est mort avec tes parents.

- Arrête, tu ne sais pas de quoi tu parles.

- Bien au contraire, je mesure exactement le sacrifice que je vais te demander.

- Quel sacrifice ?

- De renoncer à révéler ta découverte, de renoncer à la gloire, à la reconnaissance, aux honneurs, à la fortune.

- C'est insensé, pour quelle raison peux-tu me demander cela ?

- Pour construire un monde meilleur en te construisant toi.

Compte tenu des dernières informations qu'elle a reçues, Beryl décide de lancer le protocole silencieux de protection rapprochée pour Tony. Cela consiste à recevoir en double toutes les communications du chercheur, de le géolocaliser en permanence et d'écouter son environnement. À l'heure où habituellement il sort de sa chambre pour se rendre au détecteur Atlas pour mener ses expérimentations, l'officière de sécurité part à sa rencontre. Elle le rejoint devant les ascenseurs. Ils échangent un bonjour cordial. Elle remarque aussitôt qu'il n'a pas l'air dans son assiette. Sans mot dire, elle l'accompagne dans la descente et, à mi-course, elle immobilise la cabine avec le bouton d'arrêt d'urgence.

- Je dois vous parler, c'est urgent et très sensible.

Tony la regarde l'air anxieux, il se demande quelle nouvelle révélation va lui être faite.

- Que se passe-t-il ?

- La situation diplomatique entre Eternity et la Chine est sous tension. Les recherches menées par votre collègue Chen sont sous haute surveillance et je dois vous placer sous protection rapprochée.

- Vraiment ? Et en fait ça consiste en quoi ?

- Tous vos échanges sont analysés, votre géolocalisation est permanente, et tous vos contacts proches font l'objet d'une enquête.
- En quoi les tensions avec l'État chinois impliquent cette protection plutôt intrusive ?
- Vos recherches sont hautement stratégiques pour Eternity. Nous avons bon espoir que vous réussissiez, et cela attisera sans aucun doute les convoitises. Vous allez être au centre de toutes les avidités, la cible d'espionnage principale, si ce n'est pas déjà le cas.
- Ce n'est pas un peu exagéré ?
- Peut-être même faites-vous déjà l'objet d'un rapprochement venant d'une organisation extérieure.
- Tout ça me semble surréaliste. On se croirait dans un film d'espionnage.
- Je dois vous dire que vous faites donc l'objet d'une surveillance de ma part. D'ailleurs pour être tout à fait transparente, votre relation avec la psychologue de la mission n'est plus un secret.
- Je vois.
- A-t-elle essayé d'obtenir des informations sur vos recherches ou tenté de vous influencer ou exprimé des propos hostiles envers Eternity ou ses représentants ?
- Pourquoi me demandez-vous cela ? Vous la suspectez ?
- Répondez-moi franchement.
- Non, elle ne m'a rien demandé…
- Je vous sens mal à l'aise.
- Oui, en fait je suis assez mal à l'aise avec l'idée de ne plus avoir d'intimité.
- J'ai enquêté sur Luna et… quelques points restent à éclaircir. Alors je vous demande d'être vigilant par rapport à vos interactions avec elle, au sujet de vos recherches bien évidemment. Souvenez-vous de ce que je vous avais dit lors de votre arrivée. Si une puissance étrangère souhaite vous atteindre, elle jettera dans vos bras une créature à laquelle vous ne pourrez pas résister. J'espère sincèrement que ce n'est pas ce qui est en train de se passer.

L'ascenseur repart vers les profondeurs dans un silence gêné. Dans la tête de Tony, toutes les informations reçues ces dernières heures s'entrechoquent. Et si Luna n'était pas celle qu'elle prétend ? Elle a en effet cherché à l'influencer sur ses recherches en lui demandant d'y renoncer, en critiquant le Président Peack, exactement comme l'officière de sécurité vient de le décrire. Ses sentiments pour elle ne l'aveuglent-ils pas ? À son tour, le chercheur stoppe l'ascenseur.

- Vous avez dit avoir enquêté sur Luna et que des points restaient à éclaircir. Qu'est-ce que vous entendez par là ?
- Vous avez des doutes sur votre relation ?
- Ne jouez pas à ça, dites-moi ce qui vous intrigue.
- Son passé semble douteux. Je veux dire que les traces qu'elle a laissées sont suspectes. Si vous voulez faire quelque chose pour clarifier votre situation avec elle, questionnez-la et tenez-moi informée. Je pourrais vous dire si elle vous dit la vérité ou pas.

L'ascenseur reprend sa course. Une fois arrivés à destination, les deux passagers se séparent sans un mot et Tony rejoint l'équipe de recherche. Il lui faut un certain temps pour arriver à apaiser son esprit et se replonger dans sa journée de travail. Heureusement, le sentiment de s'approcher de la découverte qu'il espère tant l'absorbe. Il reprend le protocole de collision de protons à haute énergie qu'il a réussi à mettre au point pour produire des particules massives. Cela a été rendu possible par les dernières évolutions du collisionneur, notamment l'augmentation de sa puissance permettant des collisions plus violentes se rapprochant des conditions cosmiques. Pendant un instant, il repense à Chen avec jalousie, lui qui profite d'un collisionneur beaucoup plus puissant. Un vieux sentiment d'injustice remonte quelques instants avant d'être enfouie avec dépit. Le chercheur français doit maintenant arriver à observer les quarks créés par hadrons de six, les fameux hexaquarks qui sont les particules massives censées constituer la matière noire. Pour cela, il doit concevoir une façon de mener cette observation et mettre au point le détecteur idoine. À partir de cette étape qui constituera une première victoire, produire et « voir » de la matière noire, il faudra ensuite imaginer un moyen de l'observer à l'état naturel, dans le cosmos, pour valider la découverte. Ce n'est qu'après, que Tony pourra développer le cœur de sa théorie pour voyager dans le temps. En fin de journée, il retrouve Luna. Toujours imprégné de ses recherches, il commence par lui expliquer les derniers avancements, sa certitude sur la découverte de l'hexaquarks d-star, et sa capacité à en produire. Il détaille comment, à partir de là, il pense mettre au point une machine capable de produire suffisamment de matière noire pour créer un puits gravitationnel capable de courber le temps et ainsi de pouvoir y voyager. La psychologue l'écoute attentivement sans rien dire. La manière dont elle soutient son regard, droit dans les yeux, le perturbe. Il se tait et aussitôt, ses échanges avec Beryl lui reviennent. Il fait quelques pas silencieux.

- Je parle beaucoup, trop peut-être. Je suis passionné par mes recherches mais j'imagine que pour toi ce doit être ennuyeux de m'écouter décliner mes théories.

- Non, j'aime bien t'écouter, ce que tu fais m'intéresse. C'est extraordinaire de voir naître une découverte aussi majeure que celle du voyage dans le temps.

- Ah oui ? Ce sujet t'intéresse ? On est pourtant loin de la psycho !

- C'est toi qui m'intéresses.

- Je suis flatté, mais moi aussi je m'intéresse à toi. Et je remarque que je ne sais presque rien de toi, de ton passé.

- Mon passé n'est pas très intéressant, c'est plutôt notre avenir qui importe, tu ne crois pas ?

- En fait je suis quand même curieux, je me souviens que tu m'as dit être arrivée de France il y a deux ans. Que faisais-tu avant ? Où vivais-tu ?

Luna reste silencieuse un instant en regardant Tony. Elle devine pourquoi il pose ces questions, elle hésite, puis décide de lui répondre sans mentir.

- Je suis intervenue comme conseillère auprès de divers dirigeants. J'intervenais au nom d'une organisation solidaire appelée la sororité des gardiennes. Son but est d'apporter sa petite pierre à l'édifice pour construire un monde meilleur en essayant d'influencer des décideurs pour qu'ils agissent pour le bien commun.

- La sonorité des gardiennes ? Jamais entendu parler. C'est une ONG ?

- En quelque sorte, oui.

- Tu as fait cela longtemps ?

- Je n'ai fait que ça depuis la fin de mes études.

- Et en fait pourquoi as-tu arrêté ?

- Mais je n'ai pas arrêté.

- Tu veux dire que ta venue à Eternity s'est faite dans le cadre de cette organisation ?

- C'est exact.

- Et tu conseilles qui à Eternity ?

- Mais toi !

Tony est estomaqué, il reste un instant silencieux, il se sent pâlir, un gouffre semble s'être creusé entre lui et celle qu'il aime. Des centaines de pensées surgissent sur leur relation, les avertissements de Beryl.

- En fait… est-ce que tu es en train de me dire que notre relation n'est pas due au hasard ?

- Non en effet. Je suis venue pour une raison bien précise mais notre relation n'en faisait pas partie. Je comprends que pour le moment cela te semble difficile à comprendre. Probablement que tu te poses des questions sur nous, mes motivations, mes sentiments.

- En fait tu ne m'aimes pas, n'est-ce pas ? Notre relation n'est qu'un moyen pour te servir de moi, c'est ça ?

- Non, je t'aime vraiment. Et je ne t'ai jamais menti. Mais je sais ta fragilité, ton besoin insatiable d'amour, ta terrible dépendance affective construite sur des manques nés de l'enfance. C'est pour cela que je me suis rapprochée de toi, pour te soutenir et t'aider à accueillir enfin le petit Tony qui souffre en toi.

- Mais quelle horreur ! Qui es-tu ? Une sorte de gourou ? Une espionne ? Tu veux me manipuler pour faire profiter de ma découverte à ton organisation. C'est quoi d'ailleurs cette sororité des gardiennes ?

- Ne te laisse pas envahir par la peur. Rien n'a changé, je suis toujours la même.

- Tout a changé au contraire, avant je pensais que tu m'aimais, comme je suis, mais en fait, en fait maintenant j'entends que ta motivation pour être avec moi est toute autre. En fait c'est de la manipulation, et c'est monstrueux.

- Non Tony, ce n'est pas de la manipulation. Oui je me suis rapprochée de toi dans le cadre de ma mission, mais j'éprouve aussi des sentiments sincères pour toi.

- Des sentiments sincères ? Belle formule pour ne pas parler d'amour.

Soudain, quelqu'un frappe à la porte de la chambre. Tony est fébrile, ses jambes tremblent, il transpire, sa tête chauffe. Il reste sans bouger. Luna se lève pour aller ouvrir. Beryl Madiba se tient devant la porte, deux agents de sécurité derrière elle.

Diane contemple son bracelet de gardienne. Celui-là même qu'on lui a remis à la fin de sa formation, il y a plus de soixante-dix ans. Elle se souvient de ce jour unique. Cet objet symbolise pour chaque sœur qui le reçoit son appartenance à la sororité, son rôle de gardienne, son pouvoir sur le monde, sur le temps. Elle sait qu'après sa mort, une novice le recevra lors de la cérémonie du retour. C'est ainsi qu'une nouvelle gardienne est accueillie au sein de la sororité, c'est l'héritage de ce bracelet qui fait d'elle une gardienne à part entière. Diane pense à sa mort. Elle a peur et en même temps elle est impatiente car elle sait que l'homme qu'elle aime viendra la retrouver pour écrire l'histoire qu'elle a attendu toute sa vie.

V

Je suis assailli de doutes et de colère, mais je sens aussi la peur et beaucoup de tristesse. Combien de fois m'as-tu invité à accueillir ce qui était là en moi. Je comprenais mais j'avais tellement peur, tellement peur de tant de choses. Que tu ne m'aimes pas, que je ne te mérite pas. Je m'accrochais à mon bonheur, à ce lien avec toi, comme un naufragé agrippé à l'espoir du secours. Mais la peur est une prison qui tue l'esprit. Il a fallu cette déflagration pour percer ma carapace. Elle s'est révélée vide, pleine de manque. Manque d'amour, manque de confiance, manque de joie… J'attendais que tu remplisses ma vie. Dans le néant qu'a laissé ta disparition, je n'ai plus rien à quoi me raccrocher et je me laisse tomber dans l'inconnu. Je comprends que c'est nécessaire et je sais aujourd'hui que c'était inévitable.

Après avoir demandé à ses collègues de rester devant la chambre, Beryl entre. Elle s'avance vers Tony. Ses yeux sont fuyants, il semble à fleur de peau, sous tension. Luna s'approche de lui et le prend dans ses bras. Le calme qui émane d'elle est frappant, tout en contraste avec la fébrilité du chercheur. Le temps semble suspendu. Ils n'échangent aucune parole. Ils se regardent en silence, comme si chacun savait ce qu'il allait se passer, comme s'il s'y était résigné.
- Je crois qu'il faut que l'on ait une discussion sérieuse, dit l'officière de sécurité.
- Es-tu prête à tout entendre, répond Luna.
- Oui, je suis même impatiente que tu me parles de la sororité des gardiennes.
- Je crois qu'il est plus intéressant que je te parle d'abord du projet D-Destiny.

La psychologue raconte ce qu'elle sait du projet secret du Président Peack, du rôle de Dina Salawa, des attentes qui pèsent sur les recherches de Tony, des implications pour le monde, pour le futur. Beryl écoute avec attention. Cela éclaire certaines choses à propos de la position de Dina dans le cercle proche du Président, sa présence dans la mission. Concernant la volonté des gafarques de contrôler le futur, elle juge ces considérations un peu nébuleuses et éloignées de ses préoccupations. Ce qui compte avant tout, c'est de maintenir la sécurité des recherches et la confidentialité des données. Les propos de Luna visant à décourager Tony d'aller au bout de sa découverte sont suspects. Malgré ce qu'elle ressent pour elle, Beryl ne quitte pas son objectif, elle réitère sa demande d'explication sur la sororité des gardiennes. Le chercheur fixe sa compagne dans l'attente d'une réaction. Il est tout aussi désireux d'en savoir plus. Elle s'assied calmement dans un fauteuil.

- La sororité des gardiennes est une organisation apolitique à but non lucratif. Comme son nom l'indique, elle est exclusivement constituée de femmes ayant pour mission d'apporter leur aide à des personnes pouvant influencer l'Histoire. Notre action plutôt discrète a pour objectif de protéger l'humanité à travers le temps.

- Protéger l'humanité contre quoi ou qui ?

- Contre elle-même.

- Rien que ça, et cela consiste en quoi ?

- Principalement à éviter que des personnages influents n'agissent contre les intérêts immédiats ou futurs de l'humanité.

- Qui sont ces femmes ? Combien êtes-vous ? Êtes-vous rattachées à une autre organisation, un État ?

- Nous sommes indépendantes et nous agissons librement, comme nous l'avons toujours fait à travers les époques de l'histoire.

- Les époques de l'histoire ? Et depuis combien de temps existe la sororité des gardiennes ?

- Le temps étant une notion relative, cette question n'a pas de sens, je ne puis y répondre.

- Luna je crois que tu ne prends pas bien la mesure de ce qui se passe. Je suis ici pour garantir la sécurité et la confidentialité de recherches stratégiques pour le gouvernement mondial. Les enjeux sont énormes. Tes propos justifieraient une arrestation immédiate avec extradition vers Eternity. J'ai la faiblesse de croire que tu n'es pas une espionne ou une terroriste, mais j'ai besoin que tu m'aides à comprendre.

- La seule chose à comprendre est que Lewis Peack et ses amis gafarques veulent instaurer une dictature pour l'éternité et que pour cela, ils ont besoin de maîtriser le voyage dans le temps pour leur usage exclusif. Il est dans l'intérêt de chacun et de tous de ne pas les laisser faire.

- Je ne demande qu'à te croire, s'écrie Tony, mais as-tu des preuves de ce que tu dis ?

- Interrogez Dina sur le projet D-Destiny, vous verrez que je ne mens pas.

- Je le ferai, rétorque Beryl, mais pour le moment, je ne peux pas te laisser saboter la mission. Je vais te placer en confinement dans une chambre sécurisée.

- Non, intervient Tony, j'ai besoin d'elle pour mes recherches.

L'officière de sécurité le fixe en silence, sourcils relevés en attente d'une explication.

- J'ai besoin d'elle, sa présence à mes côtés m'aide à avancer dans mes recherches. Je n'y arriverai pas sans elle.

- Est-ce bien sûr Tony ? N'est-elle pas là pour vous faire renoncer ?

- C'est d'être loin d'elle qui pourrait me faire renoncer.

- Tu ne dois pas abandonner, dit Luna avec calme. Tu dois poursuivre tes recherches jusqu'à trouver le moyen de voyager dans le temps sans te soucier de moi. Je te demande juste de ne pas laisser cette découverte aux mains des gafarques.

L'officière Madiba appelle ses deux collègues restés à l'extérieur. Elle leur demande d'emmener Luna dans une chambre et de la sécuriser. Tony tente de s'interposer, Madiba le rattrape par le bras.

- N'ayez crainte, vous pourrez la voir tous les jours si vous voulez, tant que vous continuerez votre travail.

Le chercheur enlace Luna, un long moment, puis elle quitte la chambre encadrée par les agents de sécurité. Ensuite, Beryl prend un le temps pour discuter avec le chercheur, pour le rassurer et l'exhorter à continuer ses recherches. Il se dit prêt à tout faire si elle le laisse voir Luna autant qu'il le souhaite. Cette nuit-là, Tony dort seul. Le manque qu'il ressent pèse sur sa poitrine. Il soupire sans arrêt. Il commence à échafauder des scénarios catastrophe sur l'éloignement de celle qu'il aime et la perte de contact. Il réalise soudain à quel point cette femme est devenue indispensable à sa vie, à quel point il est dépendant d'elle, de sa présence. Il se souvient de ce qu'elle lui a dit lors de leur dernière discussion. Derrière chaque émotion, agréable ou désagréable, se trouve un besoin nourri ou non. Il inspire puis expire longuement pour essayer de se calmer et d'y voir plus clair. De la peur, voilà ce qu'il ressent le plus à cet instant. Une peur absolue de la perdre, de ne pas pouvoir vivre sans elle. De se retrouver seul, déprimé. Une fois encore il inspire et expire longuement. Quel est le besoin derrière cette peur ? Sans réfléchir des mots lui viennent : besoin d'être aimé, d'être protégé, de se sentir relié. Et aussitôt des flashs de l'accident dans lequel ses parents sont morts. Il n'a toujours pas fait le deuil. Il sent monter en lui de la détresse. Il se met à pleurer, revient alors avec violence le besoin d'être avec Luna, de se réfugier dans ses bras, elle qui lui a tant parlé de son enfant blessé, il comprend maintenant, il comprend mentalement mais il ne l'expérimente pas encore tant ses manques sont immenses et présents. Il ressent la souffrance de l'absence, qui résonne avec le traumatisme de l'enfant, envahir son corps. Vient très vite la colère, il maudit cette Beryl Madiba qui les a séparés. Il perçoit de la violence qui monte, un instant il s'imagine aller jusqu'à la chambre de Luna, neutraliser avec violence les gardes et se jeter dans les bras de celle qu'il aime. Il s'agite assis sur son lit, poings fermés, mâchoires serrées. Il ne fera rien, le courage et surtout la confiance lui manquent. Il va juste passer la nuit à ruminer tout cela en attendant avec impatience le moment où il pourra la voir. Une vague de tristesse, de désespoir le submerge, il maudit son impuissance à agir, l'injustice qu'il ressent, comme l'enfant qui a perdu ses parents. Il pleure et enrage de ne pouvoir rejoindre celle dont il a tant besoin et qui est juste là, au bout du couloir.

La jeune dataïste décide de faire une pause. Elle a besoin de laisser de côté les calculs de probabilités intégrants les récents évènements. Il est tard, la nuit est déjà bien avancée. Devant la baie vitrée de sa suite, elle contemple les paysages couverts de neige en repensant à sa journée. Il y a le beau visage de Beryl qui fait monter son rythme cardiaque. Les révélations sur la psychologue augmentent ses chances d'entrer plus intimement en relation avec l'officière de sécurité. Une alerte de son implant la tire de sa rêverie. C'est une demande de Lewis Peack. Il exige qu'elle connecte son implant sur le terminal sécurisé pour une connexion intégrale. Dina sent son estomac se nouer, toutes ses peurs remontent. Y a-t-il un moyen de lui échapper ? Probablement pas. Elle entame une série de respirations contrôlées pour amener un peu de calme à l'intérieur d'elle-même. Puis, la mort dans l'âme, elle prend le câble du terminal sécurisé et le branche sur la prise de son implant intracrânien, juste derrière son oreille droite. Elle s'assoit dans le canapé et ferme les yeux. Aussitôt le protocole de sécurisation se met en place, puis la connexion s'établit. Elle se retrouve virtuellement dans le salon du Président, lui est assis en face d'elle. Après un moment d'observation silencieuse, il entame la discussion.

- Alors ma chère, comment se passe cette virée en Suisse ?
- Très bien Monsieur le Président.
- C'est tout ? Vous n'êtes pas très loquace !
- J'imagine, Monsieur le Président, que vous ne sollicitez pas une connexion sécurisée pour que je vous parle de la collecte des données issues des expérimentations au CERN.
- Permettez-moi de clarifier une chose. Je ne sollicite rien ! Je vous accorde l'opportunité de prouver votre loyauté, de faire la preuve de

vos qualités, celles pour lesquelles je vous ai confié le projet D-Destiny. Est-ce clair ? J'espère ne pas avoir à me répéter !

- Très clair Monsieur le Président.

- Je sors d'une réunion avec la Première Ministre Arya Amal Gandhi. La Chine ne joue pas le jeu. Les dirigeants tergiversent, font de la résistance. Ils tentent de renégocier en permanence leurs dettes et tardent dans leurs versements. Cela ne peut plus durer. Je veux les sanctionner. Il faut que vous rentriez immédiatement à Eternity pour vous en occuper, c'est une priorité absolue.

Dina sent son monde s'effondrer. L'évocation d'un retour à Eternity maintenant l'oppresse. C'est abandonner la possibilité de passer du temps avec Beryl, ne plus goûter au parfum de la liberté, abandonner l'espoir de la séduire. Son esprit est saturé par ses calculs de probabilités sur la réussite de la mission, ses élans amoureux, les risques de se retrouver en présence de Peack, ses chances de le faire changer d'avis. Prise dans un accès de panique, elle tente de gagner du temps. Son élocution est perturbée par la surcharge mentale.

- Monsieur le Président, j'ai prévu de rentrer… dans deux jours afin d'avoir le temps de… terminer ma tâche ici.

- J'ai dit priorité absolue, pourquoi dois-je répéter ?

- Monsieur le président, c'est à propos du projet D-Destiny… l'issue est proche.

La jeune femme a lâché cela comme un os à ronger pour Lewis Peack, une manœuvre désespérée.

- Que voulez-vous dire ?

- Ce jeune chercheur, Tony Leblanc, il va aboutir, il va trouver… le voyage dans le temps est juste là à portée de main, sa découverte est imminente.

Pendant de longues secondes plus personne ne parle. Soudain Dina sent une présence dans son esprit. C'est le Président qui fouille.

- Vous résistez chère enfant, ne m'obligez pas à entrer en force !

- Monsieur le président je vous dis la vérité ! Il va trouver d'une heure à l'autre.

- Vous mentez ! Vous vous êtes entichée de… Beryl. Oui… je lis dans votre esprit agité. Cette femme noire, officière de sécurité… vous l'aimez. C'est pour rester auprès d'elle que vous inventez cette histoire.

- Non, c'est vrai !

- Silence ! Je pourrais effacer jusqu'au souvenir de cette femme de votre esprit en un instant.

- Non ! Pitié, non.

- Elle ne vous aime pas, elle en aime une autre… Luna, la psychologue.

- Non c'est faux !

- Vous le savez, je le lis dans votre esprit. Elle la désire.

La jeune dataïste se fissure, elle se met à pleurer.

- Allons jeune fille, ne soyez pas si puérile, ressaisissez-vous, voyez la confusion mentale que cela génère en vous. Vous n'êtes pas censée vous vautrer dans ce mélodrame écœurant. Je vous ai choisie pour un autre destin, parce que vous étiez une machine dénuée de sentiments.

- C'est impossible, je n'ai plus la force.

- Je vais vous aider.

Aussitôt Dina sent sa tristesse comme vidangée, son désir pour Beryl fade, elle comprend que c'est Lewis Peack qui œuvre au cœur de son esprit. Elle le laisse faire, vaincue.

- Alors comment vous sentez-vous ? Mieux ? Vous voyez, je ne veux que votre bonheur. Ces amours mortelles ne sont rien, c'est une perte de temps, vous êtes promise à un autre destin. Rentrez, punissez ces dignitaires chinois qui ont eu l'impudence de me défier et je ferai de Beryl Madiba votre soupirante.

- Bien Monsieur le Président.

Dina est calme maintenant, elle débranche délicatement le cordon du terminal sécurisé de son implant. Elle range ses affaires et se prépare à son départ pour Eternity. Pour respecter les mesures de sécurité, elle doit prévenir l'officière en charge. Elle quitte sa suite et sonne en face, la porte s'ouvre.

- Je dois vous parler, c'est extrêmement important, question de sécurité.

Beryl est en sous-vêtements, le satin blanc sur sa peau noire souligne la perfection de ses courbes. Elle a du mal à sortir du sommeil réparateur dans lequel elle venait juste de plonger avec délectation. Dina la regarde en silence le temps de la laisser reprendre ses esprits. Elle sent une pulsion monter en elle. La beauté de cette femme l'émeut à nouveau, sa fragilité à cet instant est presque une proximité pour elle, une invitation à entrer plus intimement en contact. Après la rudesse de son échange avec le Président, la douceur qu'elle ressent ravive les sentiments que ce dernier avait tenté d'éteindre.

- Je suis navrée de vous réveiller, mais je dois vous informer que je vais quitter la Suisse dès cette nuit, je dois malheureusement rentrer à Eternity… Ordre du Président Peack.

- Rien de grave j'espère ? Est-ce en lien avec la mission TGC ?

- Non, sujet lié aux difficultés diplomatiques avec la Chine. Je regrette de ne pouvoir rester avec vous.

- Bien, au niveau de la sécurité des données, tout est sous contrôle ?

- Oui, ne vous inquiétez pas pour cela, mais restez vigilante à propos de Luna, méfiez-vous d'elle.

- Avant que vous partiez, j'aimerais vous demander : avez-vous entendu parler d'un projet nommé D-Destiny ?

Dina se fige. Comment réagir ? Peut-elle nier ? Étant donné qu'elle et le Président sont censés être les seuls à connaître l'existence du projet, la question de l'officière de sécurité sous-entend qu'elle n'est pas entrée dans la confidence par la voie officielle. Est-ce une simple supposition, du bluff pour la faire parler, ou bien sait-elle avec certitude que le projet existe, auquel cas nier serait se griller.

- Quel projet dites-vous ?

- D-Destiny.

- De quoi s'agit-il ?

- Vous ne le savez pas ?

- Il y a bien des choses que je sais, et certaines dont je ne peux pas parler. Qu'en savez-vous de votre côté ?

- Vous êtes donc au courant.
- J'ai accès à beaucoup d'informations.
- Selon ma source, ce serait le vrai projet derrière Time Gate, projet dont vous seriez la responsable.
- Et qui est votre source ?
- Moi aussi je sais certaines choses dont je ne peux pas parler.
- Ne me sous-estimez pas Beryl, il me suffirait de consulter les données relatives à vos activités ces derniers jours pour trouver moi-même la réponse. Cela ne me prendrait que quelques minutes.
- Cessons ce bras de fer, voulez-vous ! Ma mission est de protéger tant les personnes que les données. J'ai besoin de savoir quelles sont les menaces qui pèsent sur l'équipe et le projet de recherche. Cela va bien au-delà de nos intérêts particuliers, de nos envies ou de nos désirs. Cela touche au sens profond que nous donnons à notre action, à notre engagement dans la société.

Dina est touchée. Ses pensées la submergent. Elle repense à son élan de jeune fille, vouloir mettre ses incroyables prédispositions cognitives à la disposition de tous. Elle se voyait servir le bien commun, améliorer le système, aider les dirigeants à prendre de meilleures décisions en s'appuyant sur ses analyses sans failles. Une vie un peu à l'écart des autres, dans un cocon technologique, ce qui lui convenait parfaitement compte tenu de ses difficultés à entrer en relation avec les autres. Pendant un temps, elle avait cru à ce destin altruiste, taillé sur mesure. Puis, il y avait eu la confrontation au réel, à la médiocrité, à l'ambition corrosive dont souffrent ceux qui sont en haut. Mais elle avait tenu bon, ancrée dans l'impartialité de l'analyse objective de données, loin de tout sentiment, de toute émotion perturbatrice. Et cela avait excité la convoitise au plus haut niveau. On l'avait fait gravir les échelons rapidement pour s'attacher ses services, profiter de ses capacités exceptionnelles. Et finalement ce désir de possession avait franchi la frontière de la sphère professionnelle. Elle avait été violée par le Président lui-même. Non pas qu'il eût des désirs sexuels pour elle, mais son fantasme de toute puissance devait s'exercer jusque-là. Il fallait la soumettre entièrement, quitte à la contraindre. Et depuis ce jour, il entretenait son emprise, grâce aux implants qu'il avait présentés comme un vecteur d'ascension sociale et qui lui donnait accès aux cerveaux de ses collaborateurs directs. Dina se sent envahie d'une immense tristesse, d'une fragilité à fleur de peau. Sa gorge est serrée et elle lutte pour ne pas s'effondrer en larmes. Elle tente de retrouver un peu de calme en allongeant sa respiration. La tentation de se rapprocher de cette femme incarnant douceur et force la submerge, elle cède.

- Oui le projet D-Destiny existe. C'est le Président Peack lui-même qui l'a lancé et je suis, à ma connaissance, la seule impliquée dans sa réalisation. Jusqu'à maintenant, je pensais que nous étions les seuls à en avoir connaissance. Que savez-vous à son sujet ?

- Je ne sais que ce que l'on m'en a dit, c'est-à-dire qu'il consiste à mettre au point une méthode de prédiction de l'avenir pour contrôler le futur et maintenir les dirigeants en place indéfiniment.

- S'il est vrai que l'ordre des dataïstes travaille sur des algorithmes d'analyse des données personnels pour construire des modèles prédictifs, je ne sais rien de cette histoire de maintien des dirigeants. Pour ce qui me concerne, ma mission consiste à taguer tous les flux de données relatifs à la découverte du voyage dans le temps, d'où qu'ils viennent, où qu'ils soient stockés. Je passe donc mes journées à traquer ces données et les marquer.

- Dans quel but ?

- Les rendre visibles à Lewis Peack.

Le lendemain matin, quand Beryl quitte sa chambre, Tony l'attend. Il veut retrouver Luna. L'officière l'accompagne. Arrivée à la chambre, elle décide de ne pas assister à l'entrevue et de laisser les amants seuls pour leurs retrouvailles. Ce n'est pas par pudeur, mais plutôt par jalousie. Il y a aussi ce sentiment que ce n'est pas de là que vient le vrai danger. Tony et Luna s'enlacent longuement. Il finit par lui confier son sentiment d'impuissance, les pensées qui l'ont empêché de dormir, sa rage de ne rien pouvoir faire. Après l'avoir écouté silencieusement et soutenu d'un regard plein d'empathie, elle le questionne sur son sentiment d'impuissance.

-Te savoir prisonnière de cette chambre alors que je suis libre, juste à côté, m'est insupportable. C'est injuste, nous ne devrions pas être séparés de façon aussi ridicule.

- Je comprends, tu voudrais pouvoir faire quelque chose mais c'est impossible

- Ça me rend fou, j'ai besoin de retrouver de la sérénité pour travailler efficacement mais je n'y arriverais pas tant que nous serons séparés, C'est inacceptable pour moi.

- As-tu peur d'accepter que certaines choses ne soient pas en ton pouvoir ? Que tu ne peux pas tout contrôler ?

- Mais je refuse d'accepter cela !

- N'est-ce pas la source de ta souffrance ? N'est-ce pas de lutter contre ce que tu ne contrôles pas qui est douloureux, qui te maintient dans un sentiment d'impuissance ?

- Mais mon métier de chercheur, ma vocation exige de moi de contrôler le maximum de choses. Si je renonçais à cela, je ne pourrais rien faire. Sais-tu la complexité de faire fonctionner un accélérateur de particules ? Sais-tu combien de paramètres je dois contrôler ?

- J'imagine. Mais ce n'est pas de cela dont je parle. Trouver la sérénité dont tu as besoin passe par l'accueille des émotions que la situation déclenche en toi, au-delà des pensées ou d'une croyance en une puissance fantasmée pour lutter contre le réel.

Le chercheur sent que cela résonne en lui. Cela éveille de la tristesse et de la colère.

- Ce sentiment d'impuissance ne vient-il pas de l'accident où tu as perdu tes parents ?

Aussitôt les souvenirs lui reviennent. Il ferme les yeux pour leur donner de la place. Dans l'ombre de sa mémoire, tout est calme, il se sent bien, il est heureux, en sécurité. Puis il y a cette lumière qui entre dans l'habitacle de la voiture et le bruit qui monte, le crissement de pneus qui se rapproche inexorablement. Il sait que cela ne cessera que par le fracas de l'impact. Comme si la mort elle-même allait frapper la voiture de sa faux pour l'ouvrir en deux et emporter ses parents. Il entend le bruit du métal qui se déchire et des cris qui s'éteignent aussitôt. Il se rappelle soudain ce rêve qu'il fait depuis toujours. Il est là dans son siège auto, il entend le bruit qui approche au loin, il sait ce qu'il va se passer, il veut crier pour prévenir ses parents mais rien ne sort, il se débat pour attirer leur attention mais il est totalement impuissant. C'est insupportable, il veut sauver tout ce qui compte pour lui, ces êtres qu'il aime tant et l'aiment aussi plus que tout. Rien ne devrait les séparer. Mais la mort avance, invincible. C'est intolérable. Il est maintenant aux prises avec cette violence, cette impuissance, cette injustice. Une immense tristesse et une puissante colère coexistent en lui. Il s'interdit de les laisser s'exprimer, de les accueillir. Il sent toute son énergie imploser, se dissoudre dans un gouffre interne. Il est livide, épuisé. Luna le serre dans ses bras pour le réconforter. Mais ce qui l'aurait enchanté quelques instants plus tôt ne lui fait plus rien. Il ne sent plus rien. C'est comme si son cerveau était débranché. L'officière Madiba vient frapper à la porte. Tony se lève bien que sonné. Il entend vaguement ce qu'on lui dit, comme derrière une fenêtre. Il se souvient juste qu'il doit retourner au détecteur Atlas pour continuer ses recherches. Il ne sait plus trop en quoi cela consiste, mais il sait qu'il doit y aller. Alors il marche sans un mot vers les ascenseurs, perdu dans son silence. Quand il arrive à la salle de commande, toute l'équipe le regarde comme une apparition, probablement à cause de son air fantomatique. La journée passe, petit à petit, en se replongeant dans le travail, Tony reprend conscience de lui et de son environnement. Le soir venu, après la clôture de la séance d'expérimentations quotidiennes, il part retrouver Luna. Quand il arrive devant sa chambre, il constate avec étonnement que les agents de sécurité ont disparu. Il frappe à la porte. Aucune réponse. Il tente d'entrer mais la poignée biométrique ne reconnaissant pas ses empreintes, la porte reste close. Il va frapper à la porte de la suite de Beryl, mais sans succès. Que se passe-t-il ? Il retourne à sa chambre. Sur son lit, il trouve un mot. « Je suis partie, je t'attends à Paris. Luna ». Il s'apprête à descendre à l'accueil pour savoir s'ils ont vu quelqu'un partir, mais il tombe sur l'officière Madiba. Elle l'informe que sa compagne a disparu de sa chambre. Personne ne l'a vue, la porte était gardée en permanence, mais elle n'est plus là, c'est incompréhensible. Il suspecte aussitôt une manœuvre des autorités pour cacher leur intention de la faire disparaître. Le mot trouvé sur son lit est-il bien de sa main ? Que va-t-elle faire en France, à Paris ? Elle dit l'attendre là-bas, mais où ? Elle n'a laissé aucune adresse. Évidemment l'officière de sécurité le questionne pour savoir s'il sait quelque chose sur ce départ. Il n'a pas besoin de mentir puisqu'il ne sait rien. Beryl comprend qu'il est sincère tant son désarroi est visible. Bien qu'elle ait enfoui ses sentiments afin que ceux-ci n'interfèrent pas avec sa mission, les choses lui paraissent de moins en moins nettes, moins binaires. Elle ressent comme de l'empathie pour le chercheur. Surtout, au fond d'elle, il y a ce besoin de vérité, d'être fidèle à ses engagements, une vision du monde attachée à la notion de droiture, d'honneur. Une fracture se fait petit à petit entre son engagement pour le maintien de l'ordre et l'organisation qui est censée le représenter. Les dernières révélations, mais aussi son enquête suite à celles-ci, lui ont fait découvrir une autre réalité bien plus complexe. Son besoin d'authenticité commence à entrer en conflit avec sa mission. Tony représente, certes une forme de naïveté, de fragilité dans ses rapports affectifs, mais aussi une certaine pureté, notamment en raison de ses recherches scientifiques qui symbolisent la quête de la vérité. Elle se sent plus proche de lui, contrariée dans la poursuite d'un idéal qui ne semble pas compatible avec la réalité du monde. Elle lui confie que le projet D-Destiny existe bien comme Luna le lui avait dit. Elle a par ailleurs enquêté sur la sororité des gardiennes. Aucune information directe n'est accessible, mais des indices plausibles çà et là.

- En fait, elle n'a pas menti.

- Apparemment pas.

- On peut donc supposer qu'elle n'a pas menti non plus sur la finalité du projet Time Gate, enfin du vrai projet D-Destiny.

- Je n'irais peut-être pas jusqu'à valider sa théorie complotiste, mais des questions se posent en effet.

Tony retourne vers sa chambre, il prend soudain conscience de la responsabilité qui lui incombe. Il est sur le chemin de la découverte du voyage temporel. Ce qui lui apparaissait au début comme une simple quête scientifique devant aboutir à un progrès pour l'humanité paraît beaucoup plus compliqué. C'est un dilemme. D'un côté se trouve tout ce à quoi il a toujours aspiré ; performance, réussite, reconnaissance, et de l'autre ce qu'il veut pour le monde : le progrès, la liberté et la paix. Il repense aux propos de Luna. Il s'interroge lui-même : « Si je vais au bout de mes recherches et que je découvre le moyen de voyager dans le temps, que se passera-t-il ? Je serai célébré, récompensé, adulé, on m'accordera même peut-être un passeport groundonien, je vivrais paisiblement dans le confort et le luxe, probablement pour l'éternité. Je serai un haut dignitaire d'Eternity et du gouvernement mondial, un proche des gafarques, j'aurai ma résidence sur l'île de Chatham Island, le luxueux sanctuaire ultra-sécurisé de la caste. Mais cela se produira dans un monde où le modèle de société dominant sera la dictature. Mais est-ce certain ? Est-il crédible que Lewis Peack arrive tout seul à s'approprier ma découverte et qu'il tienne le reste du monde sous son joug ? Je n'y crois pas. Après tout, si mon destin est, comme le prétend Luna, de découvrir le moyen de voyager dans le temps, j'ai bien le droit de profiter de mon exploit. Je ne fais rien de mal en faisant cette découverte. Ce qu'il en adviendra n'est pas de ma responsabilité ! C'est à la société d'agir pour défendre ses droits, de se mobiliser pour ses libertés ». Tony commence à fantasmer sur ce qu'il va se passer. Le moment de la découverte, les acclamations, les journalistes du monde entier qui se précipitent au CERN. Son retour triomphant à Eternity. Les honneurs, ses nouveaux amis, ses conditions de vie exceptionnelles. Dans ce tableau idyllique, un bruit de fond monte, comme une peur tapie dans l'ombre. Petit à petit, on le met au secret. Les discours officiels changent, la concrétisation du voyage temporel va être plus difficile que prévu. Une autre équipe travaille sur la mise au point des équipements, mais sans résultat probant. Puis officiellement, on parle de gouffre financier, de mise en œuvre impossible, d'échec, d'abandon du projet. Mais en secret, cela fonctionne. Le pire s'est produit. Le monde se retrouve sous une dictature en ayant l'impression que rien d'important n'a vraiment changé. Des opposants arrivent à comprendre que les gafarques utilisent le voyage dans le temps pour eux seuls, qu'ils s'en sont servi pour installer leur régime totalitaire et éliminer leurs opposants. Tony est prisonnier de sa tour d'ivoire. Il repense à Luna, à ses avertissements. Son rêve s'échoue. Il sort de sa rêverie. Lui reviennent leurs discussions, à propos de son enfant intérieur et de ses traumatismes. Il ressent le besoin de prendre du temps pour s'interroger en profondeur. Il ne s'agit plus de peser le pour et le contre, cela va bien au-delà, bien plus profond précisément. Il se souvient des exercices qu'ils faisaient ensemble, il décide d'essayer seul. Un dialogue interne commence. « Qu'est-ce que je ressens quand je pense à ma découverte ? De la joie, de l'énergie qui bouillonne en moi, une envie de rire, de danser. Où est-ce que cela se passe ? Au niveau du cœur, du sternum, je sens que ça s'ouvre, que ça pétille. Quels sont les besoins qui sont nourris à cet instant ? Mon besoin d'accomplissement, avoir le sentiment d'accomplir quelque chose d'important. Quelque chose qui ait un impact sur le monde, un impact positif pour l'humanité. Je sens de la fierté, cela nourrit mon besoin de reconnaissance, mon besoin d'être aimé. Bien, il n'y a qu'à foncer alors ! Oui, mais il y a une petite voix qui me dit que c'est égoïste. Que je cours après cette découverte uniquement pour moi, pour ma propre reconnaissance. Et qu'est-ce que je ressens quand je me dis cela ? Je suis triste, presque honteux, abattu. Ça se passe où dans mon corps ? Au niveau du ventre, je sens une tension, un poids, comme une angoisse. Quels sont les besoins qui ne sont pas nourris ? Mon besoin de clarté, je ne suis plus sûr des raisons pour lesquelles je mène cette recherche. En fait je ne suis plus sûr, à cause de toutes les révélations de ces derniers jours sur le projet D-Destiny notamment, que cette découverte réponde à mon besoin d'impacter positivement le monde. Et qu'est-ce que je ressens à ce moment ? Je suis tiraillé entre ce besoin d'accomplir, de reconnaissance aussi et la peur d'être responsable d'une catastrophe, du basculement de notre société dans une dictature. Pourtant j'aurais la reconnaissance et la satisfaction d'avoir accompli quelque chose d'énorme, une découverte majeure. Oui, mais mon besoin d'impacter positivement est plus fort. Je ne pourrais vivre en paix, même riche et célèbre, en sachant que ma découverte est utilisée contre l'humanité, qu'elle est une source de souffrances. Est-ce que ça veut dire que mon besoin c'est d'être un vecteur de changement positif pour le monde, que ma motivation de chercheur repose sur le fait que mes découvertes doivent apporter plus de bien-être aux hommes ? Oui c'est cela, et c'est de là que naît ma reconnaissance, de moi à moi et non pas comme une sanction venant de l'extérieur. Qu'est-ce que je décide alors ? Je choisis de mener à son terme ma recherche du moyen de voyager dans le temps en prenant soin qu'il ne soit pas utilisé à mauvais escient, quitte à renoncer à une reconnaissance des institutions d'Eternity. Voilà tout est clair maintenant. Enfin en ce qui concerne mes intentions, car pour ce qui est de savoir comment, c'est le vide ». Tony va jusqu'à la fenêtre de sa chambre. Il regarde le paysage enneigé, bleuté par la nuit, tacheté de jaune par les éclairages publics. Dans le silence, le paysage immobile offre à ses yeux une quiétude qui forge sa détermination. Fort de sa nouvelle résolution, plus sûr que jamais que c'est cela qu'il veut vraiment, il décide de se laisser une semaine pour aller au bout de ses expérimentations afin d'observer la matière noire. Ensuite, viendra l'étape de relier matière noire, gravitation et courbure de l'espace-temps. Une phase d'abord mathématique alimentée par les résultats des mesures sur les hadrons et intégrés aux théories des ponts Einstein-Rosen et des trous de ver de Wheeler. Pour ce travail, l'utilisation du grand collisionneur n'est pas requise. Il peut mener ces investigations ailleurs qu'à Genève, comme à Paris par exemple. Il doit préparer son nouveau voyage le plus secrètement possible.

Pendant ce temps à Eternity, l'ordre dataïste poursuit son travail incessant d'analyse des flux de données. Tout ce qui est collecté est classé en fonction de sa provenance : trafic sur le réseau, données biométriques issues de dispositifs de quantified self, implants, pratique du culte All-One, etc. Elles sont ensuite traitées par des algorithmes dédiés analysant les contextes de collecte et dont les résultats sont soumis aux membres de l'ordre. À partir de là, les analyses sont distribuées à différents organes en fonction de l'intérêt qu'elles présentent. Certaines serviront aux équipes de programmeurs pour améliorer la performance des programmes de traitement, d'autres iront vers le service de communication de la présidence afin de surveiller les tendances et aussi d'ajuster les messages qui sont diffusés en fonction des effets désirés. Il y a une véritable organisation, une industrie presque, de la gestion de l'opinion publique. Car même si le gouvernement mondial n'est pas élu, la maîtrise de l'opinion est à la source d'une manne financière qui continue de prospérer et donc de fonder le pouvoir des artisans et principaux bénéficiaires de cet ordre mondial. Des armées de bots écument le réseau All-One. Ces robots numériques imitant les comportements des internautes mais paramétrés pour une tâche bien précise, soutiennent ou relaient les communications du pouvoir pour faire croire à une tendance pouvant entraîner l'adhésion des indécis ou des suiveurs. Ils servent aussi à lancer des rumeurs, tester des propos en marge de la pensée dominante, faire du nudge comme on dit dans les médias. Tout cela avec la plus grande décomplexion au nom de la sainte croissance économique. Pourtant, en marge se développe une politique mortifère de ségrégation. Tous ceux qui ne sont pas dans la pensée dominante, dont les données biométriques remontent des maladies ou faiblesses, dont les relations incluent les profils précédents, tous ceux-là n'ont pas accès aux mêmes avantages que les autres. C'est une façon efficace pour le pouvoir de maintenir une élite docile et prête à défendre son modèle politique et économique. Il ne manque à ce système que la boule de cristal qui lui permettrait d'anticiper les tendances qui ne viendraient pas de lui.

Diane sent que la mort est en chemin, pas toute proche mais en route. C'est comme un crépuscule d'été, le vent de la vie faiblit doucement jusqu'à cesser dans le silence de la nuit. Il n'y a plus d'agitation, juste un calme majestueux. Tous les petits tracas s'évaporent dans le firmament. Ne restent que les souvenirs majeurs, les montagnes émotionnelles. Les visages des personnes qui ont marqué sa vie reviennent, ils sont comme des balises le long de sa route, le long de sa ligne d'univers. Plus elle remonte dans le passé, plus les visages deviennent flous. Elle garde cependant un souvenir lointain, comme une image fossile d'un pacte conclu avant sa naissance, avant sa manifestation dans ce monde-ci, un rendez-vous donné à une âme sœur avec la promesse de se retrouver dans cette vie. Encore un peu de patience, lui lance-t-elle, nous allons nous retrouver avant que je ne retourne là-bas.

VI

Je comprends maintenant que je ne suis pas libre, que ma prison est intérieure, mais tu n'es plus là. Et c'est justement parce que tu n'es plus là que j'ai compris, parce que je ne peux plus m'en remettre à toi ! La peur, la peur de l'inconnu, du non-maîtrisé, de l'incontrôlable, voilà ce qui m'a guidé jusque-là. Je sais que cette peur s'est figée dans le fracas de l'accident où je les ai perdus eux. Je n'avais jamais accueilli tout ça, toute cette peur, toute cette tristesse, jusqu'à ce que je te perde toi. J'ai compris le manque, le manque qui ne peut être comblé par rien ni personne, j'ai compris la solitude inconsolable. Petit à petit je sens une paix intérieure indicible remonter du plus profond de moi, en silence, et remplir le vide. Plus de manque, plus de solitude. Seul mon amour me relie désormais à toi, où que tu sois.

Tout le monde est là. Le silence se fait dans la salle de contrôle. Une longue litanie de vérifications des instruments s'égrène, la fameuse check-list. Les techniciens répondent à l'appel de leur instrument par le statut de celui-ci. Tout est prêt, le lancement peut avoir lieu. Le technicien en charge annonce qu'il procède à l'injection des paquets de protons depuis la bouteille d'hydrogène dans le premier tronçon appelé Linac 2, puis dans le booster. Sur les écrans, la première boucle d'accélération s'allume. Rapidement les particules entrent dans la seconde boucle du synchrotron et accélèrent encore. Puis la troisième boucle s'allume, les protons accélèrent encore avant d'entrer sur l'anneau principal de vingt-sept kilomètres. L'accélération se poursuit, les deux faisceaux de nucléons qui tournent en sens opposé doivent atteindre quatre-vingt-dix-neuf virgule neuf neuf neuf neuf pour cent de la vitesse de la lumière avant la collision. Pour cela, de puissants électro-aimants supraconducteurs refroidis à moins deux cent soixante-et-onze degrés émettent d'énormes champs magnétiques pour propulser les particules. Sur un des écrans de la salle de contrôle, le pourcentage de la vitesse à atteindre monte. Une fois bloquée au maximum, les collisions sont déclenchées. À peine un léger sifflement montant est-il perceptible au cœur d'Atlas malgré la violence de l'impact. Parmi les paquets de cent milliards de protons qui s'affrontent toutes les vingt-cinq nanosecondes, seuls quatre cents d'entre eux entrent en collision quand tous les autres ne font que se croiser. Les processeurs captent des milliards de données à chaque fois. Dans ce torrent de mesures, le protocole appelé « déclenchement » n'en conserve qu'une sur vingt-cinq mille, celle qui compte et qui est dans ce que l'on appelle dans la région d'intérêt où sont censées se cacher les signaux énergétiques des particules recherchées. Tony a les yeux rivés sur l'affichage des mesures sélectionnées. Des chiffres apparaissent. Ça y est ! Ils sont probablement là ! Le TQm applique les équations de Tony aux données relevées pour déterminer la probabilité de leur présence. Les collisions s'enchaînent, toutes avec le même résultat. Des hexaquarks sont là avec une probabilité de quatre-vingt-dix-huit pour cent. On peut calculer leur masse. Cela confirme tous les calculs prédictifs. Tony est heureux et fier. Fier de son exploit. Il est le premier à avoir réussi à détecter de la matière noire. Il a une petite pensée pour Chen, « je l'ai battu bien qu'il ait eu accès au meilleur matériel ». Le chercheur exulte. Autour de lui toute l'équipe applaudit, certains se lèvent et sifflent ou crient pour exprimer leur exaltation. Il prend un moment pour lui, assis sur sa chaise, le visage entre les mains. Il ressent une joie profonde, une immense satisfaction d'avoir levé un peu du voile de l'ignorance. Quelque chose s'est accompli. Il savoure cet instant et sourit. Des mains se posent sur ses épaules, on vient le féliciter. Il se lève, embrasse quelques collègues. Dans les heures qui suivent, la nouvelle se répand à Eternity. Les données recueillies au cœur de la tour WG sont analysées par les équipes sur place. Tony reçoit un message de

Tom Major qui le félicite, puis c'est au tour de Nikolaï Nasimov. Hypocrisie ou sincérité, Chen lui aussi adresse ses félicitations au chercheur français. Il ne manque que Luna, son absence ternit la satisfaction qu'il devrait ressentir. Beryl Madiba vient en personne le féliciter. Ils conviennent que la mission au CERN est terminée et qu'il faut préparer le retour en Nouvelle-Zélande. Les équipes de nettoyage des données vont entrer en action. Il sait que sa tâche ici est terminée, que la suite va être déterminante pour la découverte finale du moyen de voyager dans le temps. Il sait aussi qu'il va pouvoir retrouver Luna.

La jeune femme sort de la capsule du vactrain à la station Tour WG. Deux agents de sécurité de la garde rapprochée du président l'accueillent et l'accompagnent jusqu'aux ascenseurs. Ses bagages seront déposés dans son appartement, mais pour le moment elle doit se rendre directement chez le Président. Dina sent son angoisse monter dès que les portes de la cabine s'ouvrent sur le hall d'accueil du palais présidentiel. Elle sait que la probabilité qu'il suive son arrivée via le réseau des caméras de surveillance est de quatre-vingt-dix-neuf pour cent. Elle allonge sa respiration pour contenir son stress. Lewis Peack est dans son bureau, il s'est installé dans son canapé face à la baie vitrée qui domine Eternity, derrière laquelle scintille le lac Heron, aux pieds du Mount Taylor. Il se sent au centre du monde, surtout depuis que la nouvelle de la découverte de ce jeune chercheur lui est arrivée. Bien qu'il ne maîtrise pas toutes les subtilités physiques ou mathématiques de la découverte, il comprend très bien que cela représente un pas décisif vers son but. Il se sent fier de la réussite qu'il a permise. Car c'est bien grâce à lui que tout cela s'accomplit. C'est sa vision, son organisation, ses finances qui rendent tout cela réel. Il est d'excellente humeur. Un majordome attend Dina à l'entrée des appartements privés du Président. Il l'accueille et la conduit jusqu'au bureau. Elle reste immobile un instant à la porte. Bien qu'il sache qu'elle est entrée, il ne bouge pas, ne se retourne pas. Le soleil se rapproche de l'horizon, le ciel tire sur la capitale un dégradé de bleu où s'attardent quelques fins nuages orange qui se mirent sur l'étendue brillante du lac.

- Dina, chère enfant, venez vous asseoir à côté de moi.

La jeune femme s'avance en silence.

- N'est-ce pas merveilleux comme spectacle ? La vie est merveilleuse, alors pourquoi la laisser s'échapper ? Nous y sommes finalement arrivés. Nous contemplons la beauté du monde depuis l'Olympe. Et nous y serons bientôt pour l'éternité. Mais asseyez-vous, voyons, n'ayez pas peur.

La dataïste s'assoit timidement, mains posées sur les genoux.

– Vous voyez que c'était le moment de rentrer, la mission en Suisse est terminée.

- Je ne vous avais pas menti, il a bien fait sa découverte.

- En effet, excellent concours de circonstances en votre faveur. Nous passons donc à une nouvelle étape du projet D-Destiny. Mais avant cela, vous allez vous occuper de ces vilains chinois. La liste des dignitaires insurgés a été mise à votre disposition. Bloquez leurs comptes bancaires et videz-les. Piratez tous leurs implants, interfaces, ordinateurs, tablettes et autres smartphones et siphonnez toutes les données. Enfin piratez leurs comptes sur les réseaux sociaux et transmettez les accès aux services spéciaux, ils entameront une campagne de suicide médiatique ; propos islamophobes pour certains, antisémites pour d'autres voire anticommunistes. Après cela, ils finiront clochards s'ils ne se font pas lyncher ou arrêter avant. Ça servira d'exemple pour les autres. Personne ne doit douter que je peux frapper à mort qui je veux, quand je veux, où qu'il se trouve.

Lewis Peack serre les poings, son regard est intense, brûlant de haine. Dina est effrayée, elle tente de garder un air serein tout en restant silencieuse alors qu'elle estime très élevé le risque qu'il s'en prenne à elle.

- Bien, dit le président en retrouvant un peu de calme, l'officière Beryl Madiba aura une bonne surprise à son retour.

Le président marque un silence, il prend le temps de regarder avec attention le visage de Dina. Il est à l'affût du moindre signe qui pourrait trahir ses émotions. Cette fois il préfère jouer sans se connecter à son cerveau, c'est plus excitant que d'avoir toutes les réponses instantanément. Elle semble impassible, alors il continue.

- Oui, elle va avoir une promotion, elle va rejoindre le corps d'élite de ma garde rapprochée au grade de capitaine. Si toutefois elle accepte la pose d'un implant intracrânien comme le vôtre. C'est la règle pour mes proches collaborateurs. Qu'en pensez-vous ? N'est-ce pas une charmante attention ?

- Oui Monsieur le Président, répond-elle glacée.

- Et c'est grâce à vous ! J'ignorais jusqu'à son existence avant de la découvrir dans les limbes de votre esprit. Elle pourra vous remercier. D'ailleurs elle sera désireuse de le faire, très désireuse, comme convenu.

Dina sent que quelque chose se fissure en elle. Elle voit le piège que Lewis Peack est en train de construire autour d'elle et de Beryl.

- Vous travaillerez ensemble sur D-Destiny. Quel beau binôme, le harfang des neiges et la panthère noire.

- Bien Monsieur le Président.

- Je fais ça pour vous, j'espère que vous êtes contente.

Dina esquisse un timide sourire en guise de réponse. Sa gorge est nouée, si elle devait répondre elle ne pourrait que crier, vomir sa frustration sur lui. Un instant elle s'imagine se jetant sur lui pour le frapper. Après tout, il semble fragile comme une brindille, il ne serait pas difficile de le tuer. Mais il y a les autres, il n'est qu'un des quatre.

- Nous avons fini, allez vite vous mettre au travail, les vacances suisses sont terminées. Et Beryl n'arrivera que dans deux jours, dit-il avec un sourire plein de sous-entendus obscènes.

Dina quitte le bureau, elle est raccompagnée jusqu'aux ascenseurs. Elle sait qu'il va la suivre des yeux pendant un certain temps. Elle ne montre rien. Mais déjà, elle a compris que ces nouvelles font grimper en flèche ses chances avec Beryl. Elle est partagée entre une joie enfantine et de la honte.

À Genève, les équipes de nettoyage ont terminé d'effacer toutes les données sensibles et tous les équipements qui avaient été apportés sont reconditionnés pour le voyage du retour. Les équipes terminent leurs préparatifs. Demain il faudra superviser les expéditions de matériel en premier, puis ce sera le départ de tout le personnel. Mais ce soir, une petite fête est prévue pour cette dernière soirée au CERN. Les laborantins, techniciens, ingénieurs sont tous plutôt jeunes. Ils ont tous envie de lâcher la pression et célébrer le succès de la mission sans retenue. Beryl participera, au moins une partie de la soirée. Tony sera le roi de la fête, il ne peut s'y soustraire bien qu'il soit maintenant focalisé sur autre chose. À la nuit tombée, alors que tout le monde se prépare dans sa chambre, les palettes de matériel sont transférées du site de recherche à l'aéroport tout proche, dans un hangar de la compagnie Feel Air. Tony regarde par la fenêtre le ballet des camions qui parcourent les quelques centaines de mètres à petite vitesse, le convoi serpente avec prudence sous des giboulées de neige. Aucun bruit ne lui parvient. La neige qui tombe pose un voile cotonneux qui étouffe les sons. Il sent un calme profond s'installer en lui. Quelqu'un frappe à sa porte. Il s'extrait de sa contemplation, saisit sa veste sur le fauteuil et va ouvrir. Beryl est venue le chercher, plus pour s'assurer qu'il n'avait pas disparu lui aussi, que pour ne pas arriver seule à la fête. Ils échangent quelques banalités en arpentant les couloirs de l'hôtel. Quand ils entrent dans le salon réservé, de nouveau des applaudissements s'élèvent pour Tony. On lui tend avec enthousiasme un verre contenant un cocktail inconnu et on trinque avec lui. Beryl se laisse prendre aussi au jeu. Elle l'accompagne dans un petit tour de la salle pour saluer tout le monde. L'officière propose finalement de boire du champagne et d'aller s'asseoir dans un des canapés. Tony s'installe en repensant aux nombreuses soirées étudiantes où, retenu par sa timidité et sa peur du ridicule, il désertait la piste de danse pour se réfugier dans le coin des discussions assises. Quelques instants plus tard, le barman rompt le silence entre eux en rapportant une bouteille dans un seau rempli de glaçons. Beryl fait signe au chercheur pour qu'il s'empare de la bouteille afin de l'ouvrir et de les servir. Durant la manipulation, la montre connectée de Time Team Member se détache malencontreusement de son poignet et tombe dans le seau. L'officière plonge sa main dans l'eau froide mais le temps de la retrouver sous les glaçons, l'écran s'est éteint, elle a rendu l'âme.

- Mince, je n'ai pas été assez rapide, s'excuse Beryl.

- Ce n'est pas grave, je crois que je pourrais aisément en avoir une autre une fois rentré.

- En effet ! Heureusement il vous reste votre smartphone, je n'ai pas perdu tout moyen de vous contacter.

Tony sort alors de sa poche ledit objet.

- Il me reste cinq pour cent de batterie, il ne finira pas la soirée.

- Vous pourrez dormir tranquille au moins !

Ce petit incident a rompu la glace comme on dit. Malgré tout, les récentes révélations et la mystérieuse disparition de Luna ne permettent pas qu'une amicale proximité puisse s'établir. La discussion reste superficielle, attachée aux sujets professionnels, à l'anticipation du retour vers Eternity et à la suite des recherches. Tony ne peut s'empêcher de penser à Luna. Mais il n'est pas le seul, après plusieurs verres de champagne, Beryl semble s'immerger plus facilement dans l'ambiance festive de la soirée. À la faveur d'une chanson qu'elle apprécie, elle se lève pour aller danser. Elle tente d'entraîner le chercheur français qui décline son invitation. Elle sent le besoin de lâcher un peu ses tensions en laissant son corps expulser le trop-plein d'énergie accumulée. Elle laisse la musique prendre le contrôle de ses mouvements, animer son corps tout à la fois gracile et musculeux. Elle ondule au milieu des autres. Elle ferme les yeux pour donner toute la place à ses sensations corporelles, oublier le monde extérieur. Elle s'imagine dansant au corps à corps avec Luna. Cette pensée libère sa sensualité. Autour d'elle des regards surpris par cette aisance s'accrochent à sa silhouette. Après plusieurs morceaux, elle rouvre les yeux et croise les regards souriants autour d'elle. Elle jette un œil sur le canapé, Tony n'est plus là. Après s'être accordé une courte pause, l'officière repart dans l'obscurité enivrante de sa danse sans se soucier de l'avancée de la nuit.

Le lendemain matin, après avoir quitté sa chambre, Beryl prend quelques minutes dehors sur la terrasse face à la salle du restaurant. Elle a besoin d'air frais pour se réveiller complètement après cette courte nuit. Elle contemple le paysage encore vierge de toute trace, la neige étant tombée abondamment pendant la nuit. Les premiers membres de l'équipe arrivent les uns après les autres pour prendre leur petit-déjeuner dans le plus strict respect de ses consignes. Elle rentre les rejoindre et s'installe un peu à l'écart pour profiter d'encore un peu de calme et d'une vue globale sur la salle. Elle vérifie que tout le monde est là. Ça y est presque, il ne manque que Tony, pourtant celui-ci faisait partie des premiers à avoir quitté la fête. Elle tente de l'appeler sur son portable car il ne faut pas qu'il manque le briefing avant le départ. Elle tombe directement sur la messagerie. Elle se dit qu'il a probablement oublié de mettre à charger son téléphone ou de le rallumer. Elle tente de voir s'il y a une trace de lui sur le réseau, mais rien. Elle se rappelle soudain que sa montre connectée a rendu l'âme la veille. Tant pis, elle commence, elle s'occupera de lui après. Une fois les consignes passées et les petits-déjeuners avalés, chacun remonte dans sa chambre pour reprendre ses affaires et procéder au check-out. L'officière en fait autant. En sortant de sa suite, elle fait un arrêt à l'étage du dessous pour frapper à la porte de la chambre de Tony. Aucune réponse, pas le moindre bruit. Elle descend à l'accueil et demande si Monsieur Leblanc a fait son check-out. Puisque la réponse est non, elle demande qu'on l'accompagne pour ouvrir la porte avec un passe électronique. Quand elle entre dans la chambre, celle-ci est vide. Elle fait un tour en se disant qu'ils ont dû se manquer, mais au moment de partir, elle remarque un papier plié sur la table de chevet. « Je rentre de mon côté, je vous donne des nouvelles bientôt ». L'officière de sécurité est furieuse, elle se sent trahie. Derrière la réaction de colère, une petite voix en elle lui souffle qu'elle n'a pas assuré correctement sa mission. La tentation est grande d'en rendre le chercheur responsable. Elle qui croyait avoir tissé un lien avec lui, peut-elle lui faire confiance ? Elle sait qu'il est sûrement parti retrouver Luna. Mais quelle sera l'influence de cette dernière sur lui ? En ce qui concerne la mission, il a fini ses expérimentations et les données sont à l'abri. Est-il nécessaire d'alerter sa hiérarchie ? Tout dépend du temps que durera son absence et du lieu où ils se trouvent. Mais malheureusement, elle n'a aucun moyen rapide de savoir où ils sont. Est-il parti ce matin ? Elle retourne à l'accueil et demande à voir le directeur de l'hôtel. Elle lui présente rapidement la situation et lui demande son soutien. Après quelques vérifications, notamment des caméras de surveillance, elle découvre que le chercheur a quitté l'hôtel durant la soirée, peu après être parti de la fête. Il est sorti à pied sous l'averse de neige qui a effacé ses traces. Il n'a pas voulu commander un taxi via l'hôtel, peut-être pour qu'on ne sache pas où il allait. Cette précaution la décide à signaler la situation pour que des moyens puissent être mobilisés pour le localiser. Sans imaginer le pire, il a peut-être été piégé par une puissance étrangère. Beryl s'isole dans le bureau du directeur, connecte son terminal sécurisé et prend contact avec sa hiérarchie. Le protocole de recherche est aussitôt lancé. Tous les enregistrements des caméras de surveillance de Genève sont collectés et décortiqués, les services de police suisses et frontaliers sont avertis et une photo de Tony est diffusée.

Le jour se lève à peine quand la voiture quitte l'autoroute A4 pour rejoindre le périphérique sud de Paris. Elle prend la sortie porte d'Orléans. C'est là que Tony abandonne ses co-voyageurs d'une nuit. Il avait réservé il y a quelques jours ce trajet en covoiturage sous un faux nom. Il marche sous un ciel gris et bas vers l'intérieur de la capitale, traverse les voies du tramway au milieu des fumées des véhicules. Soudain, une moto s'arrête à sa hauteur. Surpris, il s'apprête à détaler vers l'entrée du métro. Le conducteur relève la visière du casque.

- Luna ! Comment est-ce possible ? Comment savais-tu que je serais là ?

- C'est une longue histoire, nous aurons le temps d'en parler, monte, dit-elle en lui tendant un casque intégral.

Vingt minutes plus tard, ils entrent dans un immeuble. Dans l'ascenseur Tony ne peut s'empêcher d'étreindre Luna. Ils s'embrassent. À peine sont-ils entrés dans l'appartement qu'elle attrape les mains baladeuses de son amant en l'informant qu'ils ne sont pas seuls.

- Antoine est là, il dort encore.

- Qui est Antoine ?

- Tu ne te souviens pas ? Le petit garçon que j'avais gardé pour une amie à Eternity.

- À Eternity ? Que fait-il ici à dix-neuf mille kilomètres ?

- La même chose que toi, il rentre chez lui.

- Mais je ne rentre pas chez moi, et lui que faisait-il alors en Nouvelle-Zélande ?

- Un petit voyage. Ses parents viennent le chercher ce matin.

- Quand ça ?

- Quand ça sera le moment.

- C'est-à-dire, tu peux être plus précise.

Luna le regarde en souriant avec un air taquin.

- Et puis comment savais-tu que j'arrivais ?

À ce moment-là, le petit garçon sort de la chambre. Luna s'excuse, elle doit s'occuper d'Antoine, lui préparer son petit-déjeuner. Elle propose à Tony de se reposer un peu dans la chambre. Il concède que sa nuit de voyage à quatre dans la voiture ne lui a pas permis de dormir. Il se couche dans une chambre inconnue où Luna dort depuis plusieurs jours probablement. Sa curiosité le tient éveillé un instant. Il observe les meubles, les objets de décoration. Il cherche la moindre trace de sa présence, avide de découvrir ce qu'elle a pu faire depuis son départ. La fatigue a raison de son observation minutieuse et il s'assoupit rapidement. Après un certain temps, qu'il est incapable d'évaluer, il est réveillé par un bruit de porte. C'est Luna qui vient de sortir. Il l'entend prendre l'ascenseur avec l'enfant. Après quelques instants il se rappelle où il est, il se lève et va vers la fenêtre. Il voit en bas de l'immeuble un couple qui s'avance, accompagné d'une autre personne, l'enfant court vers eux et saute dans les bras de la femme. Ce doit être sa mère. Luna discute quelques minutes avec l'autre femme restée en retrait, puis elle revient. Tony suit cette femme, son allure lui rappelle quelqu'un sans qu'il puisse dire qui. Quand elle entre dans l'apparemment, Tony s'avance vers elle, il est reposé et sent son désir monter. Il pose une main sur son épaule pour l'attirer vers lui et commence à l'enlacer. Il remarque qu'elle a les yeux humides.

- Qu'est-ce qu'il y a ? Tu as l'air troublée.

- Je suis émue pour Antoine, je sais que ce petit garçon vivra un drame bientôt.

- Comment cela ?

- Je ne peux pas te dire, c'est comme une intuition profonde.

- Qu'est-ce qui va se passer ? Il faut peut-être prévenir ses parents ?

- Tu te souviens de tes parents ?

- Non, enfin juste quelques images brumeuses, hormis l'accident qui revient dans des cauchemars réguliers. Mais tu ne m'as pas dit ce que tu as pressenti.

- Quelle importance, le destin choisit un moyen ou un autre mais le résultat est le même.

- Luna, je te trouve de plus en plus mystérieuse. Tu peux me dire ce qui se passe ? Comment savais-tu que j'arrivais ? Pourquoi es-tu partie de Genève et comment as-tu fait pour fausser compagnie à tes gardiens ?

- Je suis sortie de ma chambre à un moment où ils n'étaient pas là.

- Vraiment ? Et après, comment es-tu rentrée en France ?

- Je me suis débrouillée, comme toi.

- Et comment savais-tu que j'arrivais ?

- Si je te dis qu'un algorithme l'avait prédit ?

- Pas très crédible, en tout cas mathématiquement très improbable.

- Pourquoi ne me fais-tu pas simplement confiance ?

- Pourquoi ne me dis-tu pas simplement la vérité ?

- Quelle vérité ? La vérité scientifique, démontrée, validée ?

- Pourquoi pas ?
- Alors je t'ai dit la vérité. Si nous profitions de notre journée maintenant ?

Tony comprend que c'est une fin de non-recevoir, il ne veut pas épiloguer mais il reste sur sa faim, il sent qu'elle dissimule quelque chose. Elle lui soutient qu'elle dit la vérité. Sa vérité à elle, se dit-il. Il échange la frustration de ne pas accéder à la clarté dont il a besoin contre le soulagement d'entrer en relation intime avec elle, de la toucher, de l'embrasser, de voir dans ses yeux ce qu'il considère être de l'amour, du désir. Continuer la discussion aurait généré la frustration de ne pas la retrouver entièrement, de ne pas faire fusionner leurs corps.

Lewis Peack est furieux, il vient d'apprendre la disparition du découvreur de la matière noire. Cela mettra-t-il en péril les projets Time Gate ou D-Destiny ? Probablement pas. Cependant cela signifie que quelqu'un agit contre ses intérêts, un ennemi inconnu, une puissance étrangère encore tapie dans l'ombre. Est-ce un coup des Chinois pour avoir de quoi négocier ? Quelqu'un de l'intérieur a-t-il rendu cela possible par négligence ou compromission ? Il ne peut a priori pas blâmer la chef de l'ordre des dataïstes qu'il venait de rappeler à Eternity. Cela s'est passé après son départ, sous la responsabilité de Beryl Madiba. Il est bien étonnant que le président du monde connaisse jusqu'à l'existence, si ce n'est le nom, d'une personne aussi bas dans la hiérarchie. S'il la connaît c'est à cause de Dina Salawa. Lui qui avait formé le projet de lui offrir une promotion pour se servir d'elle comme moyen de pression sur la dataïste, est furieux de constater qu'elle a failli à sa mission. Mais peut-être que finalement ce constat d'incompétence est une bonne nouvelle. Il faut toujours avoir un point d'appui pour manœuvrer quelqu'un. Le lendemain de son retour à Eternity, Beryl reçoit une convocation de son supérieur hiérarchique pour un rendez-vous au ministère. Elle se dit qu'au-delà du débriefing réglementaire, elle va devoir donner des explications sur la disparition inexpliquée de la personne la plus importante de la mission à Genève, cela après une première disparition toute aussi inexpliquée. Elle s'attend à être sanctionnée. L'officière arrive au cent quatre-vingt-troisième étage de la tour WG. Son officier supérieur l'accueille à sa sortie de l'ascenseur avec une certaine distance, puis ils se dirigent vers le bureau du ministre des affaires régaliennes. Celui-ci les reçoit sans délai. L'ancien général américain commence par rappeler le contexte diplomatique mondial, notamment en ce qui concerne la Chine, puis il parle plus précisément de la sécurité autour du projet stratégique Time Gate. Beryl transpire, elle lutte pour ne pas se tasser au fond de son siège. Enfin il s'adresse à elle directement en affirmant qu'elle a mené avec brio sa mission de sécurisation des recherches entreprises hors du territoire. La découverte tant attendue a bien eu lieu, l'intégrité et la confidentialité des données ont été garanties. Certes il y a eu des imprévus, les disparitions de Tony Leblanc et Luna Agapet, mais le lieutenant Madiba a aussitôt suivi la procédure et les enquêtes se poursuivent. Il considère donc la mission de sécurisation comme une réussite et il l'en félicite. Le ministère souhaite donc la récompenser, le ministre lui annonce qu'elle sera promue au grade de capitaine dès le mois prochain. Par ailleurs, l'entourage du Président Peack, qui suit de très près le projet Time Gate, souhaite lui proposer une nouvelle mission, un nouveau poste dans l'équipe rapprochée du Président. Beryl écoute ahurie l'éloge du ministre, elle hésite à répondre mais se contente de le remercier. Le ministre met fin à l'entretien en confiant à son supérieur le soin de lui expliquer le détail de ce qui lui est proposé ainsi que les exigences de cette nouvelle fonction. Le Président est sûr que grâce à cette promotion surprenante, elle sera plus proche de lui, plus facilement contrôlable et sanctionnable le cas échéant. Et puis, il est prévu la pose d'un implant intracrânien, il aura donc tout loisir de se balader dans sa tête : il aime cette idée de contrôle total. Il convoque sur-le-champ Dina pour lui rappeler, si cela était nécessaire, leur accord qui consiste pour le moment à convaincre Beryl de l'intérêt de la pose d'un implant. Car c'est l'étape indispensable pour qu'il puisse faire naître dans l'esprit du capitaine l'intérêt que la dataïste espère tant. Consigne est ensuite donnée au ministre en charge pour mettre en œuvre la promotion de l'officière Madiba. Alors que la ville s'offre scintillante sous la soie crépusculaire depuis la terrasse du luxueux appartement de fonction de Dina, celle-ci quitte le réseau All-One où elle vient de terminer sa pratique du culte, petit rituel quotidien pour clôturer une journée de travail. Elle a besoin de prendre un peu de temps pour elle. Elle se sent partagée. Une part d'elle se réjouit à l'idée du rapprochement imminent de cette femme noire qui la fascine. Cela nourrit son besoin de lien, d'amour, d'intimité, de protection. Mais une autre part d'elle se révolte parce qu'elle n'est pas entendue. La part qui a besoin d'authenticité, lui crie que ce rapprochement sera artificiel, qu'il est la marque de la main de Lewis Peack, qu'elle va mentir à Beryl pour la convaincre de se faire poser cet implant dans l'attente de cette relation falsifiée, alors qu'elle sait le danger que cela représente d'être à la merci des intrusions du Président. C'est le conflit de ses deux parts d'elle-même qui crée cet amer sentiment de culpabilité qui se manifeste dans son ventre comme une boule d'angoisse. Comme à chaque fois, elle allonge sa respiration pour contrôler son malaise. Mais elle ne peut résister à la violence de son manque d'amour, elle ferme les yeux et s'accommode de ce à quoi elle va consentir. Elle se raconte qu'après cela, elles seront si proches, si semblables, qu'il sera plus facile de la prévenir et de se protéger l'une l'autre. Elles seront unies dans la même vulnérabilité face au maître du monde. Suivant les consignes du Président, la lieutenant Madiba est invitée à suivre le protocole d'intégration dans l'équipe chargée de sa sécurité rapprochée. À la tête de cette unité d'élite se trouve le colonel Belum. Formé dans l'une des plus prestigieuses écoles militaires américaines, il a fait la première partie de sa carrière comme officier des forces spéciales. Bon stratège mais surtout homme d'action, il a participé durant cette période à de nombreuses missions Opex, comme on dit dans le jargon, ce qui lui a valu ses galons. Arrivé à l'âge de la retraite, celui où habituellement les haut gradés sont recasés dans l'administration ou dans les comités de direction des grandes entreprises, il a été recommandé au ministre des affaires régaliennes du gouvernement mondial. Celui-ci, rendant un précieux service à un membre de son réseau, a proposé cette candidature au Président Peack pour assurer le commandement de sa garde rapprochée. Cela fait maintenant trois ans que le médaillé colonel gère l'unité d'élite dans laquelle Beryl doit être intégrée. Tous les hommes et femmes de ce groupe sont équipés d'un implant cérébral de classe militaire. Celui-ci, en plus d'augmenter les capacités cognitives, de communication, sert aussi à suivre les données biométriques des combattants. Lors des premiers contacts avec la future capitaine, ses interlocuteurs lui expliquent le comment et le pourquoi de la pose de l'implant intracrânien. Pendant cette période, elle rencontre donc Dina comme prévu pour évoquer les possibilités incroyables que permettent les implants, comment cela va décupler ses capacités, son efficacité, son pouvoir d'action. La dataïste passe cependant sous silence, non sans culpabilité, la perversion du système qui donne à Lewis Peack un droit d'accès aux données produites par les implants de ses proches collaborateurs. Mais il y a plus grave, le Président peut prendre le contrôle de l'implant pour interagir directement avec l'esprit ou le métabolisme du porteur. Ce dont Dina a fait la douloureuse expérience. L'officière, désireuse de se montrer digne de l'honneur qui lui est fait, se laisse convaincre. Plusieurs rendez-vous à la clinique Théodore Peack sont nécessaires pour préparer l'intervention. En parallèle, elle passe de plus en plus de temps avec ses futurs collègues, dans un nouvel environnement confidentiel et perd peu à peu le contact avec ses relations d'avant. Si elle était plus sensible, elle pourrait se sentir un peu isolée, mais cette promotion lui donne l'énergie de franchir les obstacles qui se présentent sur son chemin. Vient le jour de l'intervention, le lendemain de la prise d'effet de sa nomination au grade de capitaine. C'est une opération lourde et longue, sous anesthésie générale. L'équipe médicale l'accueille dans la luxueuse et ultra-moderne clinique des gafarques. Dina est là pour lui témoigner son soutien. En salle de préparation, le chirurgien vient lui parler pour lui réexpliquer le déroulement de l'opération. Une incision derrière l'oreille droite, la peau est décollée du crâne. Puis l'os temporal est trépané afin de laisser entrer au cœur du cerveau le faisceau d'électrodes qui interagiront avec l'activité électrique cognitive. Ce sera la partie la plus délicate et la plus longue. Mais pas d'inquiétude, le chirurgien et son équipe ont déjà pratiqué cela de nombreuses fois avec succès. Ensuite, le trou sera rebouché par l'insertion du connecteur pour les connexions filaires qui intègre les nanocircuits et composants électroniques de l'implant. Avant de repositionner la peau, une petite antenne circulaire sera placée autour du connecteur pour assurer les connexions sans fil. Tout est prêt, le praticien ajoute, si cela était nécessaire pour la rassurer, qu'elle a la chance que le chirurgien personnel du Président supervise l'opération, ce qui est un honneur. Elle est placée sur le brancard pour se rendre au bloc. L'anesthésiste lui injecte le sédatif, elle ferme les yeux, le silence se fait. Elle sombre dans un profond sommeil, emportée par un puissant courant onirique. Son corps flotte dans l'espace, elle tournoie au milieu de la voie lactée. Parmi les amas nébuleux, une étoile brillante attire son attention. Elle s'en rapproche, une silhouette se dessine, c'est une femme. Elle est lumineuse. Elle se rapproche encore. L'être se recroqueville dans la position du fœtus. Beryl écarte ses bras pour l'accueillir, pour la recueillir comme dans un berceau, elle pose sa main noire sur la tête blonde qui aussitôt devient brune. Elle se transforme en une boule noire mât. Tout ce qui est autour est attiré par cette sphère. C'est un trou noir qui se met à avaler la galaxie, Beryl elle-même est attirée. Alors qu'elle se dissout, des bruits, des sensations, des lumières, des paroles lui parviennent de derrière un épais rideau de brouillard. Après un temps impossible à évaluer, elle finit par se réveiller. Pendant quelques secondes, des mots persistent jusqu'à sa conscience. Ce sont des mots d'amour qu'elle adresse à une femme. Dans la salle de réveil, l'anesthésiste s'approche d'elle, il lui parle, lui demande comment elle se sent. C'est encore brumeux, elle sent que ça tire un peu derrière son oreille. Le chirurgien s'approche à son tour et regarde les points de suture autour du connecteur. Il la rassure, lui confirme que tout s'est passé on ne peut mieux. Il lui conseille de se reposer encore et que demain, ils feront les tests techniques pour vérifier que l'implant fonctionne parfaitement. Dans un salon de la clinique, Dina attend le feu vert de l'anesthésiste pour rejoindre Beryl. La probabilité qui occupe ses pensées depuis des mois est maintenant bloquée à cent pour cent. Dès qu'elle verra Beryl, celle-ci se sentira attirée par elle, il lui suffira de l'embrasser pour que tout commence. Pourtant cette victoire a un goût amer. C'est l'œuvre de Lewis Peack. Elle qui rêvait de pureté, d'authenticité, rien dans les sentiments de Beryl à son égard n'est naturel, ce n'est que le résultat d'une manipulation. Tout cela s'est fait de la façon la plus odieuse. Pendant son sommeil, utilisant un accès direct à ses pensées, le Président a créé de toutes pièces l'attirance que l'officière ressent maintenant pour la dataïste. Une part d'elle-même est révoltée par ce stratagème. Une part seulement et qui n'est pas la plus présente. Celle qui domine, c'est la peur. La peur de ne pas être aimable, de ne pas être capable de séduire quelqu'un, de rester seule toute sa vie sans jamais partager le festin de l'amour. C'est avec cette peur qu'elle s'est construite, en retrait des autres, isolée dans sa tête, dans ses calculs. Maintenant que l'objet de ses désirs est là à portée, que celle qui semble pouvoir répondre à tous ses besoins l'attend, elle étouffe la petite voix révoltée, en manque de sincérité. L'anesthésiste lui fait signe. Dina se rend auprès de sa promise. Celle-ci ne reconnaît pas tout de suite la jeune femme. Cependant, dès qu'elle la voit, Beryl sent une sensation étrange, comme si son cœur accélérait. Elle lui prend la main et la regarde avec un sourire bienveillant. Elle se sent rassurée de sa présence. Elle se souvient, c'est Dina. Jusque-là, elle n'avait jamais réalisé que sa présence lui était autant agréable. Machinalement elle serre sa main. Dina lui sourit. Elle se penche vers elle, rapproche ses lèvres des siennes. Un premier baiser, délicat, effleuré. Beryl se sent bizarre, c'est plutôt agréable, quelque chose de plaisant mais fade. Pourtant quelque chose au fond d'elle lui dit que c'est bien. Elle regarde avec attention Dina comme pour la première fois. Elle est touchée par ce visage si jeune, si parfait. Elle sent une vague de bien-être en elle. C'est si soudain. Elle ne se rappelle pas avoir ressenti cela avant. Face à elle, bien que très émue par ce premier baiser, la dataïste sent une immense culpabilité. L'émotion qu'elle ressent en savourant le nouveau lien intime qui existe entre elles est souillée par la pensée que c'est l'œuvre de Lewis Peack, qu'il est venu dénaturer son esprit et ses sentiments. L'euphorie de la conquête se dissipe laissant une désagréable sensation. La petite voix en elle hurle maintenant. Elle retire sa main et quitte la chambre sans un mot. Après quarante-huit heures de surveillance et des tests positifs, la capitaine Madiba quitte la clinique. Elle a droit à deux jours de congé, puis elle entrera officiellement dans le corps d'élite qui assure la garde rapprochée du Président.

Nikolaï Nasimov se rend au Loop 100TK pour avoir une discussion avec Chen. Depuis sa découverte, Tony est au centre de toutes les discussions. Revient particulièrement le fait qu'il a réussi cet exploit avec une infrastructure bien moins performante que celle de l'université. Le chercheur chinois est morose. Lui qui était si sûr de lui, qui se moquait de son collègue français, a finalement perdu la face. C'est comme un déshonneur pour lui. Le plus humiliant est que tout le monde lui demande quand est-ce qu'il va revoir Tony et s'il aura la chance d'intégrer son équipe pour l'aider dans la suite de ses recherches. À chaque fois il donne le change en répondant avec un sourire forcé « espérons-le ». Du coup, l'effervescence autour de ses expérimentations est retombée. Personne ne le dit, mais il est le perdant de la partie. Quand il aperçoit le directeur, il comprend ce que celui-ci vient lui annoncer. Il doit abandonner ses recherches et, en l'absence de Tony, reprendre les données de ses expérimentations pour tenter de reproduire ses observations sur l'accélérateur de l'université. C'est nécessaire pour valider définitivement la découverte. Le chercheur chinois se sent humilié, non seulement il est le perdant mais on lui demande en plus de remettre la couronne de lauriers sur la tête du vainqueur. Il tente de résister en prétextant qu'il ne peut laisser ses recherches et qu'il va sûrement lui aussi faire une découverte, que Tony reviendra sûrement bientôt. Nasimov n'est pas étonné de cette esquive. Il n'est pas homme à négocier et inflige une nouvelle humiliation au chinois en lui disant que ce sera pour lui l'occasion de réussir quelque chose, d'un peu briller grâce à l'éclat de son collègue. Chen insiste mais le vieux russe balaie ses remarques avec la rudesse d'un hiver sibérien. C'est un ordre qui ne souffre aucune objection. La situation est critique suite à la disparition du chercheur français, à quoi s'ajoute la crise diplomatique avec la Chine. Menace à peine voilée pour lui. Le jeune chercheur plie mais il est blessé, et à la jalousie se mêle de la colère. Après le départ du directeur des recherches, sa frustration est telle qu'il ne peut s'empêcher de partager son désarroi sur le groupe All-One des chercheurs d'origine asiatique. Cette rancœur, comme une onde numérique, se propage à travers les flux de données au cœur du système. Dans cet univers clos sous surveillance, rien ne passe inaperçu, un dataïste de l'ordre repère aussitôt la vague. Le signal faible est amplifié par la sensibilité du sujet et l'identité du sujet. Une alerte se déclenche, une nouvelle onde se propage dans le système le long des protocoles de sécurité. Dina reçoit une notification sur son implant alors qu'elle rejoint Beryl pour la première réunion avec le Président. La phase d'intégration du capitaine est terminée, il est temps de l'impliquer dans le projet D-Destiny. Depuis son opération il y a quelques jours, Beryl a certes suivi le programme pour rejoindre la garde rapprochée du Président, mais elle a également entamé une relation intime avec Dina. C'est étrange, comme si elle avait oublié son passé et qu'elle ne se souvenait pas de quand et comment leur histoire a commencé. Les deux femmes quittent l'ascenseur et suivent le majordome qui les conduit sur la terrasse du palais. Lewis Peack est confortablement installé dans son canapé. Il invite ses convives à s'asseoir en face de lui dans les fauteuils. Il commence par requérir une connexion en liaison directe d'implant à implant. Dina frémit, elle se souvient ce qui s'est passé à cet endroit même lors de sa dernière connexion avec le Président. Elle n'a pas peur pour elle-même, les probabilités d'une agression dans ces circonstances sont faibles. Elle a peur pour Beryl qui ne se doute de rien. Elle comprend qu'elle serait probablement incapable de la défendre et cette pensée lui donne la nausée. Le Président ne la regarde pas, ses yeux sont fixés sur le nouveau membre de son équipe. Il veut savoir ce qu'elle a dans le ventre, ou plus exactement dans la tête. L'officière s'exécute sans attendre, habituée qu'elle est à obéir aux ordres. Cela plaît au vieillard. Dina est très mal à l'aise, elle transpire, son esprit oscille entre calcul de probabilités et attention à ce qui se passe. Elle se connecte à son tour. Aussitôt, il tourne son regard vers elle avec un petit sourire narquois, il remarque tout de suite son malaise et s'en amuse. Le président explique la mission de Dina dans le projet D-Destiny, qui est avant tout un travail de dataïste. Puis il présente un autre pan du projet, inconnu de Dina jusque-là, et qui justifie le recrutement de Beryl.

- Voyez-vous mes chères enfants, le voyage dans le temps représente une source de pouvoir immense. Rendez-vous compte, pouvoir influencer le cours du destin dans le futur bien sûr, mais aussi dans le présent et le passé. Cela ne peut en aucun cas être laissé à la portée de tous. Il convient donc de garder la main sur les recherches, les chercheurs, les techniciens, quiconque et tout ce qui, de près ou de loin, est impliqué dans le projet Time Gate. Le travail de Dina est de taguer toutes les données pour pouvoir les isoler, les sécuriser. Votre travail, officière Madiba, sera de faire la même chose avec les personnes. Vous devrez savoir en permanence qui est impliqué, où sont ces personnes, qu'ont-elles projeté de faire. Bien entendu votre mission commence par retrouver le chercheur et la psychologue qui ont disparu. Tony Leblanc et Luna Agapet. Vous voyez qui c'est, n'est-ce pas ?

Le Président regarde Dina d'un air satisfait. Il lui fait ainsi savoir qu'il peut à tout instant rendre à celle qu'elle aime, son désir pour une autre, pour Luna précisément.

- Oui Monsieur le Président, répond l'officière.

Cette obéissance immédiate, presque une soumission, éveille le désir du Président. Il regarde la sublime femme noire devant lui avec insistance. Celle-ci ne cille pas. Cela l'excite encore plus. Cette femme semble forte, sûre d'elle, une jument pure sang à dompter. Il se redresse et s'avance vers elle. Dina voit ce qu'il se passe, elle replonge dans le souvenir de son propre viol. Une angoisse enserre sa poitrine, elle a peur, pour elle et pour Beryl. Elle ne veut pas que ce monstre la salisse, la fasse souffrir, la pervertisse.

- Monsieur le Président, intervient-elle pour détourner son attention de sa proie.

Il la regarde avec un sourire hautain, il hésite à continuer mais l'intervention de la dataïste a éteint son désir. Il prend une pause inquisitrice, comme un prédateur prêt à bondir, pour leur signifier qu'il les tient à sa merci. Puis il se détend et reprend la parole.

- Nous devons absolument circonscrire en permanence toute connaissance relative au voyage dans le temps. Vous savez que certains pays tentent de se rebeller contre le gouvernement mondial. La Chine notamment. Nous ne pouvons pas prendre le risque qu'elle mette la main sur cette technologie, sur ce pouvoir. Pour le moment nous recensons les informations en laissant la communauté scientifique travailler librement sur le sujet, en profitant des synergies collaboratives, de l'agilité des petites structures, de la diversité des innovations jusqu'à ce que la technologie soit suffisamment avancée pour confier sa mise en œuvre à une équipe restreinte, sous le sceau du secret. Ce sera alors le temps de faire passer le projet pour un échec, de faire porter le chapeau à des chercheurs incapables, de mettre fin au programme de recherche et de supprimer des systèmes et des mémoires toute trace de la découverte, quitte à supprimer d'éventuels gêneurs. Votre mission est de préparer cette étape qui semble se rapprocher un peu plus avec la découverte de la matière noire. Vous faites partie de ma garde rapprochée, j'ai une totale confiance en vous, mais ne me décevez pas.

Les deux femmes saluent le Président et quittent le palais présidentiel. Une fois dans l'ascenseur, Beryl lance une connexion d'implant à implant pour échanger en silence. Une fois qu'elles sont connectées, elle demande à Dina ce qu'elle a pensé du rendez-vous et la raison de son trouble à la fin de la réunion. La dataïste ferme les yeux, elle confie redouter parfois les réactions imprévisibles de Peack, qu'elle a eu peur qu'il n'aille trop loin. Elle n'en dit pas plus mais la capitaine perçoit une fois de plus son malaise. Leurs regards se croisent et le trouble dissimulé devient flagrant. L'officière se contente de la fixer avec un air bienveillant et interrogatif. Dina ne peut maintenir le silence plus longtemps, se sentant à la fois coupable de dissimuler des choses à la femme qu'elle aime et en même temps désireuse de se confier, de recevoir le réconfort dont elle a tant besoin. Elle évoque l'intrusion du Président dans son esprit, la manipulation, le viol. Ce récit fait remonter les pires ressentis, la honte, la culpabilité, la colère, l'injustice, l'impuissance. Beryl capte tout cela. Elle serre doucement la jeune femme dans ses bras pour la rassurer. Elle se regarde dans le miroir de l'ascenseur. Elle est partagée entre la compassion, son besoin de protéger bien présent et de la colère. Contre le Président en premier lieu, ce vieillard obscène qui s'en est pris à une toute jeune femme en profitant de sa capacité d'intrusion via son implant qui se révèle être un odieux moyen de coercition technologique imparable. Sa colère va aussi contre Dina. Non pas qu'elle pense qu'elle aurait dû mieux se défendre, mais elle lui reproche de l'avoir amenée dans ce piège. Elle ne l'a pas avertie de la dangerosité de son implant vis-à-vis de Lewis Peack, au contraire, elle l'a encouragée à accepter la pose de cette interface neuronale. Le récit de l'agression de Dina semble démontrer qu'aucun moyen de protection ne semble possible. Elle est maintenant comme elle à la merci du Président. Elle ressent alors elle aussi ce détestable sentiment d'impuissance, elle qui a toujours été une battante, dont la raison d'être est de protéger. Cette fois, elle ne pourrait même pas se protéger elle-même. Son regard se durcit quand elle pose à nouveau les yeux sur sa compagne. Elle ne voit, à cet instant qu'une femme fragile, blessée, prête à tout pour ne pas se sentir seule, quitte à impliquer celle qu'elle prétend aimer dans ses tourments. Elle est tentée de la juger, de lui en vouloir, mais elle sait que cette femme, comme chacun, ne cherche qu'à éviter la souffrance et trouver le bonheur. Le drame de sa vie est que les choix qu'elle fait pour y arriver manquent cruellement de discernement et finissent par produire l'exact opposé de ce qu'elle recherchait. Beryl s'efforce de faire la part des choses pour reprendre la responsabilité de ses propres choix. La promotion qu'on lui a proposée, impliquant la pose de l'implant intracrânien, était tout sauf justifiée par les résultats de son travail. Elle se souvient avoir été surprise par les félicitations du ministre et l'annonce de sa promotion. De plus, elle savait que la pose de cette interface intrusive n'était pas sans conséquences. Elle n'a pas suffisamment creusé les raisons profondes de la proposition qui lui a été faite, ni de ses propres motivations d'accepter. Elle réalise maintenant que depuis le début, elle est un enjeu dans un plan qui la dépasse. Elle s'est laissée séduire par la version de l'histoire où son travail méritait une récompense, où cela lui valait d'approcher le sommet de la hiérarchie. Elle-même a manqué de discernement, elle s'est laissée manipuler. Elle n'est qu'un pion comme Dina, par qui elle a été involontairement recrutée. Soudain, des souvenirs qui semblent lointains reviennent, des avertissements venant d'une femme. C'est encore brumeux mais il était question du projet D-Destiny, de la dangerosité des gafarques. Tout cela semble se vérifier pour elle. Un souvenir confus tente de remonter, un prénom. Luna ! La femme qui l'avait prévenue est Luna. Sa mémoire se reconstruit, elle se souvient de la discussion sur le projet D-Destiny. Cela paraît si juste aujourd'hui. Elle se rappelle que c'est la compagne du chercheur, le couple qui a disparu et qu'elle doit retrouver. Elle ressent une forte envie de les aider. Elle reprend courage en comprenant que sa mission de les ramener lui permettra sans doute de pouvoir agir conformément à ses valeurs. Cependant, elle doit être très vigilante, son implant peut la trahir à tout instant.

Diane quitte sa chambre pour accueillir ses sœurs, elles viennent d'arriver pour la cérémonie du retour. Retour au temps, au monde où elle est née pour accomplir les rites funéraires. Mais au-delà, retour au grand tout, à la complétude, au non manifesté, à la vérité, à la lumière. Après une vie incarnée dans la matière, assujettie aux injonctions de contrôle de l'esprit, ce sera le grand saut dans l'inconnu, l'ultime lâcher prise. Diane sourit, elle sent en son cœur une impatience joyeuse avec une pointe de nostalgie pour l'expérience de la vie, l'aventure incroyable de l'amour. Cette aventure qu'elle n'a pas encore vécue complètement. Elle sait qu'avant de mourir, ses souvenirs s'enrichiront du grand amour de sa vie qu'elle n'a fait qu'effleurer, mais qui s'épanouira par la magie du voyage dans le temps.

VII

Me voilà qui redoute la fuite du temps, qui tente de le retenir de peur qu'il fasse son œuvre sur moi et efface petit à petit ton souvenir. Encore une peur ! Mais même épuisé, immobile face à l'avenir qui se précipite vers moi à la vitesse de la lumière, mon amour reste vivant. C'est un peu d'éternité que je porte en moi. S'il y a une chance, aussi hypothétique soit-elle, de trouver une porte sur le temps, ce sera ma quête. Je chercherai inlassablement, si tant est qu'il existe, un point de l'espace-temps où aller ou revenir pour te retrouver. J'ai envie d'y croire, il n'y a que cela qui fait naître de la joie en moi. Aussi étrange et prématuré que cela puisse paraître, j'ai le sentiment que nous nous reverrons bientôt, que ce sera le début d'autre chose.

Un trait lumineux traverse l'obscurité de la chambre depuis une fente entre les volets. Tony s'éveille. Il titube jusqu'au salon où le soleil levant entre puissamment. Il ouvre la fenêtre. Le silence pénètre l'appartement avec la fraîcheur du matin. Les chants des oiseaux, les bourdonnements des insectes ne sont plus qu'une symphonie aphone accrochée à sa mémoire, le souvenir d'une biodiversité disparue. Le chercheur veut profiter de cette météo favorable pour renouer avec un peu d'activité physique. Il descend par l'escalier les étages de l'immeuble et s'immerge dans la lumière baignant la façade. Ébloui et encore engourdi de sommeil, seule son ouïe est opérationnelle. Il capte un régulier bourdonnement venant du goudron où de nombreux pneus ronronnent. De matinaux parisiens pédalent en silence autour de quelques rares engins motorisés autorisés à entrer au cœur de la capitale. Tony s'élance en petite foulée vers le boulevard. Les trottoirs sont recouverts de gazon soigneusement tondu et plantés de grands arbres. Une brise légère propage ses ondes régulières sur les feuilles le long des façades végétalisées où la rosée émet un doux scintillement. Paris a rejoint depuis longtemps déjà le mouvement des capitales vertes. Malgré cela, comme partout ailleurs, les oiseaux et les pollinisateurs se sont éteints. Au printemps prochain, des nuées de drones se chargeront d'assurer une pollinisation minimum que les chercheurs tentent de compléter par le développement de toujours plus de végétaux autofertiles. Bien sûr, la capitale la plus avancée dans le domaine est Eternity. Le joggeur atteint le parc Monceau dans lequel il pénètre pour y effectuer plusieurs boucles. Les rayons du soleil chauffent son dos. Au rythme de ses pas sonores sur les allées sablonneuses, des pensées s'invitent malgré l'attention qu'il porte à sa respiration cadencée. Que veut-il maintenant ? N'est-ce pas là un moment parfait ? Il sent son corps répondre fidèlement à sa sollicitation, il sent le soleil le caresser chaleureusement, il sent son amour pointer vers le corps endormi qui l'attend non loin de là. À quoi bon courir après les mystères du temps. Le présent lui semble si dense, si complet à cet instant. Une pensée surgit. C'est le souvenir d'une citation de Niels Bohr, un des édificateurs de la physique quantique et prix Nobel : « La physique quantique porte non pas sur la réalité mais sur la connaissance que nous en avons ». Tony s'interroge sur ses recherches, sur ce après quoi il court : la connaissance, cette petite zone de contact avec l'immensité de notre ignorance. Cette ignorance qui, pense-t-il, manifeste d'une certaine façon l'anthropomorphisme de la pensée. Il comprend soudain que toute la démarche scientifique ne sert qu'à rendre intelligible à l'homme les mystères qui l'entourent. Il pourrait en dire tout autant de la religion d'ailleurs. Tout cela fonctionne de façon cohérente dans un système inventé par l'homme lui-même, mais qu'en est-il du réel : « La physique quantique prévoit les résultats des expériences, mais il est vain de chercher à se représenter la réalité qui pourrait être derrière les phénomènes observés ». Que sait-il du temps, cette notion si simple, si présente et en même temps si insaisissable. « Qu'est-ce donc le temps ? Si personne ne me le demande, je le sais ;

mais si on me le demande et que je veuille l'expliquer, je ne sais plus. » Cette célèbre phrase de Saint-Augustin revient elle aussi. Et si toute cette entreprise scientifique ne servait qu'à se rassurer sur notre monde, à tenter de se l'approprier. Et si Eternity, la capitale du monde, concentration de technologies, de données ne courait après le voyage temporel que pour assouvir un fantasme de contrôle du réel, de refuser la réalité des causalités incontrôlées qui s'incarnent dans ce qu'on appelle le hasard. Tony emprunte la sortie du parc avenue Velasquez et prend le chemin du retour. Quand il entre dans l'appartement, il trouve Luna en train de s'étirer face au soleil. Son corps tout en délicatesse et en souplesse n'est que grâce. Quelque chose dans la beauté du moment répond à un besoin profond en lui. Il ne souhaite rien de plus, juste profiter du présent. Il s'approche, dépose un baiser dans le cou de celle qu'il aime et sans un mot, il rejoint la cuisine pour préparer le petit-déjeuner. Ce moment matinal où ils se retrouvent autour de la table est souvent propice à de longs échanges improvisés à propos de ses aspirations profondes, de son envie de changer le monde. Cette fois, il lui confie ce qu'il a ressenti au parc, le sentiment de complétude que tout était parfait. Il a aussi pensé abandonner ses recherches sur le voyage dans le temps. Il explique qu'aller au bout, si tant est qu'il puisse aboutir, consisterait à ouvrir la boîte de Pandore. Pour le moment, il ressent le besoin de se contenter du présent, de ce présent avec elle, baigné d'amour et de sérénité. Luna garde le silence quelques instants. Elle écoute au fond d'elle ce qui se passe, ce qu'elle ressent.

- C'est beau ce sentiment de complétude que tu me partages, ce ressenti que le présent te comble et que tu n'as besoin de rien d'autre.
- Oui, et c'est grâce à toi, c'est si bon me sentir aussi vivant auprès de toi.
- Et si je n'étais pas là ? Que ressentirais-tu ?

Le visage de Tony change d'expression, la joie enfantine qui s'y étalait s'enfuit, une inquiétude fronce ses sourcils.
- Je ne sais pas, mais je n'ai pas très envie d'une séance psy là maintenant.

- Je souhaite juste éclaircir tes motivations profondes, que tu continues tes recherches ou que tu les arrêtes.

Ce qu'il ressent à cet instant, c'est l'envie de vivre en paix avec Luna, loin de tous les tracas d'Eternity. D'une certaine façon, il troque son besoin de reconnaissance contre la présence de celle qu'il aime à ses côtés. Le regard qu'il pose sur elle, intense et lointain à la fois, est un aveu. Elle sait ce qu'il espère mais le moment n'est pas encore venu. Elle doit le ramener vers son destin, celui de pionnier du voyage temporel. Tout en prenant délicatement sa main, elle lui demande quels sont ses rêves les plus fous. Le regard du chercheur se perd sur l'horizon des toits parisiens : « Vivre comme un aventurier, sans attaches, sans peurs, découvrir le monde, vivre des rencontres inattendues ». Il revient s'accrocher aux yeux de Luna. « Et aussi faire des découvertes admirables qui éclairent le monde. Devenir une personnalité reconnue qui change la vie des gens, être une personne qui impacte le monde pour le changer positivement ». Dans le silence qui suit, elle se lève et vient se coller derrière lui pour le prendre dans ses bras. Tu as une âme de découvreur, lui chuchote-t-elle à l'oreille, comment pourrais-tu vivre sans aller au bout de cette quête ? Tony se contente de lui sourire. Une joie profonde s'anime en lui à l'idée d'être celui qui ouvre la voie du voyage dans le temps. Pourtant l'idée de retourner à Eternity poursuivre ses recherches le rebute. Mais s'il est tout à fait honnête avec lui-même, il sait que cela dépend de Luna. Il ne peut envisager de faire les choses sans penser à elle, à leur relation plus exactement, à lui en fait. Il préfère éviter de devoir décider pour le moment, il envisage plutôt de profiter avec elle de son séjour à Paris le plus longtemps possible. La psychologue ne tente pas de le convaincre pour le moment, elle sait que les choses se feront quand le moment sera venu : les hommes font librement ce qui leur est impossible de ne pas faire. Les jours qui suivent, les deux amants se laissent vivre, profitent de l'instant, ne planifient rien. Durant cette période d'insouciance, Tony désire ardemment retenir le temps qui passe tant chaque minute est une joie. Mais depuis peu, leur anonymat parisien est rompu, le couple est surveillé, quelqu'un sait qui ils sont.

L'appareil s'approche des côtes de l'île de Chatham Island escorté par deux hélicoptères militaires. À bord, Lewis Peack échange avec le médecin chef de l'équipe médicale qui l'accompagne dans tous ses déplacements. Le pilote met le cap sur la pointe nord-ouest de l'île, vers Maunganui beach. L'hélicoptère officiel se pose sur la piste privée à une centaine de mètres de la résidence du Président. Après plusieurs survols circulaires de sécurisation, les deux appareils militaires s'éloignent vers l'aéroport de Tuuta tout proche. Mis à part les six cents habitants autochtones de l'île, les militaires et les personnels travaillant ici pour les VIP du gouvernement, seuls les détenteurs d'un passeport groundonien, et sur invitation d'un gafarque, peuvent se rendre sur ce petit bout de terre au milieu du pacifique sud, seul véritable territoire de l'État de Ground-One. Les quatre ont ici chacun un domaine avec une résidence luxueuse. Lors de la cession de l'île aux gafarques par la Nouvelle-Zélande, la première base militaire groundonienne a été construite autour du petit aérodrome de l'île. Depuis de nombreuses autres ont été hébergées dans tous les pays du monde, y compris la Chine. Lewis Peack est escorté jusqu'à sa propriété où il doit, en début d'après-midi, recevoir ses associés pour évoquer l'actualité des affaires de l'État. À part eux, aucun membre du gouvernement n'est convié. À l'heure convenue, trois véhicules tout-terrain blindés et escortés se présentent devant la demeure. Les imposants engins s'arrêtent sous le porche d'entrée. Des hommes du service de sécurité en tenu de combat s'agitent autour du convoi immobile. Une portière s'ouvre. Un vieillard en sort aidé par un gorille. C'est Douglas Kost Lee, il s'avance vers la porte de la maison et entre. Puis, le même cérémonial se reproduit pour David Wall et enfin John Clay. La réunion des quatre propriétaires du monde a été prévue dans la bibliothèque dont la vue donne sur l'océan. Les domestiques personnels de chacun se pressent en gardant une certaine distance pour pouvoir, au moindre signe, satisfaire une quelconque demande. Les centenaires s'installent dans les grands canapés au centre de la pièce. Ils commencent par bavarder avec légèreté de leurs actualités privées. Les travaux de l'un dans son domaine, la nouvelle opération d'un autre pour remplacer un organe, une anecdote concernant le futur yacht d'un troisième, sans oublier l'actualité de leurs juteux investissements. Enfin Lewis Peack, en tant que doyen, met un terme aux bavardages et une fois le silence revenu, rappelle l'ordre du jour qui leur avait été communiqué auparavant. La situation avec la Chine et le projet Time Gate. Concernant les dignitaires chinois qui se rebellent, c'est le président de la Banque mondiale, Douglas Kost Lee, qui prend la parole. Il rapporte que tous les comptes en banques des personnes dont la liste lui a été fournie par l'ordre dataïste, ont été bloqués et vidés. Ces quelques milliards envolés devraient faire réfléchir les autres opposants tentés de s'affranchir de leurs dettes. La preuve en est que, sitôt la nouvelle de ces saisies répandue, certains pays asiatiques qui traînaient les pieds pour faire leurs versements se sont empressés de régulariser leur situation. David Wall précise que la réputation des renégats a été dénigrée, tant dans le cadre du culte All-One comme un exemple à ne pas suivre, que sur le réseau. S'en est suivi un lynchage médiatique en règle. À l'heure qu'il est, ils doivent se cacher pour survivre. Le Président Peack sourit, il jouit en silence de son pouvoir sur le monde. Il reprend la parole pour faire le point sur le projet Time Gate. Il évoque la récente et très prometteuse découverte de la matière noire par un jeune chercheur qui demande néanmoins à être reproduite sur les installations d'Eternity pour être définitivement validée. Là encore, la suprématie d'Eternity est flagrante. Cependant, il ne cache pas que sur ce sujet aussi la tension est forte et que le risque d'espionnage industriel est très élevé. L'autre chercheur compétent sur le domaine qui est plus ou moins impliqué est d'origine chinoise, sa surveillance a donc été renforcée. Par ailleurs, le chercheur découvreur s'est offert des vacances improvisées hors du contrôle des services de sécurité. Ce regrettable évènement accentue les risques de fuite. La priorité est de le retrouver et de le ramener au bercail. Tout cela confirme à quel point ce programme stratégique est sensible. John Clay, le scientifique des quatre, exprime cependant que la prochaine marche à franchir pour accéder à la technologie du voyage temporel est immense et il n'est pas dit que ce soit possible. Un échec du programme ne peut toujours pas être écarté définitivement. Il demande à David Wall, en sa qualité de guide religieux All-One et patron de Get, comment l'opinion publique réagit-elle à l'annonce de la découverte de la matière noire. Les requêtes sur la matière noire explosent, répond celui-ci. Le moteur de recherche enregistre un intérêt en très forte hausse pour tout ce qui tourne autour de la science, de l'astrophysique à la physique quantique, du voyage temporel, de la cosmologie, de la science-fiction. Côté pratique du culte All-One, un regain de ferveur s'exprime pour partie en gratitude à l'égard du progrès scientifique et de la technologie, la confiance dans la science progresse. Les flux de données liés à la pratique du culte en ligne sont aussi en croissance significative.

- Ah le peuple, lâche Lewis Peack.

- Nous devons cependant nous préparer en cas d'échec du programme Time Gate, reprend David Wall. Cela pourrait amener une grande déception dans la population, peut-être une crise spirituelle, une baisse de la pratique, voire une baisse du niveau des flux de données personnelles.

- Allons, allons, coupe le Président. Messieurs, dois-je vous rappeler d'où nous venons ? C'est la maîtrise des données personnelles et du réseau All-One qui est la clé. Souvenez-vous du triangle communication, attraction, consentement. Tout cela n'est qu'une question de manière de présenter les choses, et de relais de diffusion. Il suffira que nous mobilisions quelques-uns de nos influenceurs pour diffuser le message que nous leur dicterons. Leur attractivité permettra d'atteindre la masse critique, par gravité algorithmique en quelque sorte, pour que l'opinion publique se range à la pensée perçue comme dominante par son omniprésence dans les médias, que nous dirigeons, et donc consente à l'abandon du projet. Il suffit d'appauvrir suffisamment l'esprit des gens, limiter leur capacité de réflexion afin qu'il ne puisse comprendre que ce que nous leur communiquons et qu'ils nous suivent. En cela l'enfermement algorithmique est très utile, surtout amplifié par les médias qui se contentent de relayer les informations sans les vérifier, il nous permet de positionner comme nous le souhaitons la fenêtre de discours qui balise la pensée acceptable par le peuple. Gardons le cap, plus ils rêvent, plus la déception sera grande, plus nous pourrons utiliser notre rationalité déclarée pour les convaincre et leur faire adopter notre opinion. Vous rêviez, soyez réalistes ! Un peu d'infantilisation est toujours utile pour asservir le peuple. Et pour faire bonne mesure, nous sacrifierons quelques personnalités en vue s'il le faut.

L'officier vérifie une dernière fois les informations avec le commandant d'unité. La cible loge dans un appartement au sixième étage d'un immeuble ancien dans un quartier animé de la capitale. Tous les moyens pour l'exfiltration sont opérationnels. S'agissant d'une mission sensible, le choix a été fait de la clandestinité pour ne pas avoir à solliciter l'accord des autorités locales. C'est ce qui rend cette opération très délicate et nécessite le recrutement d'une équipe d'élite. Le commandant s'est assuré que tous les membres du commando soient aguerris aux opérations secrètes en territoire étranger et aient tous participé à de nombreuses missions sur différents théâtres d'opérations. Les dernières informations collectées durant la surveillance ont déterminé le moment de l'intervention. Ce sera dans deux jours, en pleine nuit. L'officier contacte sa hiérarchie pour obtenir le feu vert. Le protocole rigoureusement confidentiel suit son cours mais bien qu'il s'agisse de canaux dédiés sécurisés, ils n'en laissent pas moins une trace numérique dans la nébuleuse All-One dont la surveillance revient au plus haut niveau de l'ordre dataïste. Dina Salawa perçoit aussitôt le signal faible parmi les flux de données sensibles. Sa curiosité piquée au vif, elle remonte jusqu'à la source. Sa position au plus près du pouvoir suprême lui confère des autorisations d'accès très étendues qui lui permettent de consulter les informations les plus confidentielles. Elle reconnaît rapidement les protagonistes de l'opération mais remarque que quelque chose cloche, quelqu'un qui devrait y être n'est pas dans la boucle. Le lendemain, un jet de la compagnie Feel Air se pose à l'aéroport d'affaires du Bourget près de Paris, officiellement pour une escale technique de maintenance sans autres passagers déclarés à son bord que l'équipage. À peine l'appareil s'est-il posé, qu'il se dirige vers le hangar de la compagnie. Les portes se referment. L'équipe est accueillie par le chef de mission qui donne ses consignes pour que tout soit prêt pour un décollage la nuit du lendemain. Puis, le commando clandestin débarque avec son matériel et monte à bord de deux véhicules d'intervention banalisés. Ils quittent aussitôt l'aéroport pour se rendre à l'hôtel Azamon Ambassador Monceau. Le cortège anonyme circule discrètement dans le flux des véhicules qui convergent vers la capitale. Arrivés à destination, les vans pénètrent directement dans le parking, au niveau réservé à la direction de l'établissement. De là, l'équipe charge son matériel dans l'ascenseur privé et monte jusqu'à la suite Présidentielle qui a été réquisitionnée pour la mission. Pendant la journée précédant l'opération, des agents se relaient devant l'immeuble pour s'assurer de la présence de la cible sur site. Dina suit les flux de donnée relatifs à l'opération depuis Eternity, comme si elle faisait partie de l'opération. Comprenant que le lancement de l'opération est proche et que les probabilités de succès sont très élevées, elle se décide à en parler à Beryl qui ne semble toujours pas au courant. Les deux femmes se retrouvent pour déjeuner. La dataïste lance une connexion sécurisée entre implants pour avoir la possibilité d'échanger sans peur d'être entendue. L'officière de sécurité est surprise, elle ne s'attendait pas à ce qu'un sujet important soit le motif de ce déjeuner. Dina l'informe de la mission d'exfiltration en cours et de son étonnement qu'elle ne soit pas dans la confidence. Pour Beryl, c'est la douche froide, elle découvre qu'elle est tenue à l'écart de cette opération qui devrait être sous sa responsabilité, ce qui laisse supposer que l'on se méfie d'elle. Dans ces circonstances, contacter l'équipe serait mal venu et se rendre sur place est inimaginable. Dina la couve du regard, elle devine son émoi sans réaliser qu'il ne s'agit pas uniquement de questions professionnelles. L'officière comprend rapidement que sa seule option est de monter au créneau auprès de sa hiérarchie pour faire valoir ses prérogatives et être intégrée à la mission pour la suite de l'opération, c'est-à-dire dès le rapatriement à Eternity. Elle se dit qu'elle trouvera bien le moyen d'agir à partir de là. Elle comprend également qu'elle doit faire attention à Dina, l'amour que celle-ci lui porte pourrait vite se transformer en ressentiment sous l'effet de la jalousie si elle comprenait que certains sentiments précédemment effacés de son esprit par Lewis Peack ont refait surface. Dès la fin du déjeuner, elle contacte son chef pour obtenir un rendez-vous. Le lendemain, la capitaine est reçue par le colonel Belum. Beryl salut son supérieur et s'installe à son invitation face à lui. Elle commence par relater le rendez-vous où le Président lui a demandé en personne de mener les opérations en insistant sur le fait que le caractère sensible de cette mission justifiait qu'elle lui soit confiée. Elle s'étonne donc d'apprendre qu'une mission d'exfiltration est en cours sans même qu'elle ne soit tenue au courant. Le colonel reste silencieux après les récriminations de sa subalterne. Puis, sur un ton doucereux, il lui répond que cette opération a bien entendu été validée par le Président lui-même, qui a par ailleurs expressément demandé qu'elle en soit écartée. Puis il laisse à nouveau le silence peser. La capitaine est déstabilisée, elle hésite et demande s'il sait pourquoi. D'un air amusé, le gradé la questionne en retour sur la possibilité qu'il le lui dise si c'était le cas. Elle ne répond rien. Il continue en lui rappelant que sa promotion n'est peut-être pas suffisante pour effacer le fiasco qu'a été la mission à Genève, de son humble point de vue. Beryl reste silencieuse et quitte sans mot dire le bureau de son chef quand celui-ci lui fait comprendre qu'il n'y a rien à ajouter. Cependant elle est bien décidée à en parler directement avec le Président dès que l'occasion se présentera.

À Paris, Tony et Luna se sont installés à la terrasse d'un café inondée par les rayons bas du soleil. Pendant qu'elle regarde distraitement le boulevard noyé de piétons, lui ne la quitte pas des yeux. Il fixe son profil pour l'imprimer dans sa mémoire tant cette contemplation lui fait du bien. Il observe comment ses cheveux tirés épousent des courbes qui prolongent si élégamment celles parfaites du visage. Dans le contrejour, il suit la ligne lumineuse sur sa peau satinée qui rehausse la démarcation entre l'ombre et la lumière, son front, son nez, sa bouche, son menton, son cou. Il descend et suit le bras délicatement posé sur le dossier d'une chaise libre, la gracieuse cassure du poignet, la main nonchalante aux doigts fuselés élégamment relâchée. Son attention est soudainement retenue par le bracelet suspendu au membre gracile, sobre mais d'allure précieuse. Il ne l'a jamais vue sans. C'est un anneau elliptique en métal brillant, vrillé en une bande de Möbius et gravé de formes géométriques complexes et entrelacées. En fixant son attention dessus, il y découvre des fractales. Ces formes géométriques dont les motifs se répètent à différentes échelles. Il semble qu'au milieu du décor des inscriptions soient gravées mais impossibles à lire depuis sa position. Luna remarque son intérêt tant il a l'air absorbé par son observation. Il lève les yeux vers elle.
- Je crois t'avoir toujours vue avec ce bracelet mais je n'avais jamais vraiment fait attention à ses détails. Il a l'air précieux. Il y a quelque chose d'inscrit dessus ?
- Oui, c'est la liste des femmes qui l'ont porté.
- Vraiment ? C'est singulier, c'est un bijou de famille ?
- En quelque sorte, je ne m'en sépare jamais.
- Tu l'as depuis longtemps ?
- Depuis que je suis entrée dans la sororité des gardiennes.
- Ah oui, la fameuse sororité des gardiennes. En fait j'aimerais bien que tu m'en parles.

- Je t'en parlerai, mais pas ici.

Après avoir profité de la douceur de la fin du jour, les deux amants rentrent chez eux. Au moment où ils pénètrent dans leur immeuble, ils ignorent qu'ils viennent de déclencher un compte à rebours.

Dans leur suite, les membres du commando se préparent. Ils enfilent leur tenue noire, gants et cagoules, prennent un armement léger, l'équipement pour ouvrir la porte ainsi que des moyens de contention. À l'heure prévue, au milieu de la nuit, l'équipe se rend sur place. Les véhicules s'arrêtent au milieu de la rue, devant l'immeuble. Un peu plus haut, une fausse voiture de police avec des équipiers en uniformes est arrêtée pour bloquer le passage. Un homme s'avance vers l'entrée, active l'ouverture de la porte et aussitôt, quatre hommes en tenue s'engouffrent en silence. Ils montent discrètement par les escaliers pendant que l'homme posté à l'entrée bloque l'ascenseur. Le commando arrive devant la porte. Ils facturent la serrure et entrent dans l'appartement, ils progressent en silence jusqu'à la chambre. Un couple dort tranquillement. De larges tampons imbibés de sédatif sont plaqués sur les visages des dormeurs. Ils ont à peine le temps de se réveiller en sursaut qu'ils replongent dans le sommeil. Les hommes les habillent de tenues de contention puis les placent dans des sacs de transport. Ils rassemblent quelques effets personnels dans un conteneur, puis ils descendent par l'ascenseur et chargent les véhicules face à la porte. Le convoi part aussitôt en direction de l'aéroport du Bourget. Arrivé sur place, tout le chargement est transféré dans le jet Feel Air pour décollage immédiat. Peu après l'envol, les deux exfiltrés sont sortis des sacs de transport et installés, toujours entravés, sur des sièges passagers. Il leur faudra encore quelque temps avant qu'ils ne se réveillent, mais ce sera bien avant l'arrivée sur Chatham Island, le lendemain. Là, ils seront transférés à bord d'un hélicoptère des forces groundoniennes pour être conduits jusqu'à Eternity.

Ce matin, dès que la capitaine Madiba prend son poste, elle est convoquée par le colonel au palais présidentiel. Voilà peut-être l'occasion qu'elle attendait pour s'entretenir avec le Président, elle rejoint sans délai son supérieur qui lui explique son rôle dans la suite des évènements. Très calmement, il annonce l'arrivée imminente des deux personnes qu'elle était censée retrouver. Devançant sa défense, son souhait de le questionner sur sa mise à l'écart, il se contente de dire que le hasard a voulu qu'une autre équipe soit plus rapide qu'elle et qu'en conséquence le plus simple était d'agir sans compliquer la chaîne de commandement. Ainsi, maintenant que Tony et Luna sont en approche d'Eternity, elle reprend ses prérogatives. Sa mission est désormais de surveiller la reprise des recherches de Tony. Luna, quant à elle, sera assignée à résidence le temps d'éclaircir certains points. Sachant l'attachement du chercheur pour la psychologue, elle sera utile pour le motiver le cas échéant. Sans lui donner la parole, il lui demande de la suivre jusqu'aux jardins du palais. Dans le ciel, un petit point venant de l'est grossit, c'est un appareil militaire en approche. Il s'immobilise en vol stationnaire et se pose sur la plateforme à l'extérieur du dôme qui protège le palais présidentiel. Des hommes en tenue de combat descendent avec deux civils, tous avancent en luttant contre le vent produit par le rotor. Ils sont accueillis par le service de sécurité du Président qui prend le relais. Derrière la baie vitrée du salon, Beryl remarque la silhouette du Président qui la regarde. Le vieil homme remarque immédiatement qu'elle essaie d'accrocher son regard, probablement pour obtenir un entretien. Il se détourne et fait signe à Belum. Le colonel indique à la capitaine de prendre en charge le couple fraîchement débarqué. Tony et Luna avancent côte à côte entourés par des hommes armés. Alors qu'ils entrent sous le dôme de protection, la capitaine les rejoint. Tony n'est pas mécontent de retrouver ce visage connu.

- Ce n'est pas l'accueil triomphal auquel je m'attendais après la soirée de célébration de ma découverte à Genève, dit-il en saluant la capitaine.

- Ce n'est pas non plus le protocole de retour sur lequel nous nous étions mis d'accord, répond-elle avec le sourire.
- J'imagine que nous ne sommes pas tout à fait libres de nos mouvements, dit Luna.
- En effet, particulièrement toi. Tony doit reprendre ses recherches avec une certaine liberté pendant que tu seras assignée à résidence le temps que les choses se tassent.

Le chercheur saisit la main de sa compagne, son regard trahit son inquiétude. Elle semble toujours aussi sereine, comme si rien de ce qui se passait ne la surprenait ou ne l'angoissait. Beryl les accompagne jusqu'à son nouveau bureau. Là, ils se mettent d'accord sur la suite. Tony et Luna pourront se voir tous les jours dans l'appartement sécurisé mis à leur disposition, à la condition que le chercheur poursuive ses recherches. Quand tout semble clair pour tout le monde, Beryl confie la psychologue à ses collègues pour son installation dans son nouveau lieu de résidence et accompagne le chercheur français chez Tom Major. Celui-ci l'attend avec Nikolaï Nasimov. Quand le chercheur entre dans le bureau, les deux hommes se lèvent pour le saluer et le féliciter de sa découverte. S'il est vrai que les postes qu'ils occupent ont une dimension politique très importante, ils n'en restent pas moins des scientifiques, enthousiasmés par la réussite de leur cadet. Passant outre le protocole, le professeur Nasimov prend Tony dans ses bras pour une virile accolade à la russe. Le ministre Major lui confie qu'il va prendre la direction d'une nouvelle équipe, en tant qu'adjoint de Nasimov, pour valider sa découverte en la reproduisant ici pour ensuite passer aux étapes suivantes. Nikolaï l'informe que son collègue Chen l'aidera à reproduire ses expérimentations sur l'accélérateur de particules de l'université, le Loop 100TK. Les deux hommes se déclarent impatients d'entendre quelles sont ses pistes pour relier matière noire et voyage dans le temps. Le chercheur hésite à dévoiler ses réflexions mais l'envie de partager leur enthousiasme est plus forte.

- Jusqu'à aujourd'hui le voyage dans le temps s'est heurté, d'un point de vue théorique, au principe de causalité qui soutient toute la science. En effet dans nos esprits de chercheurs, la causalité implique la chronologie. Un évènement se produit et ensuite il y a des effets, des conséquences. Mais n'est-ce pas pour faciliter notre compréhension que cette chronologie est mise en scène ? Une expérimentation n'est-elle pas simplement la scénarisation d'états immanents de la matière ? La collision de particule à haute énergie, qui produit d'autres particules, n'est-ce pas juste la mise en évidence qu'à un haut niveau d'énergie, certaines propriétés de la matière sont mises en lumière ? La chronologie n'est pour rien dans le lien de causalité. Elle ne sert qu'à décomposer les phénomènes pour pouvoir les saisir un par un, c'est une forme de réductionnisme. C'est pour cela que nous voyons le temps comme un courant orienté du futur vers le présent puis le passé, qu'il est donc impossible de remonter. Je parle ici de ce que l'on appelle le cours du temps et non de sa flèche, le premier concernant une succession d'évènements que l'on pourrait explorer et le second du vieillissement que l'on ne peut inverser. Si l'on pense pouvoir se rendre au moment de son enfance, il est impossible de redevenir enfant.

- C'est la deuxième loi de la thermodynamique, commente Nasimov.

- Bien que la relativité générale ne soit pas incompatible avec la réversibilité du temps tant que le bilan entropique est nul. Mais en ce qui concerne mes recherches, pour être plus précis, je cherche à pouvoir me rendre à un autre point du temps et non à inverser son cours. Dans la théorie de l'univers-bloc, Einstein a imaginé un espace-temps dans lequel nous nous déplacerions vers des lieux-moments déjà existants. Je laisse volontairement de côté le débat sur la prédestination ou le déterminisme que cela suppose. L'écoulement du temps ne serait donc, là aussi, que subjectif. Si cela nous autorise à séparer causalité et chronologie, alors le voyage temporel paraît possible.

- Mais c'est contraire à la conjecture de protection chronologique de Stephen Hawking, coupe Major.

- C'est vrai, mais la conjecture d'Hawking n'a jamais été démontrée. Nous savons, sur la foi de la théorie d'Einstein, qu'il y a un lien intime entre gravitation et écoulement du temps, notamment visible lors des phénomènes de déformation de l'espace-temps : autour des objets supermassifs, étoiles ou trous noirs, la gravitation courbe l'espace-temps. L'idée pour voyager dans le temps étant toujours de déformer l'espace-temps pour passer d'un point à un autre en créant des trous de ver selon la théorie de Wheeler. La question est de savoir comment. Je propose d'utiliser la gravitation à partir de la matière la plus massive, la matière noire. Est-il imaginable d'arriver à manipuler suffisamment de matière noire pour générer une puissante source de gravitation à même de déformer significativement l'espace-temps et de générer des trous de vers ? C'est ce que je souhaite expérimenter au Loop 100TK.

Le professeur Nasimov, emporté par son enthousiasme et bousculant le planning de sa journée, propose justement à Tony lui faire découvrir l'accélérateur de particules de l'université d'Eternity. Il l'accompagne jusqu'aux ascenseurs pour rejoindre l'infrastructure souterraine qui accueille, cent cinquante mètres sous la surface le Loop 100TK. Presque quatre fois plus long que celui du CERN, il est surtout six fois plus puissant. La cabine s'immobilise au point le plus bas de la ville, les portes s'ouvrent sur un hall digne d'un hôtel de luxe. Pour compenser les sensations d'écrasement à cette profondeur, les locaux bénéficient de plafonds élevés et très lumineux. Le confort a été une préoccupation des bâtisseurs pour rendre plus agréables les séjours au fond et rompre ainsi avec l'habituelle austérité des installations scientifiques. Le binôme prend la direction des locaux techniques. En premier lieu, ils rejoignent le centre de contrôle où les équipes les attendent. Quand ils entrent, Tony est accueilli par des applaudissements en célébration de sa découverte de la matière noire. Après un petit discours de Nasimov sur le retour du fils prodigue, les chercheurs viennent le saluer. Le directeur en profite pour lui présenter les nouveaux membres de son équipe de recherche qui ont rejoint ceux qui l'accompagnaient en

Suisse. De ce nouveau groupe il ne manque qu'un membre : Chen. Il est, semble-t-il, sur le détecteur principal nommé Ouranos. Le vieux russe décide d'aller le rejoindre et d'en profiter pour faire découvrir au chercheur français cette merveille de technologie. Ils empruntent le large tunnel au milieu duquel est installé l'imposant tube constituant la boucle d'accélération. Ils marchent un bon quart d'heure pour arriver au site d'Ouranos. Ils entrent dans l'enceinte. C'est comme une cathédrale sous terre, un volume immense cerclé de larges colonnes de béton, et au milieu, un monstre d'acier vrombissant. À côté, le détecteur Atlas du CERN passerait pour une souris. Des milliers de kilomètres de câbles et de tubes s'entortillent autour de poutrelles pour alimenter des centaines d'appareils électroniques qui clignotent sur des masses métalliques de toutes les formes qui s'enchevêtrent. Tony sourit, il est bluffé par l'impression de puissance qui se dégage du dieu du ciel. Finalement une silhouette s'approche, sortant des entrailles du monstre. Chen vient saluer son collègue, celui qui est désormais son chef. Il met toute son énergie à paraître le plus naturel et amical possible, mais il a du mal à dissimuler son aigreur derrière les pâles félicitations qu'il lui adresse. Tony ne remarque rien, ses yeux brillent comme ceux d'un enfant devant le traîneau du père Noël. Nikolaï s'en amuse. Il décide néanmoins de mettre au clair la suite des évènements. Tony dirige les recherches et Chen l'assiste. Sa connaissance des installations de l'université sera précieuse. Le chinois saisit la balle au bond, il commence par pérorer un peu en étalant ce qu'il sait du détecteur, puis il vient titiller son collègue en expliquant que personne n'a encore réussi à reproduire l'observation de la matière noire, c'est à se demander si cela s'est bien produit au CERN. « Ce n'est pas en lâchant la proie pour l'ombre que tu auras plus de chance de trouver de la matière noire », lui répond le chercheur français, en référence à une ancienne moquerie de Chen. Nikolaï rit aux éclats. Le moqué se contente de sourire en serrant les dents, son humiliation est totale. Au fond de son cœur un désir de vengeance vient de naître. Les trois hommes retournent au centre de contrôle. Nasimov décide d'une réunion de cadrage improvisée pour replonger Tony dans le feu de l'action. Une première phase de quelques jours de prise en main des installations est prévue puis immédiatement suivie de séances de paramétrage du détecteur et mise au point du protocole d'essai. D'ici une semaine, le vieux russe estime que les premières expérimentations devant valider l'observation de la matière noire sur le Loop 100TK devraient être réalisées. En sortant de réunion, Tony reçoit la visite de Beryl. Celle-ci vient échanger sur le planning du chercheur et lui rappeler que désormais elle sera très présente à ses côtés. Chen, non loin, observe leur échange avec attention. Il est encore plus agacé de voir tous les égards dont son ancien collègue fait l'objet : honneurs, reconnaissances, femmes…

- Tony, j'ai un cadeau pour vous, dit la capitaine.
- Vraiment ?

Elle lui tend une boîte de bijoutier. À l'intérieur, une montre somptueuse, ressemblante à celle qu'il avait reçue comme membre de la Time Team mais plus raffinée, plus précieuse. Cette fois elle est gravée à son nom avec la mention « Time Team Leader – Dark matter discoverer ».

- C'est la montre officielle des VIP d'Eternity, distribuée au compte-goutte sur décision de la présidence. Ce modèle est beaucoup plus perfectionné que l'autre, plus résistant aussi et étanche. Vous ne risquez pas de l'endommager cette fois. Je ne vous perdrais plus.

Tony hésite, il est flatté par la gravure mais aussi comme amateur de belles montes et en même temps il comprend que c'est un habile moyen de le surveiller en permanence. Il n'en remercie pas moins la capitaine et passe le bel objet à son poignet. Le bracelet est particulier, il n'y a pas de boucle ni d'émerillon. Il est lisse, sans trou. Il s'insère dans une fente sous la montre qui gère électroniquement l'ouverture et la fermeture. Cela produit un effet esthétique très classe. Rien de tout cela n'échappe au chercheur chinois. En fin de journée, Tony rejoint Luna dans son appartement. Pour entrer, il doit passer le point de sécurité en faction devant la porte. Les deux amants s'enlacent à peine est-il entré. La drôle de vie qu'ils avaient expérimentée en Suisse semble reprendre ici à Eternity. Luna, bien que sa liberté de mouvement soit limitée, doit continuer à travailler, à distance cette fois. Bien entendu tout ce qu'elle fait est particulièrement scruté par l'ordre dataïste. Les jours passent dans une relative uniformité. Lors des premiers essais de collision de particules à haute énergie sur le Loop 100TK, les résultats restent timides. Le ministre de la recherche et président de l'université invite le chercheur vedette à un déjeuner pour l'encourager officiellement, plus prosaïquement pour lui mettre la pression. Les deux hommes se retrouvent au restaurant réservé aux membres du gouvernement, juste en dessous des étages réservés à la présidence. La vue sur la ville d'Eternity est étourdissante. Tom Major, après quelques bavardages légers d'entrée en matière et d'anodines considérations écologiques fait glisser la conversation vers des sujets moins réjouissants. Il parle de la dégradation irréversible des écosystèmes, du caractère de moins en moins accueillant pour l'homme de la planète et des scénarios catastrophes dans un avenir proche prédisant une disparition violente et drastique des deux tiers de l'humanité. Ceci ne sera qu'une première étape, certes critique, de la disparition de l'homme sur terre. Notre belle Eternity, si vertueuse soit-elle, n'est qu'un chant du cygne, lâche-t-il. Il parle ensuite du programme spatial qui avait été très important au début du siècle, notamment dans l'objectif de la conquête de Mars. Il se souvient avec ironie de la publicité qu'un des ancêtres de John Clay s'était faite en envoyant un roadster vers la planète rouge. Avec le recul, cette facétie semble bien ridicule et totalement mégalomane. La seule trace que l'homme laisse dans l'espace est un monceau de débris technologiques. La folle aventure martienne s'était finalement arrêtée. Pourquoi ? En attente de la découverte du voyage temporel. Quel rapport ? La stratégie adoptée pour la survie de l'humanité est d'envoyer sur Mars, très loin dans le passé, une mission de terraformation. En clair, aller sur la planète rouge plusieurs millions d'années en arrière, déposer du matériel organique capable de la coloniser et de la rendre habitable pour l'Homme aujourd'hui. Il n'y aura plus qu'à déménager Eternity là-bas et à recommencer une nouvelle histoire. D'ici quelques millions d'années, après la disparition de l'espèce humaine sur terre et de ses effets délétères sur l'environnement, il n'y aura plus qu'à revenir.

- Vous comprenez Tony l'importance de votre découverte. Vous tenez dans vos mains le sort de l'humanité !

- M'autorisez-vous à vous donner mon avis ?

- Bien sûr, surtout s'il est enthousiaste !

- En fait je ne crois pas une seconde à cette fable. Pardon mais c'est ahurissant de bêtise.

- Que voulez-vous dire ?

- En fait, penser qu'il serait plus simple de rendre Mars habitable que de préserver la terre est une connerie monumentale, dit vivement Tony tant le sujet le touche. Premièrement rien ne permet d'imaginer que ce soit possible : le voyage dans le temps n'est à ce jour pas possible, et a priori il ne le sera pas dans le passé, seulement vers le futur. De plus, terraformer Mars est une hypothèse extravagante, y transporter l'humanité et le vivant demanderait des moyens inaccessibles…

- Sur ce point, il n'est pas prévu d'envoyer sur Mars dix milliards d'individus, seulement quelques dizaines de milliers.

- Et les autres ? On les laisse crever sur la terre ?

- On laisse faire la nature, c'est bien ce que veulent les écolos, la sélection naturelle déterminera ceux qui pourront survivre, survivre sur une autre planète sera bien plus difficile, cette première sélection paraît donc souhaitable.

- Mais en fait cela n'a aucun sens, le sens de l'histoire c'est la frugalité, réduire la consommation, la pollution.

- Vous êtes un idéaliste Tony. Ce qui est tout à fait compréhensible compte tenu de votre métier de chercheur en physique fondamentale. Dans l'idéal la raison devrait permettre à l'Homme de prendre les meilleures décisions quant à sa survie. Mais dans la réalité, ce n'est pas ce qui se passe. Les hommes courent vers leur disparition, c'est la marche du temps, nous ne faisons que mourir dès notre naissance.

- Faisons abstraction de ce point, il n'en reste pas moins vrai que cette théorie ne tient pas debout. En fait il est tout à fait illusoire de penser que l'habitabilité de Mars, en admettant qu'elle soit rendue possible bien que cela soit hautement improbable, ne modifiera pas les comportements humains. Il y a fort à parier que la conquête de Mars, rendue habitable depuis la nuit des temps dans cette hypothèse, ne se fasse pas du tout de façon pacifique, ni qu'elle n'influence négativement notre rapport à la nature, sans parler de l'impact sur les religions. La vie existerait ailleurs dans l'univers, il y aurait d'autres ressources à exploiter ! Souvenez-vous des guerres coloniales, tout ça ne tient pas la route.

- J'entends vos arguments, néanmoins c'est la stratégie adoptée par la présidence. Et elle fonde sur vous beaucoup d'espoirs. D'ici peu, en anticipation de vos progrès sur le voyage temporel, le programme spatial d'Eternity va accélérer.

Un silence s'installe. Le ministre observe le chercheur dont le regard s'est perdu dans le magnifique panorama qu'offre la terrasse du restaurant.

- Tony, vous pourriez rapidement monter au plus haut de la société. Votre pouvoir de connaissance et de découverte fait de vous un membre de l'élite groundonienne en devenir. Pensez-y.

Dina est alertée par un algorithme secondaire de surveillance des flux de données. Il ne s'agit que d'un signal faible mais ce qui retient son attention, c'est sa particularité. Le flux des données relatives à des messages échangés en chinois a sensiblement augmenté, particulièrement au cœur de la partie du réseau All-One interne à l'université. Dina lance un programme d'analyse sémantique de ces messages dans leur langue d'origine, sans traduction pour éviter toute perte de scns. Seul le résultat des analyses est traduit pour être compréhensible par toutes les personnes susceptibles de s'intéresser à cette analyse. Le résultat est limpide. La colère gronde chez les habitants d'Eternity ayant des origines asiatiques. La raison principale semble être la crise diplomatique entre le gouvernement mondial et son homologue chinois. Les propos plutôt bruts tenus par les autorités groundoniennes et abondamment reprises par les médias ont blessé la sensibilité toute en nuance des sinophiles. Aussitôt la dataïste s'empresse de pousser ses recherches autour du périmètre Time Gate. Il se trouve que le jeune chercheur Chen Ping apparaît comme soutenant lui aussi des propos contestataires mais d'une manière assez générale sans faire référence à ses activités ni au domaine de ses recherches. Cependant, la jeune femme décide de mettre toutes ses données sous surveillance.

Dans la belle lumière rasante du soir, Diane observe ses sœurs réunies dans le jardin. Elles sont dignes, bien droites dans leurs tenues de velours rouge, celle de la cérémonie du retour. Elle regarde leurs visages, si beaux, si sereins. L'une d'elles semble plus jeune. Elle porte la coiffe blanche des novices. C'est elle qui héritera de son bracelet de gardienne après son départ pour l'au-delà. Elle sent une chaude affection pour elle. Celle-ci tourne son regard vers elle, bienveillant et humble, presque intimidé. Diane repense à celle qu'elle a accompagnée aussi en son temps, pour la même cérémonie. C'était hier. La novice s'approche d'elle et se présente pour entamer le rituel de la transmission qui durera trois jours.

VIII

Il y a ces moments de doute aussi. Qui suis-je en ce monde ? Un cœur vaillant, un découvreur, un amoureux perdu, un enfant blessé, un affamé d'amour ? Il me semble parfois que j'ai vécu comme un lierre qui circonvient le tronc de la vie des autres pour grimper vers la lumière. Tu étais mon chêne. Le ciel n'était jamais si près que dans tes yeux. Je ne me suis jamais senti aussi fort qu'entre tes bras. Quand tu as disparu, je suis tombé au sol comme une liane décrochée, immobilisé dans le souvenir de la canopée. Mais j'apprends à m'enrouler sur moi-même, me servant de tuteur à moi-même. J'enracine cet élan de vie que j'avais aussi vu briller dans tes yeux. Me voici sur mon chemin de vie, traçant ma ligne d'univers.

Pendant plusieurs jours l'équipe travaille à d'infinis réglages sur les différents appareils qui seront utilisés pour les expérimentations. La complexité et la multiplicité des équipements rendent les préparatifs longs et laborieux. Grâce aux enseignements des expérimentations au LHC en Suisse et après de nombreuses tentatives infructueuses, l'équipe parvient enfin à produire un résultat compatible avec la présence des hexaquarks d-star. Après plusieurs occurrences, ils arrivent à éliminer toute possibilité d'un effet du hasard ou d'une interférence accidentelle. Parler d'observation serait cependant un abus de langage. On n'observe rien directement. En réalité on déduit la présence de la matière noire à coups d'équations. Conformément au vieux principe selon lequel « rien ne se perd, rien ne se crée, tout se transforme », le calcul des transformations d'énergie en matière, avec la populaire équation $E=mc^2$ d'Albert Einstein, permet de constater que ce qu'il manque pour respecter l'égalité de Lavoisier, correspond exactement à des sextuples de la masse prédite des quarks. Cette fois plus aucun doute n'est permis. La découverte de la matière noire est officiellement validée par l'équipe projet. Cependant Tony ne souhaite pas se contenter de ce résultat théorique, il veut mettre au point un capteur capable de détecter les hexaquarks. C'est une étape essentielle, qui permettra aussi d'entamer la détection de la matière noire dans l'univers, à l'état naturel si l'on peut dire. La nouvelle remonte jusqu'à Tom Major, qui ne résiste pas à l'envie d'une petite cérémonie organisée au cœur de l'université pour célébrer cette réussite et les progrès du projet Time Gate. Sans surprise, dans les arcanes du réseau All-One, l'information se propage instantanément jusqu'au cercle des gafarques. David Wall, guide suprême du culte All-One, est chargé par ses congénères de tirer parti de la situation pour dynamiser l'économie en renforçant la confiance des gens dans le progrès, dans l'avenir. Cela devrait avoir un impact positif sur la consommation, notamment de produits technologiques comme les équipements de quantified self et les implants. Tout cela devant in fine concourir à l'augmentation de leurs richesses et de leur pouvoir. Il décide pour cela d'organiser un grand évènement médiatique à la gloire du saint progrès scientifique pour raviver la foi des citoyens pratiquants. Cette super cérémonie sera célébrée en grande pompe et retransmise en direct sur tous les médias. Elle réunira les gafarques, les membres du gouvernement, la communauté scientifique, l'ordre dataïste et tous les pontifes du clergé All-One. Évidemment, Tony sera la vedette de la soirée. Comme pour une super production cinématographique, la scénarisation est confiée au metteur en scène le plus en vogue. L'équipe de production prévoit de célébrer l'évènement dans le grand hémicycle de la tour WG qui est habituellement utilisé pour les sessions diplomatiques internationales, les conférences scientifiques mondiales, les grandes célébrations du culte All-One. Cette salle prestigieuse, dotée des toutes dernières technologies, a été spécialement conçue pour permettre de partager avec le plus grand nombre de spectateurs, présents ou à distance, l'ambiance générale des grands spectacles tout aussi bien que l'intimité ou la ferveur de moments émouvants.

Les concepteurs n'ont pas lésiné sur les circuits vidéo, dotant la salle de très nombreuses caméras et micros. Derrière le plateau des écrans géants projetteront des films sur les infrastructures scientifiques d'Eternity, les grands progrès scientifiques de l'histoire agrémentés d'images des saints All-Oniens ; Newton, Einstein, Bohr, Nernst, Schrödinger, Klein, le tout accompagné d'une musique aux accents lyriques mêlant classique et électro. Sur la scène, une tribune est montée avec en son centre une loge pour les gafarques. Derrière elle, les places pour les membres du gouvernement. À gauche, les membres des équipes scientifiques de l'université, et quelques superstars de l'industrie, du commerce, des médias. À droite, l'ordre dataïste et le clergé All-One. Tony aura une place d'honneur dans la loge des gafarques. Le script prévoit que durant la cérémonie dirigée par David Wall, le chercheur français sera nommé chevalier de l'ordre dataïste, conseiller spécial auprès du gouvernement sur les questions scientifiques, prélat d'honneur All-One et il recevra des mains du Président de Ground-One, John Clay, le prix Théodore Peack pour sa découverte de la matière noire. Dans la salle, deux milles places sont attribuées au compte-goutte aux plus méritants des citoyens d'Eternity, ceux faisant preuve du plus haut techno-civisme. Toute la sécurité de l'évènement est assurée par les équipes du colonel Belum. Le soir venu, le cérémoniel imaginé commence. Dans le noir, la musique se fait entendre doucement puis monte alors que sur les écrans géants, le film sur l'histoire du progrès scientifique sort de l'obscurité. Une voix off, grave et posée, rappelle les étapes majeures de l'odyssée de la science, ponctuées de portraits. Après une dizaine de minutes, la musique se fait plus douce, la lumière éclaire la tribune, les gafarques entrent sous des applaudissements nourris. Ils prennent place. C'est au tour du gouvernement suivi des grands patrons et du clergé All-One. Enfin viennent les équipes scientifiques et les dataïstes. Tout le monde s'assoit, la lumière baisse, une musique triomphante digne d'un générique de film démarre, des jeux de lumières, un spot de poursuite marque un rond de lumière sur le côté de la scène : Tony entre sous les ovations. Il vient prendre place près du maître de cérémonie. Le ministre de la recherche s'avance et entame un discours sur la recherche au sein de l'université, il cite, il digresse, il remercie, il félicite. David Wall reprend la parole pour parler de la stratégie technologique d'Eternity, du tissu industriel et économique, du support de l'administration et de la formidable infrastructure All-One. Il invite le ministre à procéder à la remise des différentes récompenses au découvreur de la matière noire. Juste après la consécration du chercheur, le Président Peack prend la parole pour encourager chaque citoyen à suivre l'exemple de Tony, se vouer au progrès technologique pour Eternity. Il prend l'engagement devant tous d'accorder un passeport groundonien à celui qui mettra au point la technologie pour le voyage temporel en faisant un petit signe complice en direction de Tony. Salve d'applaudissements et de cris de joie. Après cela une séance de gratitude formelle envers la science et ses bienfaits est dirigée par le guide suprême. Il invite tous les spectateurs à connecter leurs interfaces ou implants au réseau All-One pour une grande collecte de données en remerciement du progrès. La lumière baisse, il se lève et s'approche des caméras en écartant les bras, dans un rond de lumière.

« Nous sommes un, tous unis sur le réseau All-One,

Nous sommes pleins de gratitude pour ce don de la science,

Nous remercions tous ceux qui contribuent au progrès,

Nous offrons humblement nos données,

Nous pratiquons le culte All-One, prions ensemble :

Je crois au progrès,

À la science toute-puissante,

Créatrice de la richesse et du progrès ;

Et en All-One,

Son corps unique, notre Réseau,

Qui a été conçu de l'esprit scientifique,

Est né de l'entreprenariat,

A conquis le monde,

A sauvé les nations,

A offert à chacun le confort,
A unis les peuples,
En prodiguant ses richesses,
S'est hissé au firmament de l'économie,
Est vivant au cœur d'Eternity,
Où il analyse le présent et prédit l'avenir.
Je crois en l'unité numérique,
Au saint réseau All-One,
À la communion des scientifiques,
À la rémission des individualismes,
À la résurrection de l'unité,
À la vie éternelle.
Amen ».

Après un court silence laissé pour une courte introspection, la lumière croit, Lewis Peack se lève. Il s'avance, salut Tony avec un sourire bienveillant de père de famille et rejoint David Wall. Les caméras se braquent sur son visage.

« Chers concitoyens d'Eternity, ce jeune homme qui nous a rejoints il y a tout juste quelques mois vient de nous offrir un merveilleux cadeau. Nous avons fait un grand pas vers le progrès, vers un avenir plus sûr, vers de nouvelles richesses de la connaissance. Je l'en remercie comme chacun de nous et je l'encourage à persévérer car il nous faut toujours explorer de nouveaux territoires d'ignorance pour conquérir ce à quoi nous aspirons tous : un confort et une richesse éternelle. Je vous dis à bientôt ».

Tonnerre d'applaudissements, une musique festive prend le relais. Le président quitte la scène suivie de ses comparses, puis les groupes abandonnent la tribune dans le même ordre de leur arrivée.

Alors que Tony goûte plus que jamais le parfum du succès, dans l'ombre Chen se sent encore plus frustré, lui qui n'avait pas réussi à reproduire l'expérience sans la supervision du français. Le chercheur superstar fait l'objet de toutes les attentions. Il est introduit dans les cercles les plus sélects pour parler de l'univers quantique et du voyage dans le temps désormais très à la mode. Il est également impliqué comme expert dans la conduite de la politique de recherche de l'université et pour la revue des plans stratégiques gouvernementaux, notamment en ce qui concerne le programme spatial et le développement des technologies du futur. Tony se laisse prendre par cette danse mondaine, ces refrains flagorneurs, sa musique entêtante. Une forme d'accoutumance se met en place. Le jour il mène ses recherches, aux repas il fréquente le beau monde et le soir, il retrouve la femme qu'il aime. Il en oublie presque la détention de celle-ci, sa vie recluse assignée à résidence, aussi luxueuse soit elle, n'en reste pas moins une privation de liberté. Mais Luna ne se plaint pas. Elle sait quel chemin le destin leur fait emprunter pour s'accomplir. Pourtant, il lui arrive de douter, d'être tentée de briser cette destinée, de quitter Eternity avec lui pour vivre libre, ailleurs. Dans ces moments de rêverie, ses pensées la conduisent à imaginer un autre destin, plus personnel, plus intime. Parfois, une profonde envie de passion, de folie, remonte du plus profond d'elle-même et vient chahuter la tranquille sérénité qu'elle a appris à convoquer dans son quotidien. Et si sa vie basculait dans une folle histoire d'amour, une passion brûlante qui les unirait, dans une heureuse clandestinité. La tentation est là, son cœur accélère, elle sent les remous dans son esprit. Puis cela se calme. Elle se répète que tout cela est éphémère, que les enjeux sont bien plus grands. Elle manipule son bracelet, pensive. Et si là, en une seconde, elle faisait basculer le cours de l'histoire, si elle modifiait le cours du temps ? Mais quand Tony est là, qu'il lui parle de ses expérimentations, de là où il en est, alors elle redevient raisonnable. Car s'il s'arrête, tout s'arrête. Il y a dans l'écoulement du temps une causalité qui ne peut être négligée : le réel que nous vivons s'est bâti sur le passé tel qu'il est figé. Vouloir le changer, c'est compromettre le présent. Et conséquemment, le futur que nous appelons de nos vœux se construit dans le présent, tout est lié. Modifier le passé, c'est modifier le présent et le futur. Tony approche d'un tournant de ses recherches. Il s'évertue à tisser le lien entre matière noire, ondes gravitationnelles et distorsions du temps. Il doit accomplir un exploit d'abstraction, de création ex nihilo, imaginer des relations impossibles à visualiser mais dont la piste peut être suivie par la résolution d'équations mathématiques absconses pour le commun des mortels. Pour tester sa théorie, il a besoin de créer de la matière noire en plus grande quantité pour observer si des ondes gravitationnelles sont émises et comment elles altèrent le cours du temps très localement. Des jours, puis des semaines passent à manipuler d'énormes formules mathématiques, à tester des hypothèses sur l'accélérateur de particules, puis à analyser les résultats des essais et recommencer encore et encore. Tony réalise la chance qu'il a de pouvoir travailler sur cette infrastructure de dernière génération. Sa très grande puissance est indispensable à la réussite des tests. Plus les jours passent, plus l'intensité mobilisée pour les collisions de particules massives augmente. Tout doit être préparé, calculé avec précision pour éviter un accident, car à ce niveau d'énergie déployée, une erreur de calcul pourrait entraîner une réaction en chaîne aux conséquences dévastatrices. En complément de cette préparation minutieuse, de rigoureux protocoles de contrôle s'appuyant sur une myriade de capteurs sont mis en place durant les expérimentations pour éviter tout risque d'emballement. Dans la grande salle du centre de contrôle, des rangées d'ingénieurs scrutant d'innombrables écrans supervisent le déroulement des séquences de collision. Parmi eux, Chen est en charge de surveiller les niveaux d'énergie le long de la boucle d'accélération jusqu'à la chambre de collision, élément stratégique où se concentre à la fois toute la puissance déployée lors des collisions de particules, mais aussi toutes les observations expérimentales. La puissance maximale théorique de cent tera-électronvolt du collisionneur n'a jamais été utilisée au maximum jusqu'à aujourd'hui. Or, pour réussir à créer une masse significative de matière noire, Le chercheur a besoin d'utiliser la puissance maximale. L'énergie qui se libérera au moment du choc des particules sera alors extrême. Les équipes décident de monter en puissance au fur et à mesure, un peu plus à chaque séance. Tony se prend au jeu et témoigne d'une certaine impatience à atteindre la puissance nominale. Chaque jour, un nouveau faisceau de protons est injecté et accéléré un peu plus. À quatre-vingt-quinze tera-électronvolt (TeV), les capteurs enregistrent des variations inhabituelles correspondant à la présence supposée d'hexaquarks en plus grande quantité. Cependant, aucune mesure d'onde gravitationnelle n'est détectée. La masse de matière noire produite est encore bien trop faible. Dans les jours qui suivent, les quatre-vingt-dix-neuf TeV sont atteints. L'infrastructure se montre plus instable et les protocoles de sécurité doivent être renforcés, ce qui complexifie et retarde la réalisation des collisions. Enfin, le collisionneur est utilisé à pleine puissance. En début de journée, l'injecteur expulse un faisceau de protons qui sont accélérés au maximum de la machine. Tous les capteurs flirtent avec leur zone rouge, mais ça tient. Les séquences de collisions démarrent. Dès la première, la quantité de matière noire produite est bonne. Après quelques ajustements et paramétrages, le capteur d'ondes gravitationnelles frémit. Pour le moment, il est impossible de savoir s'il s'agit d'un bruit de fond, d'un parasite ou d'un rayonnement de la matière noire produite. Seule une grande quantité de collisions permettra de départager statistiquement les deux hypothèses. Pendant une semaine les essais se poursuivent à pleine puissance. Des techniciens alertent sur des signes de faiblesse de l'infrastructure dus à son utilisation répétée à haut niveau d'énergie. C'est notamment le circuit de refroidissement des aimants supraconducteurs qui est fragilisé. Ils recommandent une pause pour faire des ajustements et de la maintenance. C'est une mauvaise nouvelle pour Tony. Cela va ralentir ses recherches alors qu'il se sent tout près du but. Il se réfugie dans une phase de remaniement des équations qu'il utilise pour prédire les observations en intégrant les premiers résultats. Assez vite, il en arrive à la conclusion que pour pouvoir produire plus de matière noire pour obtenir des ondes gravitationnelles plus amples et ainsi avoir la chance de pouvoir observer une altération de l'écoulement du temps, il faudrait disposer d'une plus grande puissance. Il calcule qu'il faudrait pouvoir mobiliser cent vingt TeV. Il monte aussitôt une équipe projet pour en évaluer la faisabilité. Toutes les pistes sont envisagées. Le problème principal que rencontre l'équipe est la disponibilité en énergie. Pour atteindre la puissance cible, l'alimentation électrique du Loop 100TK n'est pas suffisante. Pour y arriver, il faudrait détourner une partie de l'électricité distribuée à la tour du gouvernement située juste au-dessus à la surface. À ce stade, le chercheur décide de faire entrer dans la boucle le professeur Nasimov. S'il advient de devoir demander des autorisations en haut lieu, cela doit prendre la voie hiérarchique. De longues tractations s'engagent. Il faut peser le pour et le contre. Tony est convoqué avec Nikolaï Nasimov à une réunion initiée par le ministre de la recherche Tom Major à laquelle participent la première ministre Arya Amal Gandhi et le patron de la garde présidentielle le colonel Joe Belum qui représente également le ministre des affaires régaliennes. En ouverture de la réunion, un message du Président Peack est diffusé. Il rappelle que la découverte du voyage dans le temps est une priorité, mais qu'il ne faut en aucun cas négliger la sécurité et l'activité de la tour WG. Il est demandé à Tony son estimation des impacts sur la disponibilité énergétique de la tour. Dans le scénario retenu, une baisse de trente pour cent de l'alimentation de la tour se fera sentir dans les phases d'accélération maximales. Pour ne pas impacter durablement l'activité, les séquences les plus énergivores sur le Loop 100TK seront limitées entre onze heures et quatorze heures. Côté exploitation du bâtiment, les trente pour cent de baisse d'alimentation vont avoir de lourds impacts. Le plus important se verra sur la salle serveurs du data center de l'ordre dataïste qui est lui-même extrêmement énergivore. Il n'est évidemment pas envisageable d'arrêter SQ1, cœur du système et du temple All-One. Seuls les serveurs qui l'alimentent en données seront coupés. Cela sous-entend un protocole de sauvegarde en amont et un routage des flux vers d'autres centres de données extérieurs, ce qui représente une possible vulnérabilité de l'intégrité des flux. Par ailleurs, par sécurité, il faudra arrêter la moitié des ascenseurs de la tour. Après quelques jours de réflexion, il est finalement décidé de limiter les essais à deux par jour entre onze heures et treize heures. Chaque séquence devra être autorisée par le ministre de la recherche après avis favorable du colonel Belum. Les expérimentations reprendront dans deux semaines afin de laisser le temps aux équipes impactées de mettre en place les procédures nécessaires. Tout ce déploiement d'énergie autour du projet Time Gate illustre la confiance qui est placée dans la capacité de Tony à réussir sa découverte. Désormais, au plus haut niveau du gouvernement, l'impatience se fait sentir. L'avidité se fait plus dense quand l'objet du désir semble à portée de main. Les gafarques commencent à se préparer à la suite. Leurs investissements boursiers s'ajustent pour tirer le profit maximum des futures annonces. Enfin, le lundi premier juin, les expérimentations redémarrent. Tony sait que compte tenu de la complexité tant technique qu'administrative pour lancer une séquence d'essai, il doit réussir vite. Tout le monde se retrouve en salle de contrôle pour un lancement solennel du premier essai. Tom Major lui-même est venu faire un petit discours avant de rejoindre son bureau pour donner le feu vert. Dans la tour du gouvernement, la moitié des supercalculateurs de l'ordre dataïste sont arrêtés, ainsi que la moitié des ascenseurs. Le colonel Belum vérifie l'intégrité de la sûreté des installations et donne son accord. Feu vert transmis par Major. Tony prend un instant pour regarder en silence chacun des opérateurs dans la salle de contrôle, il termine par un regard à Beryl qui semble touchée par la solennité du moment. Il pose sa main sur l'épaule du technicien responsable du lancement de la séquence avec un hochement de tête affirmatif. Après la litanie des contrôles des équipements, l'injecteur crache son faisceau de protons dans le booster pour une série d'accélérations progressives avant d'entrer dans l'anneau principal de cent kilomètres. Les énormes électroaimants supraconducteurs montent en puissance. Les particules accélèrent. Rapidement les cent TeV sont atteints. Tous

les indicateurs sont au vert, l'accélération continue. Cent dix TeV,
Tout est vert. Sur un des écrans de contrôle, une alerte de premier
niveau se déclenche sur une section de l'anneau où une baisse
d'énergie est détectée. L'opérateur ne fait rien. Ses pensées
s'emballent, que va-t-il se passer s'il interrompt la séquence ? Cela
lui sera-t-il reproché ? Et que se passera-t-il s'il ne fait rien ? Y a-t-il
un risque d'endommager l'infrastructure ? Le temps passe. Il ne fait
rien. Les protons accélèrent encore, la puissance déployée est de cent
quinze TeV. La première alerte se double d'une deuxième, des
vibrations sont enregistrées dans la section suivante de l'anneau.
C'est Chen qui est l'opérateur face à l'écran où l'alerte s'est
déclenchée. Il comprend aussitôt ce qu'il se passe. La baisse de
puissance de la première section déforme la trajectoire des protons
en agrandissant le rayon du flux. Ils arrivent décentrés dans la section
suivante ce qui crée la vibration. Ignorant les risques, il voit là une
occasion de laisser le destin choisir d'arrêter ou non l'ascension
irrésistible de son talentueux collègue français. Son tour est-il venu ?
Est-ce un signe de la providence ? À cent dix-huit TeV, les premières
collisions sont déclenchées. Les calculs de Tony se vérifient
magnifiquement, des ondes gravitationnelles nettes sont captées.
Pour le moment sans effet sur l'horloge atomique miniaturisée
disposée à l'intérieur de la chambre de collision. Cent dix-neuf TeV,
tout se passe bien. Sur l'écran de Chen l'alerte vibratoire se propage
aux sections suivantes de l'anneau et se rapproche du détecteur
Ouranos. Un technicien à un autre poste reçoit une alerte sur le
centrage du flux de protons à l'entrée du détecteur. Il la signale. Tony
se tourne vers les rangs d'opérateurs. Comme personne d'autre ne
remonte de dysfonctionnement, il suppose une défaillance du
capteur et on continue l'expérimentation. L'interrompre serait trop
compliqué et le temps de relancer après vérification du capteur trop
long. Toujours pas d'impact sur le temps. Les deux horloges
atomiques synchronisées ne montrent aucun décalage jusqu'au
milliardième de seconde. Cent vingt TeV, les collisions déclenchent
toujours plus d'énergie et de matière noire. De belles ondes

gravitationnelles sont captées mais toujours rien sur l'horloge, pas de variation de temps. Soudain, de nombreuses alarmes retentissent. Les vibrations se sont propagées jusqu'au détecteur Ouranos. Tony jette un œil sur l'écran de contrôle des horloges, l'affichage du décalage temporel entre les deux horloges atomiques affiche $000\ 10^{-9}$ secondes et soudain passe à $003\ 10^{-9}$ secondes. Au même moment, le flux de protons à haute énergie dévié vient frapper l'horloge atomique. Une explosion se produit à l'intérieur du détecteur suivie d'une réaction en chaîne. Un lointain grondement fait vibrer la salle de contrôle. Toutes les alarmes hurlent. Les cent kilomètres de l'anneau entrent en fusion, tout le sous-sol est secoué d'une série d'explosions correspondant aux différents équipements qui se disloquent sous l'effet de la température. L'alarme incendie se met en marche. C'est la panique. Tous les personnels se ruent vers les ascenseurs. L'alimentation électrique du Loop 100TK est coupée sur tout le site. Il faut remonter dans le noir les cent cinquante mètres jusqu'à la surface par les escaliers de secours. À la surface de fortes vibrations se sont propagées jusqu'en haut de la tour et tout le réseau électrique s'est coupé. Seules les alimentations de secours fonctionnent. Les alarmes antisismiques se sont également déclenchées. Les personnels de sécurité sont en alerte maximum. L'hélicoptère du Président lance son rotor et se tient prêt à décoller pour l'extraire de la tour si nécessaire. À tous les étages, les gens sont inquiets, une telle coupure d'électricité paraît inimaginable ici. Plus aucun téléphone ne fonctionne, ni le réseau informatique. Ceux qui échangeaient par écran interposé sans jamais se parler de vive voix se découvrent dans les lieux communs en sortant de leur bulle numérique. Les portes des bureaux s'ouvrent. On se retrouve sur les paliers, dans les couloirs pour se parler, souvent pour la première fois. Il y a de l'inquiétude mais aussi la sensation de réconfort de se retrouver au milieu des autres. Les équipes d'intervention des services techniques se rendent dans les tours de puissance qui gèrent l'alimentation en énergie de la tour WG. Ils réinitialisent les systèmes. Après quelques minutes, le courant est rétabli, mais il faudra plusieurs heures pour que tous les équipements et les autres systèmes redémarrent. Dans les escaliers de secours la lumière revient, la troupe épuisée des rescapés lâche quelques cris de joie. Tom Major, dans son bureau au cent soixante-quatrième étage, reçoit la visite du Colonel Belum.

- Des nouvelles de Tony ?

- Non aucune, depuis la coupure impossible de le joindre, vous savez ce qui se passe colonel ?

- Une ou plusieurs explosions au Loop 100. Une équipe d'urgence est partie pour évaluer la situation.

- Mon Dieu, qu'est-ce qu'il s'est passé ?

- Nous n'avons aucune donnée pour le moment. Il faut attendre que les data centers redémarrent.

- Et le réseau de vidéo surveillance ?

- Hors service. Je vous tiens au courant dès que l'équipe de reconnaissance m'informe.

Tony monte aux côtés de Beryl, elle vérifie régulièrement son smartphone mais rien ne passe dans l'escalier de secours, son implant ne capte rien non-plus. Elle vérifie que tout le monde suit. Juste après l'explosion, elle a demandé à l'équipe de vérifier que tout le monde était là. Il ne manque qu'un technicien, probablement tué lors de l'explosion. Il était dans le tunnel, non loin du détecteur Ouranos. Soudain, des voix résonnent. Un groupe est en train de descendre les escaliers vers eux. Beryl reconnaît le lieutenant Harris à la tête de l'escouade. La capitaine fait son rapport au chef d'unité qui informe immédiatement le Colonel Belum. La moitié des agents continuent la descente pour aller évaluer les dégâts pendant que l'autre moitié assiste les plus fatigués dans la remontée vers la surface. Beryl demande au lieutenant Harris un terminal sécurisé d'opération. Elle le branche sur son implant et récupère sa connexion sécurisée au réseau des forces de sécurité. Elle n'a cependant pas encore accès aux bases de données qui ne sont pas encore opérationnelles. Elle tente de contacter Dina sans succès. Elle sent soudain une présence. Lewis Peack est là, il l'observe, il

écoute. Elle débranche son implant du terminal. Quelques secondes après, le lieutenant l'informe que le colonel lui demande de le rejoindre au niveau du palais présidentiel pour une réunion de crise. Quand les rescapés arrivent à la surface, un comité d'accueil des forces spéciales les attend. L'officier de commandement informe l'assistance qu'il va procéder à un contrôle d'identité et qu'ensuite ils seront conduits dans un hôtel réquisitionné pour des auditions. Le lieutenant Harris présente Beryl au commandant et elle est aussitôt escortée vers l'extérieur où un hélicoptère doit la monter jusqu'en haut de la tour. Tony aussi est escorté vers les ascenseurs de secours pour rejoindre Tom Major. Quand Chen est identifié, il est aussitôt mis à l'isolement. Beryl embarque dans l'hélicoptère des forces spéciales. Il s'élève le long de la façade de la tour WG. Vu d'ici, se dit Beryl, tout semble normal, la ville elle-même ne semble pas se soucier de ce qui se passe en son cœur. À peine arrivé au sommet, l'appareil se pose et des agents de la garde du Président la conduisent vers l'intérieur du dôme. Quand elle s'approche de la demeure, elle aperçoit sur la terrasse Lewis Peack avec trois autres hommes assez âgés, Dina, et quelques agents de sa garde.
- Capitaine nous n'attendions plus que vous.
- Bonjour Monsieur le Président, Messieurs, Dina.
- Nous partons tous pour Chatham Islalnd.
Aussitôt la troupe se dirige vers l'héliport. Deux appareils militaires décollent pour escorter l'hélicoptère présidentiel où tout le monde prend place. Les trois astronefs prennent la direction de l'océan à l'Est. Dina confie à Beryl qu'ignorant les effets sur la tour WG des secousses produites par les explosions au niveau sous-terrain, la sécurité du Président conseille de se retirer sur l'île groundonienne. Peack lui demande de raconter ce qu'il s'est passé en bas. La capitaine décrit en détail l'enchaînement des évènements. Le président se lamente sur la destruction de l'accélérateur de particules en imaginant combien cela va lui coûter de le remettre en service, mais surtout combien de temps cela va prendre pour qu'il soit de nouveau opérationnel. Dina confie qu'elle a commencé à traquer les

données relatives à l'évènement. Pour le moment les données scientifiques, c'est-à-dire les relevés des capteurs d'Ouranos, sont inaccessibles mais elle a réussi à récupérer celles des caméras de surveillance du Loop 100TK. Elle rapporte que l'on voit un écran où des alertes successives sont apparues. Elle demande à Beryl de confirmer. L'officière de sécurité n'a rien entendu de tout cela. Un technicien près de Tony a mentionné une alerte mineure qui a été ignorée.

- Pourquoi ignorée, demande le Président.
- C'était une alerte qui seule trahissait plus un dysfonctionnement d'un capteur si j'ai bien compris. Alors Tony a demandé s'il y avait d'autres alertes venant d'autres équipements, mais personne n'a rien dit.
- Donc une personne est sciemment restée silencieuse.
- Je sais qui c'est Monsieur le Président, répond Dina. C'est Chen Ping, le collègue de Tony.
- C'est un coup des Chinois, j'en étais sûr. J'ai d'ailleurs fait mettre ce monsieur à l'isolement.

Un long silence suit.

- Soit ils voulaient nous empêcher d'acquérir la technologie du voyage dans le temps, soit ils espéraient faire tomber la tour WG, et nous avec. C'est très grave.

Le Président se rapproche de ses amis gafarques et leur rapporte la discussion. Des vociférations se font entendre. Il est question de crise grave, d'intervention militaire, d'alerte maximum.

- Capitaine, dès notre arrivée vous m'accompagnez avec Dina à une réunion de crise avec les autorités militaires.

Tony entre dans le bureau du ministre de la recherche. Celui-ci semble accablé. Il accueille le chercheur avec gravité. Il l'informe que selon les premiers retours des équipes de reconnaissance descendues au niveau de l'accélérateur de particules, tout est détruit. Quelques jours seront nécessaires au retour à la normale dans la tour mais pour ce qui est du Loop 100TK, il faudra plusieurs années pour le réparer et le remettre en marche. La reprise de ses expérimentations ne se fera pas avant des années. Il enrage que cela se soit produit si près du but. Il interroge le chercheur sur ce qu'il s'est passé. Celui-ci commence son récit, puis au moment de parler de l'explosion, il prend soin de ne pas mentionner la variation temporelle entre les deux horloges atomiques, celle qui prouve que sa théorie est juste. Ce n'est pas un hasard s'il n'en parle à personne. Au fond de lui, sans qu'il sache exactement pourquoi, quelque chose le retient d'en parler. Il a le sentiment d'être le gardien de ce précieux secret. Il repense à ses discussions avec Luna. Sa responsabilité vis-à-vis de sa découverte lui apparaît très nettement. Major lui confie qu'il est inquiet pour la suite, cet échec pourrait leur être reproché et Dieu sait quelle conséquence cela pourrait avoir. Le colonel Belum se présente à la porte du bureau. Il entre.

- Tom, Tony, je viens d'avoir une discussion avec le Président. Des premières données ont été analysées.

Les deux autres restent suspendus à ses lèvres. Le chercheur se demande s'ils savent pour la découverte.

- Il s'agit d'un sabotage. Votre collègue Chen, a ignoré intentionnellement plusieurs alertes de sécurité juste avant l'explosion. Ce n'est pas un accident.

- Mon Dieu, ce misérable a maintenant la mort d'un homme sur la conscience, dit Major.

- Mais pourquoi, demande Tony, pourquoi saboter l'accélérateur ?

- Probablement pour empêcher l'université d'Eternity de mettre au point la technologie du voyage temporel.

- Mais pourquoi ?

- Une raison politique est suspectée, il est chinois. Vous n'êtes pas sans savoir qu'une grave crise diplomatique empoisonne les relations avec la Chine.

- Cela paraît invraisemblable, dit Major.

L'ordinateur du ministre se rallume, apparemment, le réseau informatique est de nouveau fonctionnel. Sur le mur, l'écran plat se rallume également. La chaîne d'information officielle reprend ses émissions. Les trois hommes découvrent un flash spécial.

« Nous venons d'apprendre des services de sécurité d'Eternity qu'un attentat terroriste fomenté par un ressortissant chinois infiltré dans les équipes de recherche du programme Time Gate vient de se produire. Le terroriste a réussi à endommager l'accélérateur de particules de l'université, tuant un technicien du site. Heureusement tout est maintenant sous contrôle, mais les dégâts, qui doivent être évalués plus précisément semblent importants. Selon une source proche du gouvernement, cela aurait pu être dramatique, la destruction de la tour WG était peut-être l'objectif du terroriste, ce qui aurait causé la mort des dizaines de milliers de personnes. L'homme qui a été rapidement arrêté est interrogé par les services antiterroristes. Le Président n'écarte pas la possibilité d'une réponse militaire s'il s'avère que des liens existaient entre l'homme et le gouvernement chinois avec lequel les relations diplomatiques sont au plus bas… »

Joe Belum sort du bureau pour recevoir un appel sur son smartphone. Tony confie au ministre qu'il ne croit pas à cette histoire de terrorisme, bien qu'il n'ait d'autres explications à donner pour le moment. Tom Major reste pensif. Peut-être le chercheur chinois ne supportait-il pas la pression liée à la compétition dans ses recherches. Le colonel revient dans le bureau.

- Tony, une réunion de crise se prépare autour du Président Peack, nous partons pour Chatham Island. L'hélico attend sur le toit.

Sans rien ajouter, les deux hommes quittent le bureau du ministre et se dirigent vers les ascenseurs. Une fois dans la cabine, le colonel ajoute « votre compagne est du voyage, elle aussi ». Tony sent que les choses se précipitent. Il ne sait pas si la venue de Luna est une bonne nouvelle, bien qu'il soit heureux de la retrouver. Ils sont peut-être deux à se jeter dans la gueule du loup. Arrivé au niveau du palais présidentiel, Tony la retrouve. Un appareil militaire avec un équipage armé les attend sur la plateforme. Ils embraquent et s'envolent vers l'océan pour un trajet de deux heures. Alors qu'ils sont à mi-parcours, quatre cents kilomètres plus à l'est, l'appareil présidentiel est en phase d'approche de Maunganui Beach. Quelques instants plus tard, Lewis Peack et sa garde rapprochée entrent dans sa demeure. Il est aussitôt informé que les supercalculateurs d'Eternity redémarrent enfin. D'ici quelques minutes, toutes les bases de données seront à nouveau accessibles. Lewis Peack demande à Dina de se tenir prête. Dans les premiers instants, les équipes techniques vont vérifier l'intégrité des données et changer tous les droits d'accès. Elle devra surveiller avec son équipe l'ensemble des flux à l'affût de toute activité suspecte pendant ce laps de temps où le système sera vulnérable. Dina se charge des échanges de données relatifs aux changements d'accès et, au passage, elle récupère tous les nouveaux mots de passe permettant d'accéder aux bases avec des droits d'administrateur, c'est-à-dire lui permettant de tout faire, y compris modifier ou supprimer des données. Le Président Peack s'entretient seul avec Beryl. Il lui fait remarquer très directement qu'à chaque fois qu'un problème est survenu, bien qu'elle fût au cœur des évènements, elle n'a pas fait preuve de la moindre efficacité pour améliorer la situation. Cette fois, c'est sa dernière chance. Son rôle est de surveiller le chercheur français et sa compagne, de faire du renseignement. Dès leur arrivée sur l'île, il faudra placer Tony à l'isolement pour qu'il rédige son rapport sur ses dernières expérimentations, la course au voyage dans le temps n'est pas terminée. Elle doit s'assurer qu'il transmette tout ce qu'il sait, si nécessaire en faisant du chantage avec la psychologue. S'il veut la voir, qu'il travaille. La capitaine ne laisse rien paraître de son trouble et donne le change en affirmant qu'elle compte bien faire tout son possible pour accomplir sa mission avec brio. Pendant le vol au-dessus de l'océan Pacifique, Tony a raconté à Luna ce qu'il s'est passé pendant les essais ainsi que les suspicions du colonel sur Chen. Mais il ne lui dit rien sur la fluctuation temporelle. Il garde cela secret pour le moment afin de la protéger, moins elle en sait, moins elle sera en danger. Le regard qu'il pose sur elle trahit le trouble dans lequel l'accélération des évènements le plonge. Même ses sentiments subissent cette altération du temps. Les enjeux ont pris de l'ampleur, le huis clôt de leur amour n'est plus possible. Qu'il le veuille ou non, il est impliqué dans le destin du monde. Dès que l'hélicoptère se pose sur la piste à destination, le commando accompagne le colonel et ses deux passagers vers la demeure du Président. Beryl est venue à leur rencontre pour les prendre en charge sitôt qu'ils entrent et les conduire vers la partie du bâtiment réservée aux invités. Arrivée devant la chambre, elle reste dans le couloir quelques instants pour les laisser s'installer. Elle reçoit, via son implant, un message de Dina qui lui propose de venir la rejoindre. Tony et Luna sont enfin seuls dans leur chambre. Ils s'enlacent en silence. Cette proximité retrouvée est un réconfort pour le chercheur. L'intimité, la relative sécurité dont ils profitent poussent Tony à confier à sa compagne qu'il doit lui révéler quelque chose de très important. Mais avant cela il veut s'assurer que rien ne sortira de la chambre. Il allume la télévision et monte le son, puis il tente de retirer sa montre connectée. Mais le bracelet est verrouillé, un message apparaît sur l'écran : vous ne disposez pas des droits pour effectuer cette opération. Il fait un tour d'horizon de la chambre. Sur la table basse, un magnifique bouquet de fleurs trône dans un vase. Il dépose le bouquet dans le lavabo de la salle de bains, remplit le vase et plonge son bras avec la montre dedans. Luna s'approche de lui et pose son menton sur son épaule afin qu'ils puissent se parler en chuchotant. Tony place sa main droite devant sa bouche pour cacher les mouvements de ses lèvres. Après quelques respirations profondes pour retrouver un peu de calme, il explique sa découverte, la variation du temps à la dernière seconde avant l'explosion. Il n'en a parlé à personne et espère que la donnée n'a pas été enregistrée. Cela signifie qu'il a réussi à démontrer le lien entre l'écoulement du temps et la gravitation. Il ne lui reste qu'à intégrer ces résultats à ses équations pour avancer. Dans le couloir Dina vient de rejoindre Beryl. Sans un mot les deux femmes connectent leurs implants intracrâniens via une connexion directe hautement sécurisée. Dina commence :

- Le monde va basculer dans le chaos. La probabilité que Peack mette la planète à feu et à sang est assez élevée. Il est fou de rage. Lui et ses petits copains avaient anticipé l'annonce de la découverte en faisant de juteux placements en Bourse. Mais avec l'accident, tout s'est effondré, ils ont perdu des centaines de milliards. Son rêve d'éternité s'éloigne, ça le rend extrêmement dangereux, fait très attention à toi.

- J'ai compris, il m'a demandé de forcer Tony à transmettre toutes ses connaissances quitte à utiliser sa compagne pour le faire chanter.

- Où sont-ils ?

- Dans la chambre, je dois les surveiller.

Dina se connecte aux flux de données. Elle intercepte les images de la vidéosurveillance de la chambre. Elle comprend ce qu'il s'y passe et devine les enjeux de leur discussion.

- Je crois qu'il ne faut pas que les gafarques acquièrent la technologie du voyage dans le temps.

- Je le pense aussi, dit Beryl.

Les deux femmes entrent dans la chambre. Tony et Luna se croient pris en flagrant délit. Les deux corps s'écartent, les visages se ferment. Le chercheur sort son bras du vase, et soudain sa montre se décroche et replonge au fond de celui-ci. Dina vient de la déverrouiller à distance. Elle s'approche de la télévision et l'éteint. En se connectant au circuit de vidéosurveillance de la demeure, elle coupe les micros des caméras puis éteint la lumière de la chambre pour qu'aucune image ne permette de lire sur leurs lèvres. Beryl prend la parole :

- Nous sommes là pour vous aider mais désormais le temps nous est compté. Toutes les précautions que nous prenons pour brouiller les pistes ne tarderont pas à attirer l'attention et à nous rendre suspects. La priorité est de vous faire partir au plus vite.

- Dina, avant cela je dois vous confier une mission, dit Tony.

- Je vous écoute.

- Il faut effacer les deux dernières secondes des enregistrements des capteurs d'Ouranos juste avant l'explosion.

- Pourquoi cela ?

- Là se trouve la clé qui ouvre la porte du voyage temporel. Mais ne regardez pas ces données, les connaître ferait de vous une cible, effacer les sans les consulter.

- C'est d'accord.

- Je vais vous conduire jusqu'à l'héliport dit Beryl, je vous programmerai un appareil autonome vers Wellington. Mais avant cela, il vous faut des uniformes de la garde présidentielle. Je vais aller les chercher dans les vestiaires du poste de garde, Dina tu me couvres.

Une fois que la dataïste a pris le contrôle des caméras de surveillance, Beryl sort de la chambre. Elle marche tranquillement jusqu'aux locaux des forces de sécurité. Elle entre dans les vestiaires et attend quelques secondes. Elle remarque que le voyant rouge à l'avant de la caméra vient de s'éteindre. Elle ouvre différents vestiaires jusqu'à trouver des uniformes. Elle prend un grand sac destiné au transport de matériel et y glisse les deux tenues de combat. Elle se place devant la porte qui donne dans le couloir, main sur la poignée et compte jusqu'à dix, le temps que Dina comprenne qu'elle va sortir et désactive la caméra du couloir. Elle sort. Le même exercice d'illusionniste se répète tout le long du trajet retour. Enfin, elle rentre dans la chambre. Dina coupe la caméra avant de rallumer pour laisser croire que la chambre est toujours dans le noir. Beryl sort les uniformes. Tony et Luna se changent. Un rapide calcul montre que les chances de réussir à s'enfuir sont très faibles. Une diversion améliorerait significativement les probabilités de réussite. Dina propose de solliciter une connexion sécurisée avec Lewis Peack. Pendant ce temps, le trio en tenue de garde du Président traversera la demeure et se rendra le plus naturellement possible jusqu'à la plateforme de l'héliport. La dataïste se connecte au réseau sécurisé et lance une demande de connexion au Président. La demande est acceptée, elle fait signe à Beryl. Les trois faux gardes sortent tranquillement dans le couloir et marchent jusqu'au hall d'entrée sans rencontrer de problème.

- Dina, je suis assez occupé, j'espère que vous avez une bonne raison de me solliciter, dit Peack.
- Monsieur le Président, je voulais vous faire mon rapport sur la remise en route des bases de données.
- Et ?

Dans le poste de sécurité de la demeure présidentielle, l'officier de garde est alerté par une alarme automatique. Un algorithme de traitement des images signale une anomalie. Des mouvements de civils et de forces de l'ordre sont détectés dans une zone privée. L'officier consulte les données relatives aux occupants des chambres à proximité. Personnel sensible sous l'autorité du capitaine Beryl Madiba. L'homme prévient son supérieur pour instruction.

- Et tout s'est bien passé Monsieur le Président, pas d'activité suspecte, je voulais vous avertir pour…
- Vous me faites perdre mon temps, coupe sèchement Lewis Peack.

Un silence s'ensuit pendant lequel il se demande si elle a perdu les pédales ou bien si elle le fait exprès.

Le colonel Belum reçoit un appel du poste de sécurité. On l'informe d'une alerte à propos d'invités sensibles. Il contacte Beryl. Celle-ci ne répond pas.

- Avez-vous un visuel de l'alerte ?
- Oui colonel, trois personnes en tenue de combat qui sortent d'une chambre.
- Où vont-ils maintenant ?
- Ils sortent du hall, apparemment ils se dirigent vers l'héliport.
- Avons-nous des hommes sur place ?
- Deux gardes en faction.
- Prévenez-les, qu'ils entrent en contact avec le groupe et contrôlent les identités.

Le colonel rejoint au pas de course les locaux de la sûreté. Il prend la tête d'une équipe des commandos toujours en alerte et part en direction de la plateforme d'envol. Dina hésite, faire durer la conversation avec le Président plus longtemps deviendrait suspect, alors qu'elle s'apprête à prendre congé, elle remarque dans le flux de données locales une alerte de sécurité et des mouvements de troupes. Elle comprend que les fugitifs sont repérés. Elle ne peut pas agir tant qu'elle est en liaison sécurisée avec Lewis Peack. Sous stress, elle coupe brutalement la connexion. Les probabilités de réussir à s'enfuir s'effondrent. La seule chose qu'elle peut faire pour qu'ils gagnent du temps est de prendre le contrôle à distance d'un des appareils autonomes et de programmer un vol à basse altitude, hors des faisceaux radars, vers Wellington. La ville ne fait en effet pas partie du périmètre d'intervention rapide des forces d'Eternity. L'appareil entame le cycle de préparation, les turbines se mettent en route, les hélices commencent à tourner. Sur le tarmac l'attention des hommes en faction est attirée par cet appareil vide qui s'éveille. Beryl, Luna et Tony arrivent. Les deux hommes en faction s'approchent.

- Capitaine, nous avons ordre de procéder à un contrôle d'identité.
- Bonsoir lieutenant, j'accompagne ces deux agents pour un vol retour à Eternity.

Soudain elle se jette sur le premier homme, lui prend son arme et met en joug les deux gardes.

- Montez vite à bord, crie-t-elle aux amants.

Tony s'élance le premier, il ouvre la porte de l'appareil. À cet instant le colonel et son commando arrivent sur site. Des tirs claquent.

La dernière mission de Diane est de terminer la formation d'Aurore, la novice qui héritera de son bracelet de gardienne. Elle va y consacrer ses derniers instants, pendant que ses sœurs prépareront son retour. Beaucoup de temps est dédié aux rituels de pacification intérieure, que ce soit pour Diane ou pour Aurore. Il s'agit pour la doyenne de se libérer d'éventuelles pensées toxiques, d'accueillir ses peurs légitimes, avant le dernier voyage tout en transmettant sa sagesse. Pour la cadette, le but est de perfectionner sa posture de gardienne, de s'inspirer de l'expérience et de la sagesse de Diane. Elles vont toutes les deux pratiquer encore et encore l'observation de leurs sentiments et expérimenter comment la satisfaction ou non

de leurs besoins vient parfois impacter leurs pensées, leurs
interactions avec les autres.

IX

Cette lettre, tu ne la liras jamais. Je l'écris autant pour toi que pour moi. Mon amour est intact et je pense à toi chaque fois que je ne suis pas obligé de penser à autre chose. J'avais envie de partager avec toi mes pensées, mes sentiments, comme nous le faisions. C'était si bon d'échanger avec toi qui me comprenais si bien. Ces quelques lignes sont la continuité de ce lien invisible avec toi. Le sens-tu ? Penses-tu à moi toi aussi ? Je l'espère, je veux croire à une gigantesque mécanique de la destinée qui nous dépasse et qui pourrait bien nous réunir. Qui sait ? Je ferme les yeux et je serre les poings pour donner de la puissance à mon vœu. Je veux te rejoindre, à travers le temps s'il le faut.

Tony se jette à bord seul, Beryl et Luna se sont réfugiées derrière un autre appareil. Dina a déclenché à distance le décollage et bloqué l'ordinateur de bord pour que personne ne puisse en prendre le contrôle. Elle bloque également tous les autres appareils au sol. Beryl épaule l'arme qu'elle a prise au garde et s'approche sur le côté en tirant quelques salves pour faire diversion le temps que la psychologue embarque elle aussi. Dina tombe à genoux dans la chambre, ses calculs sur les données en temps réel lui révèlent que les chances de survie des fugitifs descendent en flèche. Un des membres du commando de Belum est allongé dans l'herbe près de la piste. Tireur d'élite, il informe qu'il a une cible. Le colonel autorise le tir. Un clac sec retenti, plus fort que les autres. Beryl est projetée en arrière et s'effondre sur le tarmac, touchée à mort en plein cœur par le projectile. Luna, distante d'une dizaine de mètres, s'est tournée pour regarder Tony droit dans les yeux. Elle a un regard intense, sans peur, qui semble lui dire d'être courageux, que c'est là que leurs chemins se séparent. L'appareil autonome commence à s'élever, il bloque la porte en train de se fermer. Le tireur allongé informe le colonel qu'il a la cible dans l'appareil.

- Non, lui, il nous le faut vivant.

Luna perçoit la panique de Tony qui vient de comprendre qu'il va la perdre. Son regard se fait plus doux, mais déterminé. Sans le quitter des yeux elle manipule son bracelet de gardienne qui devient luminescent, une irisation bleutée scintille autour du bijou. Le commando progresse. Tony et Luna sont toujours les yeux dans les yeux. L'appareil accélère et change de cap, rompant leur contact visuel, ses jambes se dérobent, il s'écroule sur le plancher de l'appareil qui s'éloigne, il vient de perdre connaissance. Le colonel hurle à ses hommes de ne pas abattre l'appareil qui est à portée de tir, il faut récupérer le passager vivant. Alors que dans le ciel dégagé l'appareil s'éloigne, un grondement de tonnerre se rapproche et soudain, un puissant bruit sourd, comme si une gigantesque masse avait frappé le sol, retentit. Après quelques secondes d'observation, le commando reprend sa progression vers l'aéronef derrière lequel Luna se cache. Un éclair bleu illumine le tarmac. Les hommes surgissent arme au poing. Il n'y a personne. Belum stupéfait prend un moment pour faire le tour de l'hélicoptère, pour chercher la trace de la psychologue. Rien, il demande à ses hommes de ratisser les environs avec autorisation de l'abattre si nécessaire. Il court vers le véhicule en faction. Il démarre en trombe en direction de la base militaire de Tuuta. De là, il pourra prendre la tête des opérations de récupération et lancer des appareils militaires à la poursuite du fugitif. Dina s'est effondrée dans sa chambre. Elle ne capte plus aucune donnée biométrique de Beryl, elle vient de comprendre qu'elle a été abattue, le seul amour de sa vie, aussi imparfait eut-il été, est perdu à tout jamais. Une immense tristesse l'envahit. Elle reste quelques secondes à pleurer abondamment, prostrée. Elle serre l'arme que Beryl lui avait donnée avant de partir, elle place le canon sous son menton. Elle pense à Beryl, elle lui chuchote qu'elle veut la rejoindre mais elle n'arrive pas à appuyer sur la détente. Petit à petit, elle sent de la colère rugir en elle. Elle se matérialise par une violente haine envers Lewis Peack. Elle se rappelle la demande de Tony, d'effacer les données des dernières secondes de l'expérience. Elle se connecte aux serveurs de l'ordre dataïste. En possession de tous les mots de passe nécessaires pour avoir le contrôle total sur les bases de données, elle commence par effacer les données désignées par le chercheur français. Elle saisit soudainement toute l'ironie de la situation. Pendant des mois, le Président lui a fixé la mission de taguer toutes les données relatives au projet Time Gate pour un effacement ultérieur. C'est le moment se dit-elle. Mais cette tâche lui prendrait des jours, des semaines, des mois peut-être. Alors elle a une idée machiavélique, digne de Lewis Peack. Elle crée un leurre numérique. Sachant que tous les services vont être mobilisés pour sécuriser les données du projet Time Gate et retrouver Tony, elle crée un petit programme qui efface toutes les données taguées par elle à chaque fois qu'une demande d'accès à ces données est lancée. Elle donne des droits d'accès très élevés à ce programme, l'autorisant ainsi à effacer des données jusque dans les cerveaux des personnes ayant un implant intracrânien. Ce seront les demandeurs eux-mêmes qui effaceront, sans le savoir, les données qu'ils cherchent. La seule façon de les préserver serait de ne pas les chercher. Ainsi, elle démultiplie à l'infini le nombre d'opérateurs qui effaceront les données, sans le savoir bien entendu. C'est une sorte de piratage collaboratif. Elle cache ce programme au cœur du système et de ses applications de sécurité. C'est parti. Elle jubile en pensant à ce retournement du projet D-Destiny contre son instigateur. Elle imagine avec ironie un agent se connectant au système pour chercher des informations et ne sachant soudain plus pourquoi il cherche il ne sait quoi. Le colonel est arrivé au poste de commandement sur la base aérienne. Il contacte Lewis Peack pour lui faire son rapport des évènements qui se sont produits sur l'héliport. Il mentionne la mort du capitaine, la fuite du chercheur et la disparition de la psychologue dans des circonstances étranges.

- Comment ça étrange ?

- Elle était abritée derrière un appareil au sol. Il y a eu un bruit sourd et un halo de lumière bleue. Nous avons chargé et elle n'était plus là. Nous sommes sûrs à quatre-vingt-dix-neuf pour cent qu'elle n'est pas montée dans l'hélico qui a décollé.

- Ils l'ont ! s'exclame le Président. Ils ont la technologie du voyage dans le temps, hurle-t-il de rage. Ils l'ont mise au point en Suisse et me l'ont cachée, c'est de la haute trahison.

Il comprend aussitôt que la connexion avec Dina était une diversion de sa part. Il sent un puissant désir de la tuer pour se venger, mais il a besoin d'elle vivante. Il sait que ce n'est que dans son esprit à elle qu'il peut encore trouver les réponses qui lui manquent.

- Colonel, utilisez tous les moyens nécessaires pour retrouver l'appareil en fuite, vous avez carte blanche, mais ne tuez surtout pas ce chercheur. Et tenez-moi informé de chaque évolution.

Dina supervise le travail du programme qu'elle a baptisé « la revanche du destin ». Elle voit que tout fonctionne correctement. Les données s'effacent à chaque requête. La base est interrogée, elle remonte un résultat, à ce moment le programme intercepte la réponse, efface toutes données à leur source puis relance la requête qui cette fois ne remonte aucun résultat. Elle sourit en pensant à son coup de Maître. De Maître dataïste ironise-t-elle. Elle jubile en pensant à la rage de Lewis Peack quand il découvrira le pot aux roses. Mais la haine contre Peack est toujours là, brûlante. Elle a en main le glock de Beryl. Malgré le désespoir de l'avoir perdue, elle n'a pas réussi à s'en servir pour mettre fin à ses souffrances, alors maintenant elle envisage un tout autre usage de son arme, contre le monstre Peack. Elle sait qu'il est dans sa suite. Elle se lève et quitte la chambre. Elle se reconnecte au système en mode crypté. Au fur et à mesure de son parcours elle coupe les caméras de surveillance, ouvre les portes sécurisées. Elle avance sans la moindre résistance. Lewis Peack est assis dans son canapé la tête entre les mains. Il fulmine intérieurement. La porte du salon s'ouvre. Il lève les yeux. Dina est face à lui, elle s'avance calmement, les bras le long du corps, le glock dans la main droite. L'esprit du Président s'active à toute vitesse, il lui sourit avec tendresse et compassion alors que son garde du corps a sorti son arme et la tient en joug.

- Ma pauvre enfant, comme je compatis à votre douleur. Cette femme ne vous méritait pas. Elle est allée se faire tuer pour une autre en piétinant votre noble amour pour elle. Vous voyez, c'est cela le drame de ces sentiments écœurants, ils vous affaiblissent. Ces personnes, aussi attirantes puissent-elles être ne sont pas à notre niveau de conscience. C'est elle qui vous a trahie, mais c'est malheureusement vous qui en souffrez. Je peux vous guérir de cela, vous le savez. Laisser moi entrer dans votre esprit et je vous débarrasserai à tout jamais de cette douleur insupportable. Nous pourrons nous venger de ces médiocres qui salissent le monde parfait que je veux construire avec vous.

- Je vais vous tuer Monsieur le Président.

Elle lève son bras armé. Le garde du corps tire. Lewis Peack hurle non au moment où la tête de la jeune femme bascule en arrière en projetant une gerbe de sang sur le mur.

- Noooonnnnn, imbécile, pas dans la tête.

- Mais Monsieur le Président… elle allait tirer.

- Pauvre con !

Peack s'approche du corps inerte de Dina. Il s'agenouille, soulève son buste, prend sa tête dans sa main.

- Regarde-moi ça ma pauvre petite, il a fait un trou un milieu de ton joli front bombé. Quelle tristesse, regardez ce que vous avez fait, impossible de récupérer la moindre information de son cerveau maintenant, quel gâchis !

- Monsieur le Président, c'était pour vous protéger.

Peack se lève et s'approche de l'homme.

- Donnez-moi votre arme.

- Monsieur le Président…

- Donnez-la moi, c'est un ordre, crie-t-il d'une voix éraillée par la colère.

L'homme s'exécute. Le Président empoigne le pistolet, puis il regarde son garde du corps dans les yeux et dit d'un ton détaché.

- C'est étrange vous voyez. Parfois on fait les choses dans un but précis et puis c'est le contraire qui se produit. Mon idée en prenant un garde du corps était de prolonger mon espérance de vie et c'est le contraire qui vient de se produire. Ce connard tue la seule personne qui pouvait encore me relier au voyage dans le temps, à l'éternité. Vous voyez l'ironie de la chose. Un simple objet, un bout de métal sorti de votre pistolet vient de me priver de l'éternité.

- Monsieur le président...

Peack vide le chargeur de l'arme sur l'homme en face de lui qui s'effondre. Même au sol, mort, il lui assène des coups de pied en hurlant : pauvre connard, tu n'es rien qu'une merde.

Les hurlements ont alerté les membres de sa garde rapprochée qui entrent dans la pièce armes à la main. Le Président se rassoit dans son canapé.

- Merci de faire le ménage et de virer cette grosse merde qui tache la moquette, dit-il sans tourner la tête en désignant avec son arme l'homme qu'il a abattu. Et puis emmener aussi la petite.

Les hommes évacuent les deux cadavres sans poser la moindre question, puis on appelle le service de maintenance pour faire nettoyer la moquette. Le président contacte le colonel Belum.

- Où en est-on colonel ?

- Deux appareils ont décollé. Un de reconnaissance, ésuipé des meilleurs moyens de détection et un autre avec des commandos à bord. Ils sont en route vers Eternity. Nous devrions intercepter l'appareil autonome bientôt.

- Vous devriez ? C'est-à-dire ?

- Pour le moment nous n'avons pas d'écho radar. Soit il vole trop bas pour être pris dans un faisceau radar, soit il s'est craché.

- Putain de merde c'est ma journée, lâche le président en s'affalant.

- Monsieur le Président ?

- Confiez cette mission à un subalterne, j'ai un autre projet pour vous.

- À vos ordres ! Je vous écoute Monsieur le Président.

- Contactez le ministre des affaires régaliennes et préparez une offensive militaire contre la Chine.

Après un silence le colonel répond :

- Monsieur le Président, pour ce genre d'opération j'ai besoin d'un ordre validé par le conseil suprême.

- J'ai dit préparez colonel, je m'occupe du conseil en attendant.

Le Président contacte aussitôt les trois autres centenaires groundoniens et les invite à venir le rejoindre. Avant leur arrivée, il prépare son argumentaire. Il n'a pas prévu de leur partager que selon lui la technologie du voyage temporel est déjà opérationnelle mais en possession des déserteurs. Si c'est bien le cas et s'il arrive à la récupérer, il veut être le seul à en profiter. Il ne leur avait d'ailleurs pas parlé du programme D-Destiny, par précaution, et vu la tournure des évènements, il est conforté dans son choix.

Tony se réveille. Il est couché au sol, il ouvre les yeux sur une moquette noire. Il lui faut quelques instants pour comprendre où il est. Il se redresse et s'appuie sur le siège contre lequel il était calé. Les vibrations et le bruit ambiant lui rafraîchissent la mémoire. Il se hisse sur le siège. Par la fenêtre il ne voit que l'océan à perte de vue. Il ne vole qu'à quelques mètres au-dessus de l'eau, d'où cette impression de grande vitesse. Sur le tableau de bord il voit que le vol se terminera dans moins d'une demi-heure, les côtes seront bientôt en vue. Le choix de Beryl d'aller vers Wellington plutôt qu'Eternity ou Christchurch était une excellente stratégie. En lui faisant prendre un cap plus au nord, cela a rendu impossible son interception fortuite, sans détection radar. Le chercheur pense à elle. Il revoit la scène où elle est projetée en arrière, abattue par le tireur d'élite du commando. Un nœud dans sa gorge le renseigne sur sa tristesse et son sentiment de culpabilité. Il pense à Luna. Se peut-il qu'elle s'en soit sortie ? Était-ce bien réel ? Il revoit la scène où il la perd de vue puis plus rien, c'est le noir. Un détail lui revient. Son bracelet qui s'est illuminé, il lui semble avoir entendu un grondement de tonnerre alors que le ciel était dégagé. Que s'est-il passé ? Toutes les étrangetés qui ont émaillé sa relation avec Luna lui reviennent. Cette histoire de sororité de gardiennes, son anticipation de certaines choses, sa façon de parler d'un destin à accomplir. Cette histoire bizarre avec l'enfant, Antoine, dont elle savait qu'un drame le menaçait. Droit devant, la côte apparaît, l'aéronef autonome fonce droit vers l'entrée de la baie de Wellington. Par la fenêtre, Tony regarde la côte se rapprocher. Le soleil est encore haut bien que ce soit la fin de l'après-midi. Les montages vertes et boisées apparaissent en premier, la ville ensuite avec ses immeubles élevés et sa baie retirée. L'appareil annonce l'atterrissage, il progresse à vitesse réduite vers les bâtiments de l'aéroport, à l'entrée de la baie sur la côte ouest. Il s'immobilise à quelques mètres du sol puis descend doucement au contact du tarmac. La porte s'ouvre. Tony pose un pied hésitant à terre. Il fait quelques un peu hébété par l'enchaînement des évènements. Un taxi s'approche. Il s'arrête. Une femme habillée en hôtesse de l'air descend et se dirige vers lui.

- Monsieur Leblanc ? Voici votre passeport et votre billet d'avion pour Paris. Votre vol décolle dans vingt minutes. Je vous accompagne à l'embarquement, nous devons faire vite. C'est le dernier créneau pour quitter la Nouvelle-Zélande libre.

Sans réfléchir, il lui emboîte le pas. Ils montent dans le taxi qui les emmène directement vers la porte des départs.

- Qui êtes-vous ? Qui vous a donné mon passeport et le billet ? Comment saviez-vous que j'allais arriver ?

- Je suis Rebecca et les réponses viendront en leur temps.

Elle l'escorte hâtivement jusqu'au contrôle de sécurité sans plus d'explications. Elle le fait passer en urgence et arrivée à la porte d'embarquement elle lui tend la main.

- Je ne voyage pas avec vous, vous êtes libre maintenant.

- Merci Rebecca.

Il hésite à la questionner sur Luna mais un steward de la compagnie l'invite à monter à bord, il est le dernier passager à embarquer, ils n'attendent plus que lui pour fermer les portes de l'avion et procéder au décollage.

Douglas, David et John entrent chez Lewis. Le majordome les accueils avec déférence et les conduits à la salle où doit se tenir le conseil suprême. Les trois vieillards s'installent l'air grave. Lewis Peack arrive le dernier. Il tient toujours à la main le glock de son défunt garde du corps. Il le pose sur la table et s'assoit l'air las. Il s'accorde un petit moment de silence puis s'adresse à ses convives avec calme. Il explique les derniers rebondissements qui ont suivi l'explosion de l'accélérateur de particules. Pour lui, le monde qu'ils ont construit est au bord du gouffre. L'avance de la recherche groundonienne est menacée par les effets de ce sabotage, l'intégrité des installations et la sécurité sont compromises et surtout, la fronde chinoise sape l'autorité du gouvernement mondial. Il est nécessaire de se montrer plus ferme que jamais. Il préconise donc une opération militaire ciblée en Chine. Il justifie cet engagement belliqueux, outre pour dissuader ceux qui pourraient vouloir profiter d'une apparente faiblesse du gouvernement mondial, par le fait qu'il soupçonne une implication de dignitaires chinois dans l'attentat terroriste à l'origine de la crise actuelle. N'est-ce pas un chercheur chinois qui a saboté les installations ? Les trois autres restent silencieux. Le temps semble suspendu, dense, le silence pèse sur l'air ambiant. Le président de la Banque mondiale émet une objection. Les faits ne datent que d'aujourd'hui, pourquoi se précipiter dans un conflit peut être hasardeux. La Chine n'est pas un petit pays démuni de moyens militaires. Cela pourrait se retourner contre eux.
- Il faut frapper les points sensibles, les lieux de pouvoir, les lieux de vie des dignitaires. Nous avons sur place plusieurs bases militaires capables d'agir très rapidement et de façon chirurgicale. Notre force c'est l'information, nous pouvons rapidement couper la tête du dragon. Ceux qui hériteront du pouvoir ensuite voudront la paix avec nous.
- Il serait peut-être plus prudent d'obtenir une résolution de l'ONU pour que cette attaque soit considérée comme un acte de légitime défense, remarque David Wall.

- L'ONU n'est rien qu'une coquille vide où rampent des diplomates couards qui cherchent surtout à se faire mousser à la tribune des nations avec des discours ampoulés. Avant qu'une décision courageuse ne sorte du conseil de sécurité nous serons tous morts. Il est important que nous agissions vite, de répondre du tac au tac. Nous sommes les héritiers des fondateurs du nouveau monde, de ceux qui ont construit la société du numérique, du virtuel, de la célérité, de l'agilité. Nous avons tout cela dans notre ADN, c'est notre héritage. Par ailleurs, cela ne laissera pas le temps aux Chinois de préparer une riposte, ou de lier des alliances contre nous.

- Lewis, dit John Clay, j'ai peur que cet empressement, au contraire, ne trahisse, aux yeux du monde, un manque de sang-froid.

- Les yeux du monde, comme tu dis, vont surtout voir qu'on ne peut impunément s'en prendre à nous. J'ai demandé au colonel Belum de préparer avec le ministre des affaires régaliennes un scénario d'attaque. Il attend la décision de ce conseil suprême pour lancer l'opération. Je suis las des discussions stériles, je propose de passer aux votes. Qui vote pour ?

- Je ne peux me résoudre avec aussi peu d'éléments à plonger le monde dans la guerre, lâche Douglas Kost Lee.

Le Président Peack se raidit, il saisit l'arme sur la table. Il s'approche du patron d'Azamon et pointe sur lui le canon du glock.

- Et comme ça, est-ce que tu sens mieux la menace qui pèse sur nous ?

L'homme pâlit, si tant est qu'il puisse être plus blanc qu'il ne l'est. Les deux autres sont sidérés et se tassent dans leur fauteuil. Lewis Peack approche l'arme de la tête de son associé. Une tache apparaît sur son pantalon à l'entrejambe.

- Dois-je prendre cette effusion urinaire pour un oui ?

L'homme terrorisé hoche timidement la tête en signe d'approbation.

- À la bonne heure, mais tu vois, tu as trop attendu pour changer de prostate.

Il se tourne vers les deux autres qui se contentent de dire « pas d'objection ». Sur l'écran mural, le colonel Belum apparaît en visioconférence depuis le centre de commandement de la base militaire de Tuula.

- Colonel, le conseil suprême vient de valider l'opération militaire sur le territoire chinois.

Un long silence suit, le gradé ne semble pas croire ce qu'il entend, comme s'il avait espéré que le conseil ne donne pas son accord, il regarde les trois autres dans l'attente d'un contre-ordre.

- Vous m'entendez colonel ? Lancez l'opération. Nous allons botter le cul de ces niakoués.

- À vos ordres Monsieur le Président.

La communication est coupée, les trois invités se lèvent et quittent les lieux précipitamment. Chacun pense à quitter l'île de Chatham Island au plus vite pour rejoindre un territoire neutre, à l'abri des effets d'un potentiel conflit d'envergure. Ils partagent rapidement leur indignation sur les menaces proférées par leur aîné avant de s'envoler vers la Nouvelle-Zélande.

L'avion est en phase d'approche de l'aéroport de Los Angeles où il doit faire escale avant de continuer son trajet vers Paris. Tony a un peu dormi pendant cette première étape du parcours. Il ne pensait pas que son retour en France se ferait dans ces conditions. Va-t-il pouvoir sortir libre de l'aéroport une fois arrivé à destination ? Durant les deux heures de l'escale, il reste à bord de l'appareil. Les États-Unis étant l'arrière-cour d'Eternity, il ne souhaite pas prendre le risque d'être reconnu et arrêté puisqu'il est très probable qu'il soit maintenant recherché dans le monde entier. Tant qu'il voyage sous un autre nom et qu'on ne le reconnaît pas, tout va bien. Il écoute les discussions des passagers autour de lui. Certains parlent de l'attentat de l'accélérateur de particules d'Eternity. On parle aussi de très fortes tensions avec la Chine. Les rumeurs d'une possible opération militaire circulent. Bien que le porte-parole de l'ONU déclare ne pas avoir été consulté à ce sujet par le gouvernement mondial, les places boursières de tous les pays sont en chute libre. Tony se rassure en se disant que les gafarques ont un sujet bien plus important à traiter que de s'occuper de son cas personnel. Une hôtesse dispose les journaux du jour qui viennent d'arriver. Il en prend un. Il feuillette les pages à la recherche d'informations sur l'explosion du Loop 100TK ou sur ce qui s'est passé sur l'île de Chatham Island. Il tombe sur une photo de Chen, présenté comme un espion chinois infiltré au sein de l'université d'Eternity dans le but d'en saboter les installations. Dans l'article il découvre que l'explosion aurait fait plusieurs morts dont un technicien, l'officière de sécurité Beryl Madiba et la data scientiste Dina Salawa, plus deux portés disparus, le chercheur français Tony Leblanc et la psychologue Luna Agapet. Il sent un profond soulagement, Luna n'est pas déclarée morte, elle a dû réussir à s'échapper. Mais Dina est morte elle aussi. Il est détaillé que suite à l'explosion, l'infrastructure de la tour World Government a été impactée et notamment les bases de données scientifiques ont été altérées. Tony comprend avec soulagement que Dina a probablement eu le temps d'effacer les données comme prévu. Il pose le journal, il s'adosse dans son siège et ferme les yeux. Il essaie de retrouver un peu de calme en allongeant sa respiration. Il sent alors une grande tristesse l'envahir. Beryl et Dina sont mortes. Chen ne s'en sortira sûrement pas non plus. Et Luna ? Où est-elle ? Toutes ces personnes qui étaient plus ou moins dans son quotidien ont disparu. Est-ce à cause de lui ? Est-ce ce prétendu destin dont Luna parlait ? Et quel est le rôle de la sororité des gardiennes ? Il est sûr que Rebecca qui est apparue pile au bon moment avec son sésame pour la liberté en fait partie. Cette organisation semble disposer de moyens importants. Il a tant de questions. Il pense à Luna, aux derniers moments passés ensemble. Il y a tant de choses qu'il n'a pas pu lui dire. Il demande à l'hôtesse du papier et un stylo. Il a besoin de poser sur le papier ses souvenirs encore frais pour ne pas les perdre. Il a besoin de lui écrire, comme s'il pouvait encore lui parler. « *Il me semble que je retourne vers mon passé. L'avion qui me ramène vers ce pays où … »*. L'avion se prépare pour le décollage en direction de Paris. Tony regarde la piste défiler, la terre ferme s'éloigner quand l'avion se cabre. Il traverse la couche de nuages gris et débouche sur un ciel crépusculaire où un soleil rouge roule sur la ligne d'horizon. Les nuages se dorent et s'ourlent d'une écume orange qui tire vers le rose et le violet. Cette beauté à la fois fugitive et éternelle l'émeut. Il fixe ce spectacle le plus possible, comme si les couleurs allaient se déposer en lui. Pendant que l'avion remonte un temps vers le nord, son hublot fait face au soleil couchant mais dès qu'il prend son cap vers Terre-Neuve à l'est, le paysage passe derrière l'appareil, hors de son champ de vision, comme Luna lors du décollage de Chatham Island. Le chercheur se recentre sur son siège. Il laisse derrière lui ce couché de soleil californien et avance vers la nuit, vers son passé et son futur tout à la fois. Qu'est-ce qui peut bien l'attendre là-bas en France ? Que fera-t-il une fois foulé le sol français ? Le seul point d'attache qu'il lui reste, c'est Diane et la maison de son enfance. C'est là qu'il va se rendre, sans autre but que d'aller au seul endroit où il connaît encore quelqu'un en qui il peut avoir confiance.

Le lieutenant Harris fait son rapport au colonel Belum sur la mission que celui-ci lui a confié la veille. La traque aérienne n'a rien donné. Les deux hélicos lancés à la poursuite du fugitif n'ont pas intercepté d'aéronef, les radars sont restés muets. Par ailleurs, aucun appareil venant de Chatham Island ne s'est posé à Eternity ni à Christchurch. C'est comme s'il s'était volatilisé. Il y a pire. Toutes les requêtes dans le système à propos de Tony Leblanc ne remontent aucun résultat, comme s'il était inconnu. Et c'est la même chose pour sa compagne. Le plus étrange est que les demandes adressées à l'ordre dataïste restent également sans réponse. Le colonel décide de se connecter lui-même à la base de données via son implant intracrânien. Il lance la requête « Tony Leblanc ». Après une ou deux secondes, la réponse arrive : pas de résultat. Il sent une légère lassitude, une baisse momentanée de son attention, comme une absence. Il se déconnecte et s'adresse au lieutenant Harris pour lui dire de continuer à chercher l'appareil disparu du parc privé du Président. Sans s'en rendre compte, il vient d'être visité par « la revanche du destin », le programme de Dina Salawa, qui a tout simplement effacé de sa mémoire toutes les informations relatives à Tony Leblanc précédemment taguées par la dataïste. Plus de Tony, plus de Luna, plus de projet Time Gate. Il n'est pas le seul à qui cela arrive. Plus des moyens sont mis en place pour les rechercher plus les informations disparaissent du système et de la mémoire des personnes impliquées. Certains se retrouvent avec la sensation bizarre de ne plus savoir ce qu'ils cherchaient, d'avoir un trou de mémoire. Sur le tarmac de la base aérienne groundonienne de Guangzhou, quatre chasseurs bombardiers sont sur la piste prêts à décoller. Déjà la chasse d'interception venue des porte-avions au large des côtes chinoises est en vue de la base pour les escorter. Le général commandant la base demande l'autorisation de décollage au centre de commandement à Tuula. Feu vert de Belum. Les bombardiers décollent et sont rejoints par l'escadre de chasseurs. Destination Pékin pour la destruction de toutes les infrastructures du pouvoir. Sur les écrans géants du centre de commandement, le colonel Belum suit la progression de petits points lumineux sur une carte satellite. Ces petits points représentent la mort qui avance, la destruction. Il fixe l'écran, bien droit au milieu des autres officiers supérieurs, son esprit est anesthésié par la portée de l'ordre qu'il vient de donner. S'il s'était senti grisé par la puissance destructrice sous ses ordres à un moment, une terrible angoisse vient de prendre le dessus, le poids de l'ignorance de ce qui se passera après cette déclaration de guerre lui est tombé sur les épaules. Alors, quand la ligne rouge avec le gouvernement sonne, il se précipite. John Clay, le plus jeune des gafarques avec ses cent un printemps, est en présence de la première ministre et du ministre des affaires régaliennes dans le bunker secret d'Eternity. Ils viennent d'être informés de la nature de l'opération demandée par le Président. Il indique au militaire que le conseil suprême n'a pas validé une attaque de la Chine de cette ampleur et qu'il faut annuler toute l'opération. Il insiste sur l'urgence de l'annulation. Sur les écrans de contrôle, le colonel découvre que l'armée chinoise vient de mobiliser ses forces aériennes en riposte. Douglas Kost lee et David Wall se joignent à la discussion par visioconférence pour confirmer leur désaccord et appuyer l'ordre de rappeler les avions. Belum obéit, cette intervention providentielle lui permet de sortir de l'impasse sans perdre la face. Dans le ciel chinois, deux escadrilles prêtes à semer la mort, en route l'une vers l'autre, se détournent de leurs objectifs à la faveur de secrètes tractations diplomatiques et s'en retournent vers leurs bases respectives.

Lewis Peack a quitté sa demeure de Chatham Island. Il se dirige, à bord de l'hélicoptère présidentiel, vers Eternity. Il a tenu à célébrer l'écrasement de la rébellion chinoise depuis son bureau au cœur du palais présidentiel, tout en haut de la tour WG, la plus haute du monde. Manière de bien affirmer, dans la forme et sur le fond, sa suprématie sur la planète. Après deux heures de vol mises à profit d'un sommeil de récupération, le Président entre dans son palais. Il marche droit, le menton relevé, le regard au loin en adoptant une démarche lente et ample dans une pâle imitation des héros antiques, figés dans le marbre, qui peuplent çà et là son jardin. L'empereur se rend dans son bureau et s'assoit dignement dans son fauteuil favori. Tout est calme. Il regarde l'horizon en pensant que loin derrière cette ligne, le feu dévore les traîtres qui ont osé le défier. Il s'étonne d'ailleurs de ne pas avoir de nouvelles du colonel. Il appelle Belum, contrarié de devoir lui-même aller chercher l'information. Le colonel l'informe de l'annulation de l'opération en raison du contrordre reçu des autres membres du conseil suprême.

- Ah les traîtres, crie-t-il, ils sont trop soucieux de s'enrichir toujours plus et n'ont pas de courage, pas de grandeur, pas de vision historique. Leur ambition se limite à engranger toujours plus de profits, quelle bassesse.

Un long silence s'installe pendant lequel Peack rumine sa frustration et fantasme sa vengeance. Le colonel Belum n'ose pas reprendre la parole. Le Président ressasse les trahisons qui se multiplient, il repense au voyage temporel. Ah s'il avait le moyen de retourner dans le passé, il se débarrasserait des traîtres.

- Et le chercheur en fuite, où en est-on ?

- Je vous demande pardon Monsieur le Président, de quelle opération s'agit-il ?
- Mais enfin imbécile, Tony Leblanc, le chercheur enfui.
- Je n'ai aucune information à ce sujet Monsieur le Président.

Le colonel fait signe à ses officiers subalternes qui lancent avec empressement des requêtes dans le système, sans résultat. Encore un long silence. Peack comprend soudain.

- Et Dina Salawa ?
- Nous ne disposons d'aucune information sur cette personne Monsieur le Président.

Lewis Peack coupe la connexion. Sa tête bascule en arrière contre le fauteuil, il laisse s'échapper sans retenue un rire hideux, criard, obscène, pris d'un fou rire nerveux.

- Petite futée… tu as effacé toute trace du projet Time Gate. Tu t'es approprié D-Destiny. Je t'ai sous-estimée Dina, quel dommage que tu sois morte. Tu vas cruellement me manquer.

Le Président fait signe à son majordome de lui servir un gin tonic. Il va le prendre dans le jardin. Le vieillard sort par la baie vitrée et marche jusqu'à son luxueux salon de jardin avec vue sur la ville. Un immense patchwork bleu et vert déposé sur le fond de la vallée se perd au loin dans les eaux miroitantes du lac Heron. Confortablement installé dans son canapé, Lewis Peack profite de la vue tout en sirotant son gin en silence. Il laisse un temps son esprit au repos et, dans ce calme, une pensée naît : il va falloir recruter de nouveaux proches collaborateurs. Il profite encore de ce long moment suspendu tout en laissant cette idée faire son chemin. Machinalement il porte son verre à ses lèvres décharnées. Il est vide. Cette réalité le tire de sa rêverie. Il demande à son nouveau garde du corps posté non loin de contacter le lieutenant Harris, il veut savoir où en est l'enquête sur l'attentat. Quelques instants plus tard, ce dernier l'informe que le suspect principal, le chercheur chinois est détenu dans une cellule du service antiterroriste, au sein du ministère des affaires régaliennes. Peack souhaite voir le suspect et lui demande qu'on l'amène immédiatement. En attendant, il ne veut rien faire d'autre, juste profiter de cette quarante-deux mille sept cent soixante-quatrième journée. Il se repasse les évènements de ces derniers jours afin d'analyser tout ce qui a dysfonctionné, les mauvais choix qu'il a faits, la confiance qu'il a accordée à tort, histoire de ne pas refaire les mêmes erreurs. Ces dernières heures lui laissent une impression de dérive, de perte de contrôle. Il est temps de se ressaisir. Des bruits de pas le tirent de ses pensées. Le lieutenant Harris est là avec Chen Ping, le malheureux chercheur soupçonné de sabotage.

- Merci lieutenant, laissez-nous, dit Peack sans se retourner. Venez Ping, prenez un fauteuil.

- Merci Monsieur le Président, répond le jeune homme en s'installant assez mal à l'aise.

À son habitude, le vieil homme commence par observer avec insistance et sans retenue son invité. Il est de nouveau le prédateur qui hume sa proie. Voilà bien le genre de situation qu'il affectionne tout particulièrement. Il aime sentir le conflit en l'autre, ce mélange de peur et d'envie de plaire avec l'espoir qu'il y a peut-être une chance de s'en sortir. Il adore jouer avec un adversaire désarmé, dans une ivresse de toute puissance, le sentir à sa merci, lui laisser la vie sauve tout en le faisant doucement glisser sous son contrôle total. Il sent dans l'attitude du jeune homme une petite note de fierté, un résidu de fierté. Cela l'amuse, le coin de sa bouche ridée se lève dans un petit rictus plein d'ironie.

- Je sais que vous avez délibérément laissé l'expérimentation s'emballer, ce qui a conduit à la destruction du Loop 100TK, installation à cinquante milliards.

- Monsieur le Président... tente de contester Chen.

- Taisez-vous, vous parlerez quand je vous en donnerai l'opportunité. Ce sabotage donc, en plus de coûter la somme astronomique de cent milliards, oui parce que tout reconstruire va coûter le double, ce crime donc va nous faire perdre un temps précieux, précisément celui après lequel nous courons tous, et moi plus que les autres. Alors voyez-vous, j'étais d'abord très contrarié, au point de souhaiter votre mort. Une mort violente bien entendu, après un peu de torture même, pourquoi pas ? Et ne croyez pas que quelque chose aurait pu vous en protéger. Je n'ai qu'un mot à dire, vous voulez voir ?

- Non Monsieur le Président, je vous crois sur parole, dit Chen la voix tremblante.

- Mais si, ce sera amusant.

Le président fait signe à son garde du corps qui s'approche aussitôt.

- Voici Karl, mon nouveau garde du corps, j'ai dû me séparer tragiquement de l'ancien, mauvaise option de tir, il est mort. Karl si je vous demande de tuer cet homme que faites-vous ?

- Je suis à vos ordres Monsieur le Président, dit-il en braquant son arme sur la tête du jeune chinois.

- Non, pitié ne me tuez pas, sanglote Chen Ping en se recroquevillant dans son fauteuil.

- C'est bon Karl, merci, vous pouvez disposer.

Le gorille range son arme et s'éloigne de quelques pas sans un mot.

- Vous voyez Chen, rien de plus simple. Alors pourquoi selon vous n'êtes-vous pas encore mort ?

Le chercheur reste silencieux, recroquevillé et tremblant.

- Allons ressaisissez-vous, il va falloir être plus perspicace, plus éloquent si vous voulez survivre en ce monde.

- Dites-moi ce que vous voulez de moi, se hasarde-t-il timidement en redressant la tête.

- Voilà qui est mieux, vous voyez ce n'est pas si compliqué. Vous pouvez encore me servir. C'est pour cela que je vous épargne. Mais je préfère être clair. Vous me devez une soumission et une dévotion totale. En contrepartie, en plus de vivre, vous jouirez de quelques privilèges attachés aux membres de mon cercle rapproché. Qu'en pensez-vous ?

- Ai-je le choix ?

- Oui bien sûr, mourir ici tout de suite ou accepter.

- Alors j'accepte.

- Parfait ! Vous voyez que vous êtes plein de ressources ! Vous allez commencer notre collaboration par un petit séjour dans ma clinique privée. On vous y greffera le dernier modèle d'implant intracrânien. Grâce à cela, vos capacités cognitives seront décuplées. Il faudra bien cela pour que vous réussissiez à reprendre les recherches du regretté Tony Leblanc.

- Il est mort ?

- Malheureusement non, juste disparu. La compétition continue, vous ne pourrez vous contenter de le suivre, il faudra être meilleur, plus rapide.

Le Président fait signe à son garde du corps pour qu'on escorte Ping jusqu'à la clinique Théodor Peack. Deux hommes de la garde approchent, le chercheur se lève difficilement sur ses jambes chancelantes. Petit signe de la main du Président et l'escorte quitte les lieux.

Tout est prêt à présent. Diane est sereine, emplie du sentiment du devoir accompli. Elle se sent émue car c'est la dernière soirée qu'elle passe dans cette maison qui a été au centre d'une grande partie de sa vie. Demain, elle partira avec ses sœurs pour le dernier retour. Mais avant cela, il viendra. Il est prêt, ce sera aussi pour lui le dernier jour ici. Elle lui dira tout, elle lui avouera qui est Luna, où elle est et comment la rejoindre. C'est la dernière épreuve de cette vie, la plus éprouvante certainement. Alors ce soir, ses sœurs sont là pour le dernier cercle de gardiennes. Elles célébreront le féminin sacré et honoreront leur lignée et la sororité des gardiennes. Ce sera l'occasion d'exprimer une dernière fois sa gratitude envers la vie, sa vie dont elle ne regrette rien.

X

L'avion vient de se poser, je suis de retour en France, d'une certaine façon de retour dans mon passé, à mon point de départ il y a un an. Ce n'est sûrement pas le meilleur endroit pour me cacher mais quelque chose m'appelle à revenir dans la maison de mon enfance. C'est comme une intuition, une chose que j'ai appris à écouter sans chercher à comprendre. Ce point de l'espace-temps m'attire comme une singularité, l'horizon de ma vie d'avant. Des émotions tapies dans l'oubli rallument mes souvenirs. Je me vois longer le mur du jardin, pousser l'antique porte en fer qui n'a jamais été fermée. J'ai cinq ans. Je traverse essoufflé le jardin devant la maison. Je m'abandonne devant la porte en bois. Tout est calme à cette heure matinale. Aucun bruit ne trouble le lever du soleil. Je m'apprête à entrer. Peut-être seras-tu là ?

Chen a passé plusieurs jours dans une chambre de la clinique. Une chambre dont la porte était gardée et dont il ne pouvait sortir, après autorisation, qu'accompagné. Enfin il est reçu par le chirurgien du Président. L'homme d'une cinquantaine d'années dont le curriculum vitæ ferait pâlir d'envie n'importe quel directeur d'hôpital se montre plutôt bienveillant. Il explique comment l'opération d'implantation va se passer, ce que Chen va ressentir en se réveillant. Il lui présente le dispositif encore scellé dans son emballage stérile. Cela ressemble à une fine méduse. Une petite tête contenant la partie électronique et la connexion d'où part un large faisceau de longs fils fins comme des cheveux : ce sont les électrodes qui interagiront avec l'activité cérébrale. Le chirurgien explique que la différence avec les anciennes générations est justement le nombre de fils qui a été multiplié par dix. Cela implique une intervention beaucoup plus longue et compliquée, mais tout à fait réalisable avec le matériel et le personnel extrêmement qualifié dont dispose la clinique. Ce sera une première mais pas d'inquiétude tout se passera bien. Chen sent un frisson parcourir le haut de son dos à l'idée que l'on va introduire tout cela dans sa tête. C'est une première a dit le chirurgien, il sert de cobaye en quelque sorte. Le professeur continue imperturbable ses explications. Pour être certain que l'implanté puisse se servir de toutes les formidables capacités de cette nouvelle génération d'implants rapidement après l'intervention chirurgicale, un protocole d'entraînement a été mis en place avant l'opération. Dès aujourd'hui, et pour une semaine, Chen va faire des séances de simulation de son implant intracrânien. Pour cela, il va être équipé d'une cagoule sertie de dizaines de sondes captant ses ondes cérébrales comme le ferait l'implant. Il s'entraînera, coiffé de celle-ci, à se connecter aux différents systèmes, à consulter les bases de données, à établir des relations d'implant à implant notamment. Selon le médecin, il peut s'enorgueillir de bénéficier de la toute dernière génération d'implant de la société Feel. Capacité accrue, sécurité renforcée. Ce que le praticien ne dit pas, parce qu'il l'ignore lui-même, c'est qu'un mode de contrôle à distance a été renforcé à l'usage exclusif de Lewis Peack. Sous le flot d'informations, le jeune chercheur perd pied, il se sent dépossédé de sa vie. Tout cela se passe si vite, il est projeté dans un autre monde sans avoir le temps de s'y habituer. Pendant les deux premiers jours, il se laisse dériver et n'arrive à rien lors des simulations tellement son niveau de stress inhibe ses capacités cognitives. Les quelques journées d'entraînement supplémentaires produisent des résultats plus satisfaisants et l'opération peut être planifiée. Le matin prévu, la préparation commence par un rasage complet du crâne suivi du protocole d'usage pour la stérilisation de la zone d'intervention. Une fois les préparatifs terminés, il s'allonge sur le brancard qu'on lui présente. Deux infirmiers le conduisent en salle d'opération. Chen est stupéfait par ce qu'il découvre. Le bloc ne ressemble en rien à ce qu'il y a dans les hôpitaux. Ici, on se croirait plutôt dans un laboratoire d'essai. Le plafond est à cinq mètres, d'énormes machines écrasent par leurs dimensions imposantes la table d'opération, de nombreux bras robot entourés de fils, de tuyaux forment une jungle. La salle est bordée sur un côté d'une large baie vitrée qui accueille un centre de contrôle digne d'un film de science-fiction. Dans cette configuration, aucun personnel n'est présent dans le bloc pendant l'opération. Les infirmiers transfèrent le patient sur la table d'opération, branchent le cathéter et immobilisent ses membres, son buste et enfin sa tête. Un appareil doté de caméras vient vérifier que la position est bonne. Ils laissent la place à l'anesthésiste qui vérifie la pompe doseuse et se retire aussitôt. La porte se referme, Chen est seul dans la salle froide. Le chirurgien lui annonce que l'opération commence et qu'il ne doit pas s'inquiéter. Il n'a pas le temps d'entendre la suite, il sombre dans le sommeil. Le chirurgien déclenche la séquence. Le dispositif vidéo mobile s'approche du crâne rasé pour saisir en gros plan l'arrière de l'oreille droite du patient. Un bras robot pratique l'incision. Une extension munie d'une ventouse soulève la peau ainsi libérée. Le bras change d'outil et effectue la trépanation du crâne en quelques secondes. Un chariot autonome muni d'un plateau élévateur approche l'implant qui baigne dans un liquide physiologique stérile et le positionne près du trou. Une pince robotisée saisit un premier brin de l'implant et pose à l'extrémité de celui-ci un minuscule embout métallique. Aussitôt la table d'opération s'élève et vient à la rencontre de l'énorme machine, semblable à un scanner, qui descend vers le sol. La tête du chercheur est insérée dans un étroit cylindre qui contient un puissant électroaimant supraconducteur. Depuis son poste de contrôle, le chirurgien lance l'algorithme pour déterminer le trajet le moins invasif pour aller au point où doit se positionner l'électrode. Une fois validé et les vérifications faites, le brin est guidé le long des circonvolutions du cerveau jusqu'à sa place définitive grâce aux champs électromagnétiques pilotés par la machine. Toute l'opération est suivie par l'équipe sur les écrans de contrôle d'imagerie par résonance magnétique. Une fois en place, toujours suivant le même procédé, l'embout est détaché puis ressorti en faisant le trajet inverse. La même séquence doit se répéter jusqu'au dernier brin. Les heures passent rythmées par le décompte des brins à implanter. Après avoir inséré les trois quarts du faisceau, la machine s'arrête, une alerte sur les écrans prévient que pour placer le brin suivant, le trajet risque d'en déplacer un déjà posé. Plusieurs autres itinéraires à travers le cerveau sont calculés mais le seul possible qui est proposé risque d'endommager quelques neurones. Le chirurgien et les techniciens discutent. Le programme expert diagnostique qu'il s'agit de la zone de l'empathie et des neurones miroirs qui serait touchée. L'opération est mise en suspens. Le chirurgien suit le protocole prévu et appelle le Président. Sans hésitation celui-ci ordonne de continuer quoi qu'il arrive. Cette première intervention sert de test, il faut donc aller jusqu'au bout. La machine se remet en route. La situation où le trajet emprunté menace un brin implanté se représente plusieurs fois. Le chirurgien choisit à chaque fois, parmi les alternatives, de passer par la zone déjà endommagée pour ne pas altérer d'autres fonctions du cerveau. Au bout de cinq heures, toutes les électrodes sont en place. La tête de l'implant est fixée dans le trou du crâne, l'antenne déposée sous la peau et enfin quelques points de suture sont réalisés autour de la prise de l'implant. Avant que le patient ne soit réveillé, une première phase de tests est lancée. L'implant est branché sur le banc d'essai du bloc et une batterie de mesures est pratiquée. Tout est parfait. L'implant fonctionne à cent pour cent. Le bloc s'ouvre et les deux infirmiers récupèrent le patient encore inconscient pour l'amener en salle de réveil. Le médecin fait son rapport au Président. Ce dernier est impatient de voir les capacités de l'implant en fonctionnement. Le lendemain matin, le chirurgien vient visiter le convalescent. Chen est réveillé et se sent bien. Juste une légère sensation de gueule de bois probablement liée aux cinq heures d'anesthésie. Le professeur le questionne pour savoir si tout va bien, il s'approche de lui pour regarder la cicatrisation autour de l'implant en lui demandant s'il a mal.

- Non mais ne me parlez pas si près, vous avez une haleine fétide.

- Pardon ?
- Changez de dentifrice mon vieux ou prenez des cachous parce que là c'est abominable cette haleine.
Le médecin reste silencieux à l'observer.
- Comment vous sentez-vous ?
- Un peu mal à la tête, mais surtout une grosse envie de chier, si vous pouviez sortir ?
Le chirurgien sort de la chambre sans rien ajouter et retrouve son assistant.
- Ce sont les séquelles des impacts sur les neurones miroirs, il ne ressent plus d'empathie, il est sans filtre. Il dit ce qu'il pense sans se censurer. Je dois prévenir le Président pour éviter tout drame.

Tout le monde a quitté l'avion, l'hôtesse invite du regard Tony à faire de même. Il glisse la lettre dans sa poche et sort le dernier de l'appareil. Il prend son temps. Il ne sait pas à quoi s'attendre, une arrestation au contrôle douanier peut-être. Il arpente calmement les couloirs de l'aéroport Charles de Gaulle. La vieille aérogare parait à bout de souffle comparé aux infrastructures d'Eternity, mais il y a quelque chose de rassurant pour un français. La gloire passée de ce qui fut un des plus grands aéroports du monde rejoint celle des figures de l'histoire de France : Napoléon, les philosophes des lumières, le roi soleil, autant de fantômes d'un pays qui ne se remet pas de ne plus être un phare de la civilisation. Et, puis il y a aussi ce petit côté amateur, débrouille, un tantinet frondeur, quand tout le monde court à la surenchère technologique, ici on se contente de faire fonctionner les terminaux et d'alimenter correctement les boutiques de luxe. Le poste de contrôle des douanes est vide, Tony passe sans encombre. En quelques minutes, il se retrouve dans la zone où les gens se pressent pour accueillir les voyageurs qui arrivent. Il scrute la foule qui ne semble pas le voir, il traîne un peu dans l'espoir que quelqu'un va venir à sa rencontre. Luna ou une de ses sœurs gardiennes. Personne. Tous sont repartis avec un voyageur chargé de bagages. Il se décide à rentrer sur Paris en transport en commun. Après trente minutes de trajet, il arrive au cœur de la capitale par ses souterrains. Il décide de remonter à la surface pour marcher un peu dans les rues encore désertes à cette heure matinale. Il repense avec nostalgie aux moments passés, pas très loin d'ici, avec Luna. C'était après la mission en Suisse, pendant leur escapade amoureuse. Il est tenté de retourner vers l'adresse où ils ont séjourné mais se ravise en pensant que l'endroit est sûrement surveillé, que s'il doit la retrouver, ce n'est sûrement pas là. Il longe l'hôtel de ville, continue jusqu'au Louvre puis entre dans le jardin des Tuileries qui vient d'ouvrir. Il se prend à rêver que Luna est là près de lui, qu'elle passe son bras dans le sien, qu'ils marchent d'un pas synchrone. Le voilà arrivé place de la Concorde. Il entre dans la bouche de métro. En une dizaine de stations, il arrive dans la ville de son enfance. Cet endroit d'où Luna vient aussi mais où ils ne s'étaient jamais croisés. Son cœur se serre. Au fond de lui naît le sentiment d'avoir manqué quelque chose. Pourquoi ne l'a-t-il pas rencontrée plus tôt ? Avant de partir pour Eternity. Cette fois, il ressent de la tristesse, celle de celui qui revient sur les lieux de son passé, botté de regrets. Bien sûr il est le chercheur couronné de succès, détenteur du secret du voyage dans le temps, mais il se sent surtout le naufragé du grand amour de sa vie. Face à l'océan des possibles, il voit le vol léger des oiseaux au-dessus des flots scintillants mais il reste sur la grève, sans navire. Il se force à faire de grandes inspirations et expirations pour essayer de dissoudre la boule qui est venue se former au niveau du plexus. Ce sont les vieux démons de son enfance qui reviennent eux aussi, appelés par cet environnement familier. Passé la nostalgie et les souvenirs dorés, ce sont le sentiment d'injustice, le manque d'affection et le besoin d'amour qui s'invitent. Un voile douloureux se dépose sur les images de cette année passée. Tout ce qui le nourrissait, nourrit maintenant le manque. Tony sait qu'il ne sert à rien de lutter, ou plus exactement d'essayer de rejeter ce mal-être. Bien au contraire il faut l'accueillir. Oui, il y a cette douleur née du drame de son enfance, de la perte de ses parents, qui refait surface. Et oui, c'est pour une raison bien légitime, la perte à nouveau d'un être aimé, adoré. Ne pas résister à l'émotion, c'est cela la clé de la résilience. Il s'arrête en chemin, s'assoit sur un bac à fleurs en béton pour souffler. Il ferme les yeux et bascule sa tête en arrière pour chercher un peu d'air. La douce caresse du soleil se pose sur son visage. Il imagine que ce sont les mains de Luna. Elle le console, alors lui vient l'image, à côté de lui, de l'enfant qu'il était. Il veut juste être là, présent pour lui, respectueux de sa peur de la solitude, silencieusement empathique. Petit à petit, il ressent qu'il n'est plus aussi démuni que l'était cet enfant, qu'il peut prendre soin de lui. Alors doucement, la boule d'angoisse qui gênait sa respiration se dissout, la souffrance s'allège. Il ouvre les yeux. Il regarde le monde avec un regard neuf et ressent une forme de gratitude pour la vie. Il se lève et reprend sa marche. Encore deux rues et il sera arrivé. Il commence à mettre en forme dans sa tête l'histoire qu'il contera à Diane tout à l'heure. Par quoi commencera-t-il ? Tant de choses se sont passées, tant de sentiments l'ont traversé. Il prend conscience du chemin parcouru. Mais il se rend compte que de façon automatique, il tente de tourner les choses de manière à être admiré ou plaint. Et cette fois, il a de la matière, tant pour être admiré que pour être plaint. Toujours cette tentation de quémander de la reconnaissance et de l'amour. Oui cela est toujours là, à jamais pense-t-il. Mais au moins ce n'est plus subi. Il peut choisir de s'y abandonner ou d'en rire. Il est dans la rue, la maison se détache plus loin sur la droite, il ralentit, respire à pleins poumons. Malgré la présence de nombreux jardins, il remarque le silence qui trahit l'absence d'oiseaux et d'insectes qui devraient être très actifs à cette période de l'année. Il se souvient des matins d'été où il était réveillé par les nichées d'oiseaux sous le toit au-dessus de la fenêtre de sa chambre. Reviennent aussi les nombreux après-midi joyeux passés avec les autres enfants du quartier à jouer dans la rue, faire du vélo, jouer au foot, faire du skate. Un parfum d'insouciance se mélange à celui des fleurs. La maison s'avance vers lui comme un paquebot contre le courant du temps.

Le Président est dans son bureau. Il se remémore les mots du colonel Belum à propos de la disparition de la psychologue. Le halo bleu, sa disparition inexpliquée. Il en est sûr, c'est une preuve que le voyage dans le temps est possible et que quelqu'un possède déjà cette technologie. Il se rend au bureau du ministre de la recherche pour recueillir son avis. Les deux hommes convient le professeur Nasimov à leurs échanges. Lewis Peack relate les informations rapportées par le colonel. Les deux scientifiques se contentent d'une analyse rationnelle. La couleur bleue pourrait évoquer la présence de particules supraluminiques, c'est-à-dire se déplaçant plus vite que la lumière. C'est impossible en théorie, selon la loi de la relativité restreinte d'Einstein, du moins dans un environnement classique. Des phénomènes de ce type ont déjà été observés sporadiquement dans des environnements très particuliers, comme les bassins d'eau lourde des centrales nucléaires. Si c'est bien de ces particules qu'il s'agit, alors cela laisse à penser qu'une technologie bien plus avancée que celles connues est à l'œuvre. Dans ces circonstances on peut tout imaginer : de la téléportation, du voyage temporel pourquoi pas. Peack demande s'il n'y a pas un lien spécifique entre la possibilité d'aller plus vite que la lumière et le voyage temporel. Théoriquement oui, répond le vieux russe, mais cela dépasse nos connaissances actuelles, sans parler de technologie. Le président sent en lui l'ardent désir de s'approprier le moyen de voyager dans le temps. Petit à petit, il comprend que courir après la découverte est une voie longue et incertaine, surtout maintenant que les infrastructures de recherches sont anéanties pour des années. Cependant, une autre stratégie est possible se dit-il. Il quitte le ministre et le professeur. « Pourquoi courir après quelque chose que je peux faire venir à moi ? » En créant un évènement majeur qui menace suffisamment l'humanité il devient possible de provoquer l'intervention de ceux qui voyagent dans le temps. Ils viendront du futur pour empêcher le cataclysme, et il pourrait se saisir de leur technologie. Finalement, cette idée d'attaque de la Chine était excellente. Il faut jouer la carte de l'emballement belliqueux vers une troisième guerre mondiale dévastatrice. Mais pour que cela fonctionne, il faut agir le plus longtemps possible en secret, afin que les voyageurs temporels n'interviennent pas trop tôt, ou de façon totalement imprévisible. Quoi qu'au regard de l'histoire, il est toujours possible, connaissant les conséquences a posteriori, de remonter au plus haut vers les causes. N'aurait-il pas été plus souhaitable de tenir le découvreur de la matière noire et de menacer de l'empêcher de découvrir le voyage dans le temps ? Pas sûr, les hypothétiques voyageurs temporels ayant le choix du moment de leur intervention, il leur est toujours possible de s'ajuster en remontant juste avant l'évènement. Cela dit, plus ils remontent loin, plus les turbulences des modifications du passé sont importantes et les conséquences du changement se mettent à devenir incertaines. Remonter par exemple à l'enfance de Tony pour le protéger pourrait peut-être concourir à ce qu'il ne s'oriente pas vers la recherche fondamentale et ne fasse donc jamais la découverte de la technologie du voyage temporel. Il doit donc exister un moment idéal, où le futur n'est pas encore perceptible comme définitivement déterminé depuis le futur, et où les turbulences temporelles sont suffisamment importantes pour mettre en risque une intervention plus loin dans le passé. Mais voilà, comment trouver ce point optimal où tromper le futur est potentiellement possible ? Lewis Peack est tiré de ses pensées par l'appel de son chirurgien. Ce dernier lui fait son rapport sur les suites de l'opération du chercheur chinois. Il l'informe des troubles dont il souffre suite aux lésions infligées à la zone de l'empathie et des neurones miroirs. Le Président s'en amuse d'abord, mais assez vite il perçoit que cette affection pourrait lui être utile. Une absence totale de scrupules représente dans certaines circonstances un avantage déterminant. Peut-être est-ce par nostalgie des aptitudes de Dina ou en raison d'un dernier espoir de retrouver les données perdues que le président a choisi de le placer comme novice au sein de l'ordre dataïste. Au moins découvrira-t-il toutes les finesses du système All-One tout en reprenant les recherches de Tony. Le président, désireux de s'entretenir avec lui, tant pour le tester que par curiosité, a fait escorter le chercheur chinois jusqu'à son bureau. Celui semble toujours aussi craintif quand il se présente face à lui, ce qui n'est pas pour lui déplaire ni sans flatter son désir de puissance.

- Alors Chen, comment vous sentez-vous ?
- Bien Monsieur le Président.
- Vous voilà maintenant doté de capacités surhumaines, je suis curieux de vous voir en faire la démonstration.
- Mettez-moi au défi de quelque chose de concret vieil homme.
- Voilà qui est intéressant, sourit Lewis Peack.

Le président garde le silence tout en fixant Chen dans les yeux. Celui-ci soutien ce regard inquisiteur.

- Écoutez-moi bien petit impertinent merdeux, je sais que quelques-uns de vos neurones ont été endommagés et que cela altère votre maîtrise de vous-même. Cependant, en ma présence, vous ferez l'effort de vous contrôler car je ne suis pas homme à tolérer ces familiarités.

Chen essaie de répondre mais il est comme muet, incapable de parler. Il veut porter ses mains à son cou mais elles ne répondent pas.

- Quelque chose ne va pas mon petit ? Ironise le président. Ah oui, petit détail qui a son importance, je peux à tout moment entrer dans votre cerveau grâce à votre implant. Ainsi je peux prendre le contrôle de votre métabolisme, vous rendre muet ou paralysé, effacer votre mémoire si cela me chante, vous rendre heureux ou triste. Mieux vaut donc éviter de me mettre dans de mauvaises dispositions.

Le jeune homme est tétanisé par la panique.

- Bien, je vous libère, tâchez d'être plus éloquent. Alors voilà votre sujet : Je soupçonne que la technologie du voyage temporel existe déjà, et que la supposée psychologue Luna Agapet s'en soit servie. Qu'en pensez-vous ?

Chen prend quelques secondes pour reprendre ses esprits.

- Il semble que quelqu'un ou quelque chose efface toutes les données à propos du projet Time Gate et de ses protagonistes. Cependant, ayant moi-même participé aux expérimentations, je peux compter sur mes connaissances et souvenirs. Y a-t-il des éléments qui vous laissent penser que le voyage temporel existe ?

Lewis Peack partage les rapports qui lui ont été transmis sur la disparition inexpliquée de la psychologue ainsi que ses échanges avec Major et Nasimov.

- Si la technologie existe et qu'elle est issue des recherches de Tony, alors cela veut dire qu'elle utilise la théorie des trous de vers et la matière noire. Elle pourrait générer ces passages dans l'espace-temps en ayant recours à des pics de gravitation.

- Continuez !

- Pour en avoir le cœur net, il nous suffit de consulter les enregistrements des détecteurs d'ondes gravitationnels, les interféromètres Ligo, Virgo et Tama. En faisant une triangulation depuis les trois sites, États-Unis, Italie et Japon, nous pourrons même localiser les points où le trou de ver s'est ouvert.

- Très intéressant, vous avez carte blanche.

Tony longe la façade. Il pousse doucement l'antique porte en fer grinçante qui donne sur le jardin. Quelques pas au milieu de grandes herbes sauvages jusqu'à la porte, il s'arrête un instant et se retourne pour regarder le jardin abandonné. Il pose sa main sur la poignée qui tourne sans effort. Il entre dans la maison. Il espère retrouver un peu de répit ici, ressentir le havre de paix que cet endroit a toujours été. Il fait quelques pas sonores sur le vieux carrelage en carreau de ciment du couloir. Tout est calme. Il s'avance jusqu'au salon. Il reste quelques secondes à regarder la maison restée figée comme dans ses souvenirs, les meubles, les bibelots, les rideaux, toutes ces choses, autrefois d'invisibles accessoires du décor sont aujourd'hui les silencieux témoins de l'arrêt du temps. Quelques bruits feutrés viennent de l'étage. Ce doit être Diane. Il prend le vieil escalier grinçant aux marches de chêne et bordé d'une élégante rambarde en fer forgé. Plusieurs fois il s'arrête, se fige avec la sensation qu'il n'est pas seul avec elle dans la maison. Il sent comme un regard posé sur lui, comme si quelqu'un l'observait. « Je suis parano » se dit-il. Un fin rayon de lumière éclaire le couloir par l'entrebâillement de la porte de la chambre, Diane est déjà levée, les volets doivent être ouverts. Il s'arrête avant d'entrer, hésitant.

- Entre Tony, je t'attendais.

Sans un mot, surpris et à la fois rassuré, il entre dans la chambre de la vieille femme. Elle est assise sur le bord de son lit, le teint très pâle. Elle lève les yeux vers lui, il lui rend son sourire. Tout est soigneusement rangé dans la chambre.

- Alors ça y est, tu es de retour. Raconte-moi un peu ton aventure.

- Comment... tu n'as pas l'air étonnée de me voir ? Tu m'attendais ?

- Oui, il y a bien longtemps que je t'attends, je t'ai toujours attendu.

- Mais... Je ne comprends pas bien ce que tu veux dire, répond-il toujours un peu gêné par ce genre de propos. Il détourne les yeux et s'attarde sur les affaires soigneusement posées çà et là.

- Tout est impeccablement rangé, on croirait que tu t'apprêtes à partir.

- Oui, je vais partir, ce soir, mais avant nous allons parler. J'ai des choses importantes à te dire. Assieds-toi.

- Tu vas partir ce soir ? Mais où ? Comment ?

- Ça fait beaucoup de questions, mais sois patient, je te dirai tout le moment venu. Commence par me raconter ton séjour.

- Ce serait trop long, il s'est passé tellement de choses.

Il y a un long silence, Tony s'est perdu dans ses pensées. Comment résumer tout ce qu'il lui est arrivé ? Tant de choses qui lui paraissaient autrefois importantes semblent maintenant futiles. Seule Luna occupe son esprit.

- J'ai rencontré, puis perdu la femme de ma vie.

- Vraiment ?

- Oui je sais, ça fait très mélodramatique, mais c'est la stricte vérité.

- Comment l'as-tu perdue ?

- Nous avons été séparés et je ne sais pas où elle est, ni même si elle est toujours en vie.

Tony est reparti dans ses pensées, il revoit encore une fois la scène où il perd Luna de vue.

- Tu ne vas pas me croire, ça semble délirant, mais il y a eu un truc bizarre. Elle portait un bijou au poignet qui s'est illuminé, à ce moment je l'ai perdu de vue et…

- Oh je vois. De la lumière bleue. Et un grondement de tonnerre.

- Oui exactement dit-il en remarquant le regard intense de Diane sur lui et le petit sourire au coin des lèvres. Tu te moques de moi, n'est-ce pas ?

- Pas du tout, je te crois.

- Vraiment ?

- Oui, je peux même te dire où et quand elle est partie.

- J'aimerais te croire.

- Elle est venue ici, elle devait organiser l'adoption d'Antoine.

Pendant quelques secondes Tony reste bouche bée, il a du mal à réaliser ce qu'elle vient de dire, à recoller les morceaux.

- Quoi ?! Tu as vu Luna ? C'était quand ?

- C'était il y a vingt-huit ans.

- Pardon ?

- Je sais, maintenant c'est toi qui penses que je suis folle, mais c'est l'exacte vérité.

Tony est partagé entre l'apparente invraisemblance des propos de Diane et son envie d'y croire.

- De quoi parles-tu Diane ?

- Tu n'as pas changé, c'est incroyable comme les frontières de l'esprit peuvent être infranchissables. Tu travailles sur le voyage dans le temps, mais tu n'es pas prêt à y croire toi-même.

- Que veux-tu dire ?

- Luna est venue ici il y a vingt-huit ans juste après t'avoir quitté sur l'île de Chatham Island il y a quelques jours. Oui, elle est venue ici à travers le temps.

- Mais il y a vingt-huit ans j'étais…

- Tu ne t'en souviens pas mais c'est elle qui t'a recueilli après l'accident. C'est elle qui t'a amené ici, chez Gaëlle pour qu'elle t'adopte.

Diane marque une pause pour évaluer l'état psychique de Tony, voir comment il encaisse, s'il est prêt à tout entendre.

- Antoine, c'est toi. Tu ne t'en souviens pas mais c'est le prénom que tes parents t'avaient donné. C'est Gaëlle qui a choisi Tony au moment de l'adoption. C'est comme cela que ta maman, ta mère biologique, te surnommait.

- Mais qu'est-ce que tu racontes ? C'est quoi cette histoire ? La technologie du voyage temporelle n'existe pas. Je suis bien placé pour le savoir.

- Pas aujourd'hui, mais dans le futur elle existe.

- Pourquoi Luna serait-elle venue du futur pour me voir ?

- Pour accomplir sa mission : éviter que le secret du voyage temporel ne tombe en de mauvaises mains.

- La fameuse théorie de la sororité des gardiennes, c'est ça.

- Ce n'est pas une théorie, elle existe vraiment.

Diane lève son bras et tire sa manche pour découvrir son bracelet de gardienne. Tony reste figé à la vue du bijou. Il prend le bras grêle de la vieille femme et touche le bracelet comme pour se convaincre qu'il est bien réel. Comment a-t-il pu ne rien remarquer pendant tout ce temps ?

- Tu… tu es une gardienne ?

- Oui, comme Luna.

- Et pourquoi est-elle venue avec moi enfant ? Je pensais que les paradoxes temporels interdisaient de se rencontrer soi-même ?

- Ce sont des élucubrations d'auteurs de science-fiction.

- Je ne me souviens de rien, sûrement pas d'être allé à Eternity.

- Pour un enfant, une ville en vaut une autre.

- Pourquoi m'avoir fait me rencontrer enfant ?

- Ne t'ai-je pas dit cent fois que tu refusais d'écouter ton enfant intérieur ? Alors j'ai décidé de te le montrer pour de vrai cet enfant, toi.

- Pourquoi parles-tu comme si tu étais Luna ?

- Parce que c'est moi Tony. Je suis Luna. Diane, Luna ce sont les deux noms pour une unique déesse, excuse-moi du peu, dit-elle en riant.

- Mais…

La gorge serrée, les larmes lui monte aux yeux, il ne peut plus parler.

- Oui je sais, je suis vieille. Tu as fait le calcul dans ta tête, je devrais avoir une soixantaine d'années, or j'ai l'air bien plus âgée. Et je le suis. Les voyages dans le temps additionnent les années. J'ai plus de quatre-vingt-dix ans maintenant. Je suis au bout du chemin. Mes sœurs gardiennes sont venues me chercher pour me ramener dans le temps d'où je viens pour y reposer éternellement.

Luna se lève et marche jusqu'à la porte de sa chambre qu'elle ouvre, puis elle revient à son lit. Quelques instants plus tard, six femmes entrent silencieusement dans la chambre. Elles sont revêtues d'une tenue de velours rouge, d'une coiffe de la même étoffe. Elles se répartissent autour du lit sans un bruit et restent immobiles. Elles regardent Luna avec tendresse et émotion. Tony vient s'agenouiller devant elle et il lui prend la main.

- Toutes ces années tu étais là, dans l'ombre, à m'aimer, à m'attendre. Gaëlle a été une mère, mais c'était toi qui veillais sur moi. C'est toi qui retenais ton amour. Je comprends tout maintenant. Tes regards, tes élans d'affection. Tout ce temps perdu pour nous.

- Tony, mon seul regret à cet instant est de ne pas avoir pu vivre pleinement mon amour avec toi adulte, et mon seul espoir est que tu y remédies en venant me rejoindre dans le passé. C'est là que je t'ai attendu toute ma vie, le temps est venu d'accomplir ton destin, notre destin.

Luna se penche pour s'allonger. Tony la soutient pour l'aider. Elle ferme les yeux et serre sa main. Ses sœurs se répartissent autour du lit. Elles posent un genou à terre et pose leur main droite sur le corps de Luna. Il s'approche de son oreille.

- Luna, je te perds aujourd'hui encore, le destin t'arrache à moi une seconde fois.

- Il nous reste une vie à vivre, un amour pour remplir nos cœurs. Je compte sur toi, nous pouvons encore vivre heureux de notre amour, riche du temps que nous prendrons. Ne me laisse pas mourir sans avoir connu ce bonheur.

- Mais je ne sais pas comment voyager dans le temps, dis-moi comment faire.

- Reprend tes recherches, met au point le voyage temporel et rejoins moi dans le passé.

- Mais cela peut me prendre une vie !

- Ça fait bien cinquante ans que je t'attends, je n'ai jamais perdu espoir.

Tony se sent désarmé, il ne sait comment s'y prendre. Une profonde tristesse remonte jusqu'à ses yeux d'où s'échappent quelques larmes. Luna pose sa main sur sa tête.

- Tony, je t'attends.

- Je te jure que j'y arriverai, j'arrive Luna.

Elle ferme les yeux, son visage prend une expression paisible, elle esquisse un sourire. Tony embrasse sa main, elle n'est déjà plus là. Les gardiennes se lèvent et posent leurs mains sur leur cœur. Après quelques minutes de recueillement, elles entonnent un chant polyphonique.

Voici que l'heure du retour sonne
Au crépuscule doré des souvenirs
Notre sœur qui frisonne
Prend son dernier navire
Sur le flot du temps immuable
Qui la porte au pays éternel
Retrouver nos semblables
Dans le grand tout originel

Deux d'entre elles sortent de la chambre et reviennent avec une sorte de sarcophage dans lequel le corps de Luna doit voyager. Une des sœurs retire le bracelet de gardienne du poignet de Luna. Tony s'approche d'elle et lui demande s'il peut l'avoir, s'il peut s'en servir pour aller la rejoindre. Elle lui répond que c'est lui qui doit trouver le moyen de voyager dans le temps. Vouloir uniquement se servir du bracelet le ferait disparaître. Car s'il arrêtait ses recherches et ne découvrait jamais la technologie du voyage temporel, alors elle disparaîtrait du futur et Luna ne viendrait jamais à sa rencontre. C'est le paradoxe de non-prolifération temporelle.

Chen lance la réunion virtuelle avec les chercheurs des trois interféromètres à la pointe de la surveillance des ondes gravitationnelles. Les trois capteurs confirment une onde atypique captée le premier juin. La triangulation ayant donné une localisation à la surface du globe, vers la Nouvelle-Zélande, et d'une intensité très faible, il a été conclu qu'il s'agissait probablement d'un effet produit par le noyau terrestre. Cela est surprenant mais plausible, compte tenu de notre relative ignorance sur ces phénomènes. Chen se souvient que c'est le jour de la disparition de Luna mais aussi celui de l'explosion du Loop 100TK. L'expérience devait justement produire des ondes gravitationnelles suffisantes pour altérer l'espace-temps. Comment savoir de quel évènement il s'agit ?
- À quelle heure l'enregistrement du premier juin ?
- Nous avons une microdétection, peut-être un parasite, vers douze heures puis une autre plus nette vers seize heures.
Le chercheur chinois comprend qu'il a la preuve que la deuxième onde coïncide avec l'heure déclarée de la disparition de la psychologue. Il se met d'accord avec ses interlocuteurs pour mettre en place un flux de données directes vers les serveurs d'Eternity pour pouvoir suivre en direct l'apparition d'ondes gravitationnelles et la géolocalisation de leurs sources. Au moment de mettre fin à la conférence, un des scientifiques déclare qu'il y a eu une autre onde, la veille, le trente et un mai. Mais que la source de celle-ci était localisée en Europe, en France probablement. Chen demande si les caractéristiques de cette onde sont identiques. Oui, en tout point de celle de seize heures le premier. Que s'est-il donc passé en France la

veille ? Luna était à Eternity ainsi que Tony. Est-ce quelqu'un d'autre possède cette technologie ? Quelqu'un venu sauver Luna Agapet ? À cet instant, les trois interféromètres s'éveillent, une nouvelle onde est captée.

Le bracelet de Luna s'irise d'une lumière bleutée. Aurore qui vient de l'actionner est dépouillée de sa coiffe blanche de novice au profit de la rouge utilisée pour les cérémonies par les accueillies. Après que celles-ci l'y aient délicatement placé, les gardiennes se rassemblent et saisissent le sarcophage où le corps sans vie de Luna repose l'air heureux. La nouvelle gardienne se place en queue de cortège. Tony observe ce tableau figé. Après quelques instants, le grondement que produit le trou de ver qui s'approche se fait entendre. Au moment où celui-ci débouche dans le plan de l'espace-temps actuel, le bruit sourd de l'impact gravitationnel se produit. Un cône lumineux se forme, ouvrant la porte temporelle pour le retour de Luna. Le halo bleu émis par les particules supraluminiques illumine le sobre cortège. Les gardiennes pénètrent le tube luminescent et Aurore se retourne vers Tony.

- Elle t'attend, dans le passé, c'est là qu'est ton futur.

Chère lectrice, cher lecteur,
Tout d'abord un grand merci pour l'achat de ce livre, j'espère que vous l'avez aimé. Le roman que vous tenez entre vos mains fait partie des quelques 25000 nouveaux récits édités cette année. Si vous l'avez aimé, vous pouvez aider son auteur à gagner de la visibilité en partageant votre enthousiasme sur les réseaux sociaux et/ou sites marchands et/ou sites de critiques littéraires de votre choix. Merci !

http://editions.tglm.eu

Impression : BoD - Books on Demand, Norderstedt, Allemagne

Dépôt légal : juin 2021